Die Blutwurscht

Wir danken Beate Falk, Alfred Lutz, Rudolf Dingler, Charlotte Thommel,
Karl August Thommel und all denen,
die ihr Wissen zur Verfügung gestellt haben.

Reiner Nothelfer

Die Blutwurscht

Eine Ravensburger Familiengeschichte

SCHMIDT
FREIBURG

Bibliografische Information
DER DEUTSCHEN BIBLIOTHEK
Die Deutsche Bibliothek verzeichnet diese Puplikation
in der Deutschen Nationalbibliografie; detailierte bibliografische Daten sind
im Internet über http://dnb.ddb.de abrufbar.
ISBN 3-93699-11-1

Bild- und Informationsquellen:
Thommel-Archiv
Stadtarchiv Ravensburg
Karl August Thommel
Georg Krafft

Umschlag und Herstellung: Ekkehard Drechsel BDG
Printed in Germany
www.schmidtverlag.com
ISBN 3-936099-11-1

Meiner Frau Elisabeth,
meinen Söhnen Marcus und Patrick
und meinen Enkelkindern

Klaus Thommel

Die Blutwurscht

„Gutermann zum Blumenstrauß ... Eisenhandlung." Buchstabe für Buchstabe hatte Wilhelm August die Schrift auf der frisch getünchten Wand gelesen, als ihm plötzlich bewusst wurde, dass sie ihm das Unbehagen, dem er sich schon seit Wochen ausgesetzt sah, deutlich vor Augen führte. Wird Gutermann seinem Namen Ehre machen, fragte er sich. Wird er verständnisvoll sein gegenüber einem aufstrebenden jungen Mann von 25 Jahren? Oder wird er unnachgiebig bleiben; eine Eigenschaft der Produkte, mit denen er handelte, die auf ihn manchmal abgefärbt zu haben schien. Zögernd ging Wilhelm August in den ersten Stock, hinauf ins Kontor, in dem er den Onkel anzutreffen hoffte.

Schon seit langer Zeit fühlten sich die beiden Familien verbunden. So war der alte Gutermann der Taufpate von Luis Thommel, Wilhelm Augusts Vater. Insofern eine Selbstverständlichkeit, als man den Eltern, wohlhabenden Papierwarenhändlern aus Biberach, versprach, „sich um den Bengel anzunehmen"; ihn mit vierzehn Jahren ins Geschäft nahm. Nach Abschluss seiner Ausbildung ermöglichte ihm Gutermann sogar, erste Erfahrungen im Ausland zu machen. „Ach, Marseille", seufzte Wilhelm August; er stand vor der schweren, Respekt einflößenden Eichentür. Ein letztes Mal

„Gutermann zum Blumenstrauß",
Biberach um 1870

sah er an sich herunter, strich Jacke und Hose glatt, zog den Binder unters Kinn. Du solltest ihm dankbar sein, dachte er und klopfte an.
Herr Gutermann saß hinter seinem schweren Schreibtisch, den Zwicker auf der Nase, und sog an seiner Zigarre. Er hatte das dicke Auftragsbuch aufgeschlagen und prüfte die Eintragungen. Ohne zu seinem Angestellten aufzusehen, sagte er: „Ich habe festgestellt, dass du, wer weiß wie oft, in Ravensburg warst. Jedenfalls viel zu oft, wenn ich sehe, was mir deine Reisen an Bestellungen eingebracht haben.“ Gutermann sah auf. Er schien zu erwarten, dass er sein Gegenüber in Verlegenheit gebracht hätte. Doch weit gefehlt! Auf rätselhafte Weise war in diesem eine Wandlung vorgegangen. Strotzend vor Selbstbewusstsein stand Wilhelm August da, so als hätte es nie einen anderen Grund gegeben, Herrn Gutermann aufzusuchen: „Oheim, Ihr habt recht. Honer allein bringt zu wenig ein. Und außerdem habe ich erfahren, dass er sich aus seinem Kleineisen- und Gusswarengeschäft zurückziehen will.“
Wilhelm August dachte an Sophie Christine; sie hätte ihn für feige gehalten. Auch ihre Familie, sehr einflussreich in Ravensburg, hätte ihn ausgelacht. Eine Kiderlen so mal eben ehelichen? Nein! Sieh erst mal zu, dass was aus dir wird, hatte ihr Vater gesagt, nachdem er das jung verliebte Paar beim Austausch eines flüchtigen Kusses ertappt hatte. Dann hatte er ihn des Hauses verwiesen.
„Wenn wir Honer verlieren ...“, die Stimme des Onkels riss Wilhelm August aus seinen Gedanken, „ein Umsatzeinbruch, der nur schwer zu verkraften wäre.“
„Es sei denn ... eine neue Firma.“ Wilhelm August tat einen Schritt nach vorn. „Vielleicht sogar meine eigene! Beschläge, Schrauben und Muttern, Nieten, Drahtstifte, Handwerkszeuge, Haushaltsgegenstände, Waagen, Öfen, Herdplatten ...“
Herr Gutermann fiel ihm ins Wort: „Sieh an, der kleine Thommel. Hast dich herausgemacht die Jahre, was?“ Wilhelm August hatte erwartet, dass der Onkel ihn verlachen würde. Zu seiner Überraschung aber zog Gutermann einen Brief aus der Manschette seines linken Ärmels und las vor: „Geehrter Herr Geschäftspartner, lieber Gutermann! Ich wende mich heute mit einer besonderen Bitte an Sie ...“
Erstaunt vernahm Wilhelm August, dass ihm Honer zuvorgekom-

men war. Es war die Rede von ihm und von Eigenschaften, mit denen man sich nur in Gedanken schmückt. Sie über sich selbst verlauten zu lassen - „geschäftstüchtig, vertrauenswürdig, rechtschaffen, charakterfest“ -, man würde sich dem Vorwurf aussetzen, eitel zu sein. Aus der Feder eines angesehenen Geschäftspartners allerdings ...

Wilhelm August gefiel sich in seiner neuen Rolle.

„Er bittet mich, dich ziehen zu lassen“, sagte Herr Gutermann; und ein Lächeln huschte über sein Gesicht. „Nun dann: Auf die Zukunft, Gustl.“ Gutermann erhob sich und ging quer durch das Büro zu einem ovalen, auf sanft geschwungenen Füßen stehenden Biedermeiertischchen hinüber. Und als Wilhelm August ihm folgte, sah er die beiden Kristallgläser schimmern; bis zu den Rändern mit Roséwein gefüllt.

Obwohl Wilhelm August unaufhörlich von seinen Plänen sprach, auf seine Mutter einredete, als ginge es um sein Leben, kauerte Nanette Thommel schweigend an seiner Seite im Coupé der Kutsche. Frühmorgens um Sechs hatten sie die letzten Häuser Biberachs hinter sich gelassen; im Schneegestöber, das noch heftiger wurde, je länger sie in den erwachenden Tag hineinfuhren. Selten nur war ein Rütteln zu verspüren. Mal ein leichtes Schaukeln, mal ein kurzes Abheben von der Sitzbank. Sonst nichts. Die Kutsche rollte sanft auf der vom frisch gefallenen Schnee dick gepolsterten Straße dahin.

„Musst du mich unbedingt in so etwas hineinziehen?“, unterbrach sie seinen Redeschwall; ihre Hände im Muff

Wilhelm August Thommel, 1886

aus Biberpelz verborgen, den sie sich vors Gesicht hielt, als wollte sie nicht, dass er ihre Klage allzu laut vernehme. „Und dies alles einen Tag vor Heiligabend."
Enttäuscht sah Wilhelm August zu der kleinen Öffnung des Verdecks hinaus. Er hatte so sehr gehofft, sie von seinem Vorhaben überzeugt zu haben. Davon, dass er den Pachtzins, die Raten für die Übernahme des Inventars, des Lagerbestandes, schon erwirtschaften werde. Warum also jetzt noch dieses Zaudern? Schließlich hatte Honer darauf bestanden, dass er einen Bürgen beibringen solle. „Du hast es versprochen, Mutter", sagte Wilhelm August, und sein Blick suchte den ihren.
„Aber warum", endlich sah sie zu ihm auf. „Sag, warum muss es ausgerechnet Ravensburg sein. Seit Abschluss deiner Lehre bist du in der Weltgeschichte unterwegs. Wenn ich nur daran denke, was ich an Todesängsten ausgestanden habe, als du nach Frankreich gingst. Und jetzt ..."
Wilhelm August unterbrach sie: „Ravensburg ist doch nicht aus der Welt, Mutter. Außerdem ..." Ganz plötzlich fühlte er sich schuldig. Die Mutter gegen Sophie Christine eintauschen ... sie würde es nicht verstehen können. Jetzt bereute er, ihr nichts von seiner Liebe erzählt zu haben. Oder hatte sie es doch bemerkt? Hatte sie seine Unsicherheit gespürt, die, jedes Mal wenn die Rede auf Ravensburg kam, ihn verstummen, ja, erröten ließ? Mütter fühlen so etwas, war sich Wilhelm August sicher.
„Erzähl mir von ihr!"
Er spürte, wie ihm die Hitze in den Kopf schoss. Sein Gaumen war ausgetrocknet, als er ihr den Namen seiner Geliebten nannte: „Kiderlen, Sophie Christ..." Die letzte Silbe ging unter, weil er plötzlich den Drang verspürte, den Speichel in seinem Mund hinunterzuschlucken. Aber als er aufsah, in das gütig lächelnde Gesicht der Mutter blickte, löste sich seine Anspannung. Zögernd begann er von Sophie Christine zu erzählen. Und schon wenig später brach es aus ihm hervor, als hätte sich eine Schleuse geöffnet.
Ruhig zog die Winterlandschaft an der Kutsche vorbei. Auf einem verwehten Acker schienen sich ein paar Krähen kreischend um ein verendetes Tier zu streiten. Dahinter, nah am Waldrand, scharrte ein Rudel Rehe im Schnee. „Sie wird dir gefallen, Mutter.

Ihre Familie ... das Haus ... der Garten. Verstehst du? Ich muss einfach ...“ Wilhelm August redete und redete.
Als die Kutsche über die Kuppe ins Tal hinabfuhr, brachen die Wolken auf, und die Sonne tauchte die mächtige Basilika von Weingarten in gleißendes Licht. Sie hörten das Schnauben der Pferde; ein Wiehern, die Tiere schienen zu spüren, dass sie bald am Ziel der beschwerlichen Reise ankommen würden. Schon sah man die Türme der alten Reichsstadt Ravensburg. Ein paar wenige Minuten noch, und das Gespann würde am Frauentor angelangt sein. Wilhelm August nahm das Pflastergeld aus seiner Börse und lehnte sich zurück.

Die Kirchturmuhr verkündete die neunte Stunde, als Wilhelm August, seine Mutter untergehakt, vor dem zweistöckigen Gebäude ankam, das den Wendepunkt in seinem Leben markieren sollte. Links, zum Gespinstmarkt hin, wurde Honers Ladengeschäft von einem langgestreckten Balkon überragt; rechts, zur Marktstraße, sahen sie die beiden mit flachen Bögen überspannten Türen. Darüber, in den vorkragenden Obergeschossen, zwei Reihen mit über Kreuz gesprossten Fenstern. Ein Landauer mit hochgeklapptem Verdeck fuhr vorbei. Fußgänger. Zwei Kinder spielten auf der Straße. Niemand beachtete sie.
Als sie sich dem Eingang näherten, trat ihnen Adrian Gustav Honer entgegen: „Ich darf Sie in Ihrem neuen Domizil begrüßen. Sehe, Sie haben Ihre Mutter mitgebracht. Wie war die Reise? Gehen wir hinauf. Die Verträge sind vorbereitet.“ Er schien in Eile. Schon war man auf der Treppe zum

„Eisenhandlung F.X.Honer"

ersten Stock, als sich Nanette Thommel noch einmal umsah. „Junge...“, flüsterte sie, „hast du gesehen?“ Mit dem Kinn deutete sie in Richtung zweier Ambosse. „Rost. Scheint sich schon lange niemand mehr dafür interessiert zu haben.“
Ein kurzes Grübeln nur, dann riss sich Wilhelm August zusammen: „Sorgen wir dafür, dass dies anders wird, Mutter.“ Er schob sie vor sich her die Treppe hinauf.
Die ausgetretenen Fichtenholzdielen knarrten unter ihren Füßen. Am Ende des düsteren Korridors: eine Tür mit Kassettenfüllung, in Kopfhöhe verglast. Als sie den Raum betraten, schlug ihnen die Hitze wie eine Wand entgegen. „Bitte legen Sie ab“, sagte Honer. „Darf ich Ihnen vorstellen ... Notar Zwerfel. Er hat die Verträge ausgearbeitet. Wie unter uns besprochen, lieber Thommel.“ Ein freundlich dreinschauender Herr bat sie näher zu treten. Der Miet- und Kaufvertrag für das Gebäude Marktstraße 1 lag ausgebreitet auf dem Schreibtisch. Drei große Seiten, die Schrift wie mit dem Stichel graphiert. Auf dem letzten Blatt, links unten, das Datum: 23. Dezember 1873. Von Adrian Gustav Honer bereits unterschrieben. „Fehlt noch Ihre Unterschrift“, sagte Honer zu Nanette Thommel gewandt.
Mit großen Augen sah sie Honer an, fasste dann ihren Sohn beim Ärmel seines Mantels: „Wie unter euch besprochen? August, erst will ich lesen, was ihr besprochen habt.“
Ihrem Sohn schien die Situation peinlich zu sein. Wie hatte Honer an Gutermann geschrieben ... vertrauenswürdig, rechtschaffen, geschäftstüchtig? Vor allem mit Letzterem hatte er ihn aufgewertet. Und nun stand er da wie ein dummer Junge. Gottlob sprang ihm Honer jetzt zur Seite: „Darf ich Sie nach nebenan bitten?“ Er legte die Papiere übereinander und reichte sie - „lesen Sie die Verträge in Ruhe durch“ - an Wilhelm Augusts Mutter weiter. Mit einer ausladenden Handbewegung bat er seine Gäste, ihm ins Nebenzimmer zu folgen. „Ich habe Ihnen etwas zur Stärkung richten lassen. Bitte bedienen Sie sich.“ Dann zog er hinter sich die Tür zu; sie waren wieder allein.
Mitten im Raum: ein Tisch; an seinem Rand zwei Tassen und eine dampfende Teekanne; eine Zuckerdose und eine Schale mit, wie Nanette sofort sah, trockenem Gebäck. Daneben ein Tintenfass, aus dem eine Schreibfeder ragte. Ansonsten war das Zimmer leer.

Keine Stühle. Da wo einmal Kommoden und Schränke an den Wänden gestanden, Bilder gehangen hatten, zeichneten sich helle Flächen ab. Die Vorhänge waren abgenommen worden.
Wilhelm August breitete die Verträge aus, als ihn seine Mutter prüfend ansah: „Fällt dir nichts auf, Junge? Die Tinte ist noch nicht trocken, schon räumt Honer das Haus aus. Scheint nicht so weit her zu sein mit dem guten Geschäft. Oder hast du Kundschaft gesehen?“ Wilhelm August wollte ihr erwidern, aber sie bedeutete ihm mit ihrem über die Lippen gelegten Zeigefinger, still zu sein. Sie ging zur Tür und drückte ihr Ohr dagegen. Nun konnte es auch Wilhelm August hören. Zuerst nur ein unterdrücktes Lachen, dann drang es durch den Türspalt: „Man muss ein schöner Esel sein, wenn man glaubt, mit Schrauben und Muttern ein gutes Geschäft machen zu können.“ Die Stimme Honers! Entrüstet wollte Thommel die Tür aufreißen. Zu seiner großen Überraschung aber hielt ihn Nanette zurück: „Der wird sich wundern.“ Ihre Augen waren zu engen Schlitzen verengt, aus denen es böse funkelte. Sie ging zum Tisch hinüber: „Die Thommels ... Esel! Wir werden ihm beweisen, wer da ein Esel ist.“ Dann nahm sie die Schreibfeder aus dem Tintenfass und schrieb mit zitternder Hand: „Die zu §11 bedungene Bürgschaft wird von der Mutter hiermit übernommen.“
„Aber du sagtest doch ...“ Im letzten Augenblick wollte Wilhelm August sie an ihrer Unterschrift hindern.
„Ich vertraue dir“, sagte sie. „Außerdem hast du immer noch mich, mein Junge.“ Sie lächelte zuversichtlich; für Wilhelm August Grund genug, seinen Namen über den ihren zu setzen.

*

Eine bewegte Zeit. Trockenschwimmübungen werden zum ersten Mal offiziell als Lehrmethode anerkannt. Frankreich hat den „Siebziger-Krieg“ verloren und muss fünf Milliarden Francs Kriegsentschädigung zahlen. Der Gewinner, Deutschland, erlebt einen nie zuvor da gewesenen Aufschwung. Vielleicht ein entscheidender Grund für Richard Wagner, die „Götterdämmerung“ zu komponieren. In Wien findet die 5. Weltausstellung statt; Jules Verne tritt eine utopische „Reise um die Welt in 80 Tagen“ an; und Anton Bruckner schreibt die 3. Symphonie in D-dur. Bald wird Englands Industrieproduktion von der Deutschlands überholt werden.

Dass der Deutsche Kaiser darauf besteht, Elsass-Lothringen ins Reich einzugliedern, halten aufgeklärte Geister für eine große Eselei. Apropos Esel: ein - jedenfalls in der Antike und im Mittelalter - „hochansehnliches Tier". Im 15. Jahrhundert war das von Wilhelm August gemietete Haus in der Marktstraße Sitz der feudalen „Patriziergesellschaft zum Esel". Dort waren meist wichtigere Entscheidungen gefallen als nebenan im Rathaus. Also eigentlich kein Grund sich Sorgen zu machen, möchte man meinen.

*

Wilhelm August stand hinter der Ladentheke und las zum wiederholten Mal seine Annonce im „Oberschwäbischen Anzeiger": „Erlaube ich mir ... dass ich das übernommene Kleineisen- und Gusswarengeschäft vom Samstag dem 15. des Märzes unter meiner Firma August Thommel fortführen werde ... sehe einem geneigten Zuspruche entgegen." Er fühlte sich alleine gelassen. Der Morgen hatte sich dahingezogen, zäh; und außer den beiden Arbeitern, die mit einem Fuhrwerk vorgefahren waren, um einen Kleiderkasten, ein Bettgestell, Strohmatratze und Entendaunendecke anzuliefern, hatte sich keine Menschenseele sehen lassen. Für den Abend hatte er sich vorgenommen, den letzten Zug nach Biberach zu nehmen, um den Sonntag bei seiner Familie zu verbringen. Dann am Montag mit dem ersten wieder ... die Glocke über der Eingangstür schlug an. „Sopherl!" Wilhelm August ging ihr entgegen und nahm sie in den Arm.

Haus der Patriziergesellschaft „zum Esel"

Erst als er sie küssen wollte, wehrte sie sich: "Gustl! Wenn jemand kommt ..."
Er lockerte seine Umarmung und starrte durch sie hindurch. Irritiert sah ihn Sophie Christine an: „Was ist mit dir? Freust du dich denn nicht?"
Wir könnten uns, dachte Wilhelm August, auf schamloseste Weise vergnügen, es würde keiner bemerken. „Ach, Sopherl ..." Plötzlich wurde sie ernst: „Du sorgst dich um das Geschäft. Hab ich recht?"
Er ging zwischen den Regalen hindurch an eines der Fenster und schaute hinaus. In langen Reihen drängten sich die Menschen; vor früh am Morgen aufgebauten Marktständen, die überquollen von Wintergemüse, Geflügel und Käse, von Spezereien, Korbwaren und Landbroten. „Vielleicht wäre ich besser Bauer geworden", sagte Wilhelm August, als plötzlich die Tür geöffnet wurde. Dem Fremden, der dick vermummt, aber dennoch ärmlich gekleidet eintrat, sah man an, dass er kein Städter war. In den Händen hielt er eine gusseiserne Bratpfanne, groß wie ein Wagenrad. Als er sie ihm reichte, sah Wilhelm August den Riss. „Wir haben sie schon einmal richten lassen", sagte der Mann und zeigte auf ein notdürftig mit einem vernieteten Eisenblech geflicktes Loch mitten im Pfannenboden. „Aber der Kesselflicker sagt, das geht jetzt nicht mehr."
Wilhelm August erinnerte sich, dass Honer ihm, neben seinem gesamten Inventar und Warenbestand, auch eine Reihe von Pfannen verkauft hatte. Eine davon mit etwa dem gleichen Durchmesser, wie sie ihm der Mann gezeigt hatte. Gerade wollte er sie vom Haken nehmen, als er bemerkte, dass der Kunde peinlich berührt zu Boden sah. „Ihr könnt sie nicht

Sophie Christine Kiderlen, 1886

bezahlen. Habe ich recht?", fragte Thommel in seine Richtung. Aber der Fremde antwortete ihm nicht.
Jetzt mischte sich Sophie Christine ein: „Er ist ein Spinnereiarbeiter, Gustl. Seit Wochen schon bauen die Spohns ihre Fabrik um. Und bis die Fertigung wieder aufgenommen werden kann, bekommen die Leute keinen Lohn." Dann berichtete sie, dass einer der Ravensburger Fabrikanten - „Julius" - in der englischen Stadt Leeds gewesen sei und dort die neuesten Produktionsstätten besichtigt habe.
„Ist ja schon beinahe fertig", entschuldigte der Mann seinen Chef. „Wenn er die großen Transmissionsräder besorgen kann, geht's auch weiter. Ich weiß nicht warum, aber leider weigert sich Honer, sie zu gießen. Wahrscheinlich will er den Preis in die Höhe treiben." Transmissionsräder - Wilhelm August griff sich an die Stirn: „Gutermann! Nehmt die Pfanne und bezahlt sie, wenn ihr wieder Lohn erhalten habt!" Mehr noch: Er schlug die neue Pfanne sogar in Zeitungspapier ein. Dann verabschiedete er ihn; freundlicher, als es einem einfachen Arbeiter zugestanden hätte.
Auch Sophie Christine machte sich auf. „Sehen wir uns nach Geschäftsschluss?", fragte sie. Aber Wilhelm August verneinte nur knapp; er war in Gedanken schon in Biberach. Zwar hatte er sich mit seiner Unterschrift damit einverstanden erklärt, ausschließlich Honers Produkte zu verkaufen. Aber wie hatte sein Oheim zum Abschied gesagt?: „Auf die Zukunft, Gustl!"

„Sie scheinen über gute Beziehungen zu verfügen", sagte der wohlgenährte Herr im schwarzen Gehrock. Er strich sich über den Schnauz, dann schob er seinen Namen nach: „Julius Spohn."
Jetzt keine Schwäche zeigen, nahm sich Wilhelm August vor. Die imposante Erscheinung, der barsche, grußlose Auftritt des Ravensburger Fabrikanten hatten ihm größten Respekt abgenötigt. Vor allem seine donnernde Stimme: „Seit Monaten versuche ich, diese vermaledeiten Transmissionsräder aufzutreiben, und dann kommen Sie und zaubern sie aus dem Hut. Aber eines sage ich Ihnen, über den Preis müssen wir noch verhandeln."
Wilhelm August besah sich sein Gegenüber. Er schien nicht viel älter zu sein als er selbst, und dennoch hörte er sich an, als dulde er keinen Widerspruch. „Thommel, ich mache ihnen einen

Vorschlag. Wenn ich in der nächsten Woche mit der Montage beginnen kann, machen Sie das Geschäft. Und glauben Sie mir, es soll nicht Ihr Schaden sein."

Noch seien die neuen Spinnmaschinen anfällig, teilte er ihm mit. Die Dorne der Spulen, die Halterungen, die Lager: „Ziemlich schmalbrüstig wie mir scheint." Geringschätzig sah Spohn an Wilhelm August herab, so als spräche er von seinem neuen Geschäftspartner.

„Ich werde sie auf Lager legen", sagte Wilhelm August. Und er wollte sein auf Spohn zugeschnittenes Sortiment schon vervollständigen, da fiel ihm dieser ins Wort: „Weiß schon, Thommel. Hab jetzt aber keine Zeit mehr ... muss zur Ratssitzung." Grußlos wie er gekommen war, verschwand er wieder. Wilhelm August sah seinem neuen Geschäftspartner nach, wie dieser schnellen Schrittes die Marktstraße überquerte und im Rathaus verschwand.

In den folgenden Wochen und Monaten wusste Wilhelm August nicht mehr, wo ihm der Kopf stand. Es hatte sich herumgesprochen - bei den Handwerkern, den Bauern, auch beim gewöhnlichen Arbeiter -, dass der neue Geschäftsinhaber auch mal bereit sei, auf sein Geld zu warten; darauf, dass der Bauer die Ernte verkauft hatte, damit er die Rechnung des Schmiedes begleichen konnte, sodass dieser wiederum den neuen Amboss bei Thommel zu bezahlen in der Lage war. Gottlob gab es aber auch zahlungskräftigere Kunden, und das Kleineisen- und Gusswarengeschäft blühte unter Wilhelm Augusts Führung schnell auf; von Adrian Gustav Honer argwöhnisch beobachtet.

Julius Spohn

An einem Abend nun, es war im Sommer 1875, der letzte Kunde hatte eben den Laden verlassen, trat Sophie Christine ein; sie hatte Tränen in den Augen. Erst auf mehrmaliges Nachfragen hin gestand sie ihrem Geliebten, dass sie von ihm ein Kind unter dem Herzen trage. Erstaunlicherweise aber machte Wilhelm August nicht den Eindruck, darüber besonders erschrocken zu sein. Vielmehr nahm er sie in den Arm und tröstete sie: „Sopherl, dann wird eben geheiratet. Wenn dein Vater sieht, wie es im Geschäft seines künftigen Schwiegersohnes zugeht, wird er sich nicht länger dagegen wehren.“

Das Wetter in diesem Jahr war den Bauern freundlich gesinnt. Ertragreicher noch als in den vergangenen Jahren, wurde die Ernte eingebracht. Den Rechen gingen die Zinken aus, Stiele zersplitterten unter der Last des Korns. Mal brachen die Beschläge der Pferdegeschirre, dann wieder ging eine Getreidewaage -, beim Müller ein Mühlstein -, Sensen und Dreschflegel entzwei. Zu guter Letzt ging einem reichen Bauern auch noch das Vieh durch, sodass sich dieser entschloss, die Weiden mit Eisendraht einzuzäunen. Wilhelm Augusts Geschäft lief immer besser, und dieser Umstand blieb auch Herrn Kiderlen nicht verborgen. Wenig später hielt Wilhelm August bei ihm um Sophie Christines Hand an. Im Oktober wurde geheiratet. Und im April des Jahres 1876 kam ein gesunder Junge zur Welt: Georg Julius.

Wilhelm August saß über einer Urkunde aus dem Fünfzehnten Jahrhundert, als Spohn eintrat. „Wie ich sehe ...“, sagte der Gast, „wollen Sie Ihre Familie in den Adelsstand erheben.“
Überrascht sah Thommel auf: „In den Adelsstand?“ Dann begriff er. Spohn hatte den Entwurf für das neue Familienwappen gemeint, der vor ihm auf dem Tisch lag. Ein Schild-

wappen mit einem T-förmigen Spitzhammer, von zwei sechszackigen Sternen flankiert. Das Ganze umschlungen von Blattornamentik, gekrönt von einem mittelalterlichen Turnierhelm mit zwei Flügeln, ebenfalls mit Sternen versehen.

„Komme geradewegs aus der Ratssitzung", sagte Spohn. „Seitdem ich dem Rat angehöre, steht nun dieses Thema auf der Tagesordnung. Na, das alte Theater, alles baufällig", schob er nach, als ihn Wilhelm August fragend ansah. „Hören Sie, Thommel, mein Bruder Georg und ich haben da eine Idee. Eine Stiftung!" Ganz plötzlich war er ins Schwärmen geraten. Er erzählte von seinem Traum, ein modernes Theater zu bauen. Davon, dass es sich nicht lohne, das alte feuersicher umbauen zu lassen. Überhaupt sei es viel besser, einen neuen Theaterbau gleich mit elektrischem Licht zu versehen, zumal die Brandkatastrophen – „denken Sie an das Darmstädter Hoftheater" - nicht abreißen würden, solange man gezwungen sei, mit Öl- und Gaslampen zu hantieren.

Wilhelm August erhob sich; man sah ihm an, er dachte angestrengt nach. Warum hatte ihm Spohn von seinem Vorhaben erzählt? Was hatte er mit der Beleuchtung eines Theaters zu schaffen, grübelte Wilhelm August. Da ging ihm plötzlich ein Licht auf. „Sie meinen ..."

Spohn lachte auf seine unnachahmliche Art: „Genau das meine ich, Thommel. Sie stiften ein kleines Kraftwerk für das neue Theater- und Konzerthaus."

Wilhelm August spürte, wie in ihm die Hitze aufstieg; ein untrügliches Zeichen dafür, dass er von einem Vorhaben tief überzeugt war. Er an der Seite des hochverehrten Ravensburger Fabrikanten!

Wappen der Familie Thommel

Auch wenn es, außer Kosten, erst mal nichts einbrachte, würde doch sein Ansehen in der Stadt, bei den Bürgern, bei den einflussreichen Familien ins Unermessliche steigen.

*

Dennoch: es wird es noch fünf Jahre dauern, bis es Julius und Georg Spohn gelingt, den Stadtrat von ihren Plänen zu überzeugen. Erst mit der Übergabe von 20.000 Mark als Grundstock zur „Errichtung eines städtischen oder Aktientheaters" lassen sich die Stadtoberen ködern. Von gesundem Misstrauen geleitet, machen die Brüder aber zur Bedingung, dass innerhalb der nächsten 15 Jahre mit dem Bau begonnen wird. Eine Zeitspanne, die bis aufs Letzte ausgenützt werden soll.
Es geht aufwärts in Deutschland. In den Jahren, in denen Wilhelm August sein Geschäft ausbaut, entwickelt Nikolaus August Otto den Viertaktmotor. Mit dem „Ring des Nibelungen" wird das Bayreuther Festspielhaus eröffnet. Ein großer Deutscher kommt zur Welt: Konrad Adenauer. Am einen Ende der Welt schreibt Dostojewskij „Die Brüder Karamasow". Am anderen hebt Mark Twain seinen Tom Sawyer aus der Taufe.
Und in den Jahren, in denen Sophie Christines zweiter Sohn Georg zur Welt kommt und heranwächst, vernichtet der Kartoffelkäfer in Europa eine Ernte um die andere.
Auch das politische Feld wird bestellt, ohne dass die Menschen etwas von der schreckliche Ernte ahnen, die sie bald würden einfahren müssen: 1878 besetzt Österreich Bosnien und die Herzegowina.
Ravensburg bringt einen großen Sohn hervor: Karl Erb, später ein berühmter Kammersänger, fällt bei seinen ersten Gehversuchen auf die Nase und stählt seine Stimme, indem er sich die Seele aus dem Leib schreit. Aus der anfänglich rein geschäftlichen Beziehung zwischen Julius Spohn und Wilhelm August Thommel entwickelt sich in dieser Zeit eine tiefe Freundschaft.

*

„Sie sollten sich schonen." Herr Gänslin, der neue Verkäufer, zeigte auf Sophie Christines Bauch, der sich als deutlich sichtbare Wölbung unter ihrem luftigen Kleid abzeichnete. „Männer!", lachte

sie. „Was würdet ihr auch ohne uns machen?"
Zwar waren inzwischen Hilfskräfte angestellt worden, aber die junge Mutter hatte darauf bestanden, ihrem Mann bei der Arbeit bis zuletzt zur Seite zu stehen. „Nun gehen Sie schon hinauf, Gänslin. Ich komme auch ohne Sie zurecht."
Er strich den grauen Kittel glatt und schnippte ein Fädchen vom Revers, an dem übereinandergestellt ein „A" und ein „T" prangten –, das neue Signet der Firma, das Sophie Christine eigenhändig angenäht hatte. Dann betrat er die Treppe zum ersten Stock.
Wilhelm August erwartete ihn bereits: „Gänslin, kommen Sie herein! Sie sind jetzt seit einem Monat bei mir, und ich bin sehr zufrieden mit Ihnen." Er öffnete die linke Tür des Schreibtisches und nahm eine Geldkassette heraus. Nachdem er sie aufgeklappt hatte, zählte er seinem Mitarbeiter den Lohn auf den Tisch – in Zehn- und Zwanzigmark-Goldstücken. Gänslin gingen die Augen über. Schon wollte er unter wiederholten Dankesbekundungen gehen, da rief ihn Wilhelm August noch einmal zurück: „Ich habe gehört, Ihre Familie hat Zuwachs bekommen." Gänslin aber, anstatt, wie Wilhelm August es zu erwarten schien, übers ganze Gesicht zu strahlen, schlug die Augen nieder. Ihm war anzusehen: ein Esser mehr am Tisch machte das tägliche Überleben nicht einfacher.
Doch Wilhelm August drängte weiter: „Erzählen Sie mir davon."
Gänslin sah ihn nur fragend an.
„Ja, Sie haben mich schon richtig verstanden. Wie ist das ... Vater sein?"
„Aber ...", verständnislos schüttelte Gänslin den Kopf. „Der Herr Prinzipal weiß doch selbst, wie das ist. Allerdings, wenn man nur zwei Kinder ..."
Plötzlich zerriss ein Schrei die Stille, die zwischen ihnen eingekehrt war: Sophie Christine! Sie stürzten aus dem Zimmer, rannten die Treppe hinab. Sophie Christine saß zusammengekrümmt auf einem Stuhl, umringt von Kunden. „Schnell, holt die Hebamme!", schrie Wilhelm August. Dann nahm er sich seiner Frau an.
Keine halbe Stunde später war die Hebamme zur Stelle. Sie strahlte die Art Ruhe aus, die Sophie Christine so herbeigesehnt hatte, seit sich ihr besorgter Ehemann bemühte, ihr zu Diensten zu sein. „Schaffen wir sie in die Wohnung hinauf", beschloss die Hebam-

me. „Und dann brauchen wir alle Handtücher, die Sie finden können. Und heißes Wasser ... kochend heißes Wasser." Zunächst wehrte Wilhelm August sich gegen die Anordnung und blieb wie angewurzelt stehen. Aber die resolute Frau schickte ihn - „nun beeilen Sie sich schon" - aus dem Zimmer.

„Lass Mama in Ruhe, Julius!" Wilhelm August zerrte an seinem Sohn, der sich mit beiden Händen an der Bettdecke festhielt. Als Georg Julius endlich losließ, schrie der Säugling in Sophie Christines Armen laut auf. „Jetzt hast du es geschafft. Geh mir aus den Augen ..." Weinend rannte sein Sohn aus dem Zimmer.
Die Wöchnerin richtete sich vorsichtig auf: „Gustl, vergiss nicht, du hast drei Söhne." Sie öffnete das schweißverklebte Nachthemd und legte den schreienden Neugeborenen an ihre Brust. Sofort beruhigte er sich.
„Wie schön er ist", sagte Wilhelm August und strich seiner Frau über die in Strähnen herabhängenden Haare. Entspannt lehnte sich Sophie Christine zurück: „Ja, er ist schön." Dann lachte sie: „So schön, wie ein gewöhnlicher Säugling nun einmal ist."
„Gewöhnlich ..." Wilhelm August war die Empörung anzusehen. „Er ist ein ganzer Thommel, Liebling. Sieh doch! Nicht wie ..." Plötzlich brach er ab.
„Julius?", fragte Sophie Christine nach, Böses ahnend. „Gustl, auch er ist dein Sohn. Es gibt keine halben Thommels. Merk dir das!"
Sie war wütend geworden. Von ihrer Niederkunft an war ihr nicht verborgen geblieben, wie Wilhelm August seine ganze Liebe auf den Neuankömmling konzentrierte. Und mit jedem weiteren Tag litt Georg Julius mehr darunter.
„Aber du musst doch zugeben ...", er machte ihr die Kissen zurecht und stopfte sie hinter ihren Rücken. „Den Junior haben wir beide gewollt."
„Beide ... gewollt!" Sophie Christine geriet außer sich. „Versündige dich nicht an Georg Julius!", zischte sie. „Er kann nichts für unseren Übermut."
Schuldbewusst duckte sich Wilhelm August weg; die Schärfe in ihrer Stimme hätte keinen Widerspruch mehr zugelassen. Wenigstens nicht im Augenblick, da war er sich sicher.

„Ach, übrigens ...“ Plötzlich schien Wilhelm August wieder Herr der Lage. „Spohn will eine Telefonleitung legen lassen. Von seiner Villa bis zum Fabrikgebäude im Ölschwang. Von dort in die Bleiche nach Ittenbeuren und weiter in die Seestraße, wo sein Bruder Georg wohnt. Und ich soll ihm den Draht, die Masten und die Befestigungen besorgen.“
„Und?“ Sophie Christine schaute ihn an, als erwarte sie ein „Aber“, das den Auftrag Spohns in Frage stellen könnte. „Seit wann scheust du vor Schwierigkeiten zurück?“
Wilhelm August tat so, als hätte er eben noch angestrengt nachgedacht, dann aber plötzlich den rettenden Einfall gehabt: „Ja, so könnte es gehen!“, sagte er. „Das Seelhaus in der Bachstraße. Es steht zum Verkauf. Das ideale Zwischenlager.“
Sophie Christine nahm den schlafenden Junior von der Brust, legte ihn neben sich und deckte ihn behutsam zu. Sie lächelte: „Und das ist dir natürlich soeben erst eingefallen.“
„Nun, ich sehe schon, dir kann man nichts vormachen. Ich habe das Gebäude bereits vergangene Woche in Augenschein genommen.“
Dann schilderte er ihr das Innenleben des Gebäudes aus dem Jahre 1408, das einst Pilgern als Herberge gedient hatte, die nach Rom oder Santiago di Compostela unterwegs waren. Hier wurden an die Armen Almosen verteilt und: „Sogar Kranke und Mütter mit ihren Kindern wurden hier wieder gesund gepflegt. Wirklich ein ehrbares Gebäude. Gut geeignet für ...“
„Ein Eisenlager!“, unterbrach sie ihn. Er sah ihr an, sie schien nicht davon überzeugt zu sein, dass das Haus mit dem barocken Giebel für den profanen Zweck den richtigen Rahmen abgebe.
„Nun ja ...“ Wilhelm August versuchte ihre Bedenken zu zerstreuen. „Das Bierlager von Remigius Steub war da auch schon mal untergebracht. Und Herr Gerum wollte ein Kleiderlager daraus machen ... der Musikdirektor Maucher sogar eine Musikschule. Warum also kein Eisenlager? Man muss das denen ja nicht unbedingt auf die Nase binden.“
Sophie Christine sah es ihm an: Er hatte seine Pläne bereits ohne sie gemacht. Als er aber davon sprach, das Vorhaben erst mal als Forellenzucht zu tarnen, was auch naheliegen würde, zumal der Stadtbach direkt unter dem Gebäude in der Bachstraße hindurch-

fließe, holte sie ihn wieder in die Wirklichkeit zurück: „Gustl, das glaubt dir niemand. Dann schon eher, wenn du sagst, du würdest oben Büros einrichten und unten einen großen offenen Verkaufsraum, ganz in der Tradition der Großen Ravensburger Handelsgesellschaft."
Wilhelm August hatte glänzende Augen bekommen: „Büros, ja. Und das größte und sonnigste wird einmal unser August Junior bekommen."
„Wer?" Angriffslustig sah seine Frau auf. „Fängst du schon wieder damit an?"

*

Am 6. Oktober 1880 kauft Thommel das Seelhaus in der Bachstraße und richtet dort – „die Wiege unseres Stahlhandels" – ein Eisenlager ein. Während ihm Sophie Christine zwei weitere Söhne schenkt, Hermann 1882 und Eduard 1883, baut Wilhelm August mit geschickter Hand sein Unternehmen aus. Außer Spohn zählen hauptsächlich die vielen Handwerker aus der Stadt und dem Umland zu seinen Kunden. Schlosser, Schreiner, Glaser, Schmiede, Wagner – alle bedienen sich aus seinem reichhaltigen Sortiment. Fast jeder hat sein „Büchle", in dem feinsäuberlich eingetragen wird, was mitgenommen, aber erst am letzten des Monats bezahlt wird: fünf Kilo Nägel, eine Packung Schrauben; Scharniere, Beschläge und Schlösser. Die Hufschmiede lassen das Material für die Hufeisen anschreiben, die Bauern landwirtschaftliche Gerätschaften.
1884, zehn Jahre nachdem er es angemietet hatte, geht das Stammhaus in der Marktstraße 1 in Thommels Besitz über.

im Hintergrund das „Seelhaus"

Dann kommen noch zwei Gebäude in der benachbartenSchulstraße dazu. Am Bahnhof wird ein Trägerlager gebaut. Deutschland fügt sich ein in die Reihe der Kolonialmächte und übernimmt Deutsch-Südwestafrika. Ob die aufständischen Eingeborenen lieber mit stinkendem oder mit – dem soeben erfundenen - rauchlosem Schießpulver erschossen werden wollen, wird nicht gefragt.

Fern der „neuen Heimat“ kommt Theodor Heuß zur Welt. Der schwermütig gewordene Bayrische Märchenkönig, Ludwig II., wird entmündigt, und in Ravensburg erhält die Familie Thommel endlich weibliche Verstärkung: Johanna. In New York wird die Freiheitsstatue errichtet - ein Geschenk Frankreichs -, und zur Musik Giuseppe Verdis meuchelt Othello seine Gemahlin Desdemona. Dann baut Gottlieb Daimler einen ersten vierrädrigen Kraftwagen mit Benzinmotor, und schon zwei Jahre später – 1889 – findet in Paris die erste Automobilausstellung statt.
1889: ein Jahr der Trauer: Vincent van Gogh bringt sich um; und Adolf Schickelgruber wird geboren. Dass letzterer einmal die Völkergemeinschaft ins Unglück stürzen wird, ahnt noch niemand; auch nicht in Ravensburg, auch nicht im Hause Thommel. Dort kommt eine zweite Tochter zur Welt: Luise, das siebte Kind.

*

„Schließen Sie ab, bevor Sie in den Feierabend gehen!“, rief Wilhelm August seinem Angestellten zu, schon halb auf der Straße. Er musste sich beeilen, da er noch vor Geschäftsschluss in die Dornsche Buchhandlung wollte, um das Geburtstagsgeschenk für den Junior abzuholen. „Und, Schöllhorn, den Schlüssel bringen Sie mir anschließend in die Marktstraße.“ Dann verließ er das Seelhaus durch den Neben-

Hermann, August jun., Georg Julius, Georg, Eduard

eingang. Zwar lag die Buchhandlung gleich schräg gegenüber in der Bachstraße, aber Dr. Johann Dorn war bekannt dafür, dass er, ständig auf die Uhr schauend, jeden Abend darauf wartete, pünktlichst seinen Laden schließen zu können. Auch wenn er einem Kunden die Türe vor der Nase zuschlagen müsste, er hatte seine Prinzipien.

Im letzten Moment betrat Wilhelm August das Geschäft. „Haben Sie es?", fragte er den missmutig dreinschauenden Buchhändler. „Was glauben Sie denn ...", sagte Dorn und ging nach hinten, um gleich darauf mit einer flachen, bunt bedruckten Schachtel wieder zu erscheinen. „Ich bekomme drei Goldmark von Ihnen, Thommel. Und vielleicht ... das nächste Mal nicht wieder in letzter Minute."

Auf dem Weg nach Hause betrachtete Wilhelm August sein Geschenk. Nein, ich werde es nicht einpacken, dachte er. Das Bild auf der weinroten Schachtel war Schmuck genug. Der Weltreisende, der, mit dem Zirkel seine Reiseroute auf einem Globus vermessend, sich angeregt mit einem Matrosen unterhält. Daneben ein Indianer in Federschmuck, der den beiden zuhört. Im Hintergrund, durch die großen Fächer einer Palme, war ein Segler zu sehen in voller Takelage. Quer im Bild lag eine Weltkarte ausgebreitet, von Afrika bis Südamerika. Davor: alte Bücher, exotische Früchte, Waffen aus aller Herren Länder. Ein grinsender Chinese, in der Hand ein Saiteninstrument, sieht über den Rand der Karte, während in seinem Rücken eine Dampflok vorbeifährt. Reise um die Erde – ein humoristisches geographisches Gesellschaftsspiel, das Otto Robert Maier vor fünf Jahren in den Handel gebracht hatte.

Luise und Johanna

Gänslin räumte gerade die Regale ein, als Wilhelm August hereinkam. „Wo ist meine Familie ... oben?“, fragte er und ging schnellen Schrittes die Treppe hoch, ohne Gänslins Antwort abzuwarten. Dann nahm er die Treppe zum oberen Stock, noch schneller, indem er jede zweite Stufe ausließ. Völlig außer Atem betrat er den Raum. Ein friedliches Bild: Sophie Christine saß auf dem Kanapee und fütterte Lieschen. Die kleine Johanna schien sich das zum Vorbild zu nehmen und gab ihrer Puppe zu trinken. Georg saß über den Hausaufgaben. Hermann und Eduard sahen gemeinsam ein Buch an, während August, mit Tropenhelm auf dem Kopf und mit Knickerbocker und einem beigefarbenen Baumwollhemd bekleidet, wieder einmal an Georg Julius herumzerrte. Als der Junior ihn erkannte, ließ er sofort von seinem Bruder ab und bestürmte seinen Vater: „Papa, hast du mir ein Geschenk mitgebracht?“

Wilhelm August hielt die Schachtel hoch in die Luft und drehte sich im Kreis, während der Junior an ihm hochsprang wie ein junger Hund. „Nun lass' schon los“, sagte Wilhelm August und ging zum Tisch mitten im Zimmer. „Kommt alle mal zu mir!“, sagte er dann und öffnete die Schachtel. Zum Vorschein kam der Spielplan – Felder, die einzelnen Etappen, die Phileas Fogg, die Hauptfigur aus Jules Vernes Roman zu bewältigen hatte, wollte er in achtzig Tagen wieder in London, im vornehmen Reformclub ankommen, um seinen Wettgewinn, 20 000 Pfund Sterling, einstreichen zu können.

Aber schon vor der Abreise aus England gab es die erste Auseinandersetzung. Nicht zwischen Fogg und seinem Reisebegleiter Passepartout – deren Rollen hatte noch keines der Kinder übernommen -, nein, es gab Streit zwischen dem Junior und Georg, die sich beide um einen Indianer balgten, eine Zinnfigur in prächtigem Federschmuck. „Der gehört mir, mir, mir.“ In der ihm typischen Art stampfte der Junior mit den Füßen auf.

„Ja, Junior, er gehört dir“, ging Wilhelm August dazwischen. „Aber allein wirst du damit nicht spielen können. Außerdem passt der Reisende besser zu dir. Schließlich ist er die Hauptfigur.“ Verstohlen schielte er zu Sophie Christine hinüber, die aber schüttelte nur verständnislos den Kopf.

Endlich hatten sie die Figuren untereinander aufgeteilt. Der Junior

hatte sich mit Fogg zufrieden gegeben, Georg bewegte den Indianer, Hermann hatte einen Skifahrer erobert, Eduard einen Chinesen mit langem Zopf; Georg Julius, der älteste, hielt einen Neger in der Hand, der ein Bündel auf dem Kopf trug, und für Johanna war die unscheinbarste Figur übrig geblieben, ein Einwohner Südamerikas, wie es aussah. Alle machten einen zufriedenen Eindruck, außer August junior. Er schien immer noch böse zu sein: „Ausgerechnet Georg bekommt den Indianer, dabei hat er mir nicht einmal bei den Hausaufgaben geholfen." Wilhelm August verteilte gerade das Spielgeld unter seinen Kindern, als der Junior plötzlich vom Stuhl aufsprang, seine Figur auf den Boden warf, und zu dem Pult hinüber rannte, auf dem noch das aufgeschlagene Schulbuch Georgs lag. Schon hatte er die erste Seite herausgerissen, als Julius ihn erwischte.
„Lass ihn los!" Wilhelm August war im letzten Augenblick dazwischen gegangen, sonst hätte Georg Julius noch mehr Tritte abbekommen, Kratzer, Bisse und Schläge. So war nur sein Matrosenanzug zerrissen. Aber noch viel schlimmer für den großen Bruder: warum schickte ihn sein Vater aus dem Zimmer? „Ich möchte dich heute nicht mehr sehen." Er hatte es doch nur gut gemeint.

„Er ist der Älteste", sagte Sophie Christine mit Nachdruck. Wilhelm August spürte mit jeder Faser seines Körpers die Spannung, die in der Luft lag. Dabei war es nur um die Frage gegangen, ob es besser sei, Georg Julius im eigenen Geschäft auszubilden, oder ihn in die Fremde zu schicken; Erfahrungen zu machen, wie er es ausgedrückt hatte, was doch noch niemandem geschadet hat. Aber schon waren sie aneinander geraten. Unverblümt hatte sie ihm vorgeworfen, sich seines Erstgeborenen entledigen zu wollen. Sich um die Entscheidung zu drücken, wer einmal das Geschäft übernehmen solle. Die üble Stimmung wurde auch dadurch nicht erträglicher, dass Wilhelm August aus dem Brief zitierte, den er „zufälligerweise vor ein paar Tagen" von Fuchs aus Heilbronn erhalten habe. „Gerne würde ich Ihren Sohn bei uns in die Lehre nehmen. Ihr..." Prüfend sah er sie an. „Es wäre die Antwort auf unser Problem", meinte er dann.
„Die Antwort?" Nun wurde Sophie Christine wütend. „Eine Antwort bekommt man erst, wenn man zuvor eine Frage gestellt hat.

Tue nicht so, als wäre das alles ein Zufall." Sie erhob sich und schickte sich an, den Raum zu verlassen. Schon in der Tür, blieb sie noch einmal stehen: „Warum nicht Gutermann? Wenn du willst, dass Julius Erfahrungen macht, warum nicht bei Gutermann zum Blumenstrauß?" Dann warf sie die Tür hinter sich ins Schloss.

Es war früh am Morgen, als sie über den Marienplatz gingen, dann einbogen in die Eisenbahnstraße. Wilhelm August hatte den ersten Zug des Tages gewählt, hatte gehofft, so möglichst unbelästigt von neugierigen Fragern zum Bahnhof zu gelangen. Die Frühmesse in St. Jodoks hatte schon begonnen; Orgelspiel war zu hören, der Gesang der Gemeinde. Georg Julius, einen hölzernen Koffer in der einen, in der anderen Hand ein Bündel mit Reiseproviant, ging neben seinem Vater her. Beide sprachen kein Wort.
Schon am Tag zuvor hatte Wilhelm August Gänslin zum Bahnhof geschickt, um das Billet zu kaufen; hatte ihm aufgetragen, egal wem er begegne, Stillschweigen darüber zu bewahren, welches Mitglied der Familie Thommel zu verreisen gedenke. Erster Klasse! Und dennoch musste es sich wie ein Lauffeuer herumgesprochen haben. Sogar einen Rabenvater habe man ihn genannt, hatte Sophie Christine weinend berichtet, als sie am Abend nach Hause gekommen war. „Bring du ihn zur Bahn", hatte sie gesagt, „mir bricht es das Herz."
Der Zug stand schon bereit, als sie eintrafen. Die Lok blies den Dampf auf die Schienen, dass ihre Räder, das Antriebsgestänge nur noch halb zu sehen waren; dahinter sechs verrußte Wagons, zwei für jede Klasse. Wilhelm August nahm ein Tuch aus der Manteltasche und wischte sich die Augen aus. Dann schnäuzte er sich die Nase.
„Vater!", erstaunt sah Georg Julius ihn an. „Weinst du?"
„Nein", presste Wilhelm August hervor. „Es ist nur der Ruß." Doch als er seinen Ältesten zum Abschied in die Arme schloss, konnte er seine Gefühle kaum noch verbergen. Heftig hustend setzte sich der Zug in Bewegung. Georg Julius stand am Fenster, er sah wie sein Vater ihm hinterher blickte, sich dann abwendete und ging, den Hut tief ins Gesicht gezogen. Ob er wohl gezittert hatte, fragte sich Julius.

Sophie Christine hielt den Brief in ihren Händen und las, als Wilhelm August das Zimmer betrat. Er spürte sofort, dass er nicht willkommen war, denn seine Frau ignorierte ihn auf ihre unnachahmliche Art und Weise. Eine fordernde Nichtbeachtung, die ihn unter Druck setzte, nach dem Grund für ihre Gereiztheit zu fragen. Dabei wusste er, dass sie nur darauf wartete, bis er den Mund aufmachen würde, um ihn dann erst recht ignorieren zu können.
Doch dieses Mal kam es anders. Wilhelm August war hinter sie getreten und hatte ihr den Arm um die Schulter gelegt, als sie plötzlich zu weinen begann. Über sie hinweg las er, was Georg Julius geschrieben hatte: „Liebe Mutter, lieber Vater ..."
Schon aus den ersten Zeilen wurde deutlich, dass Julius litt. Er sei im Haus seines Lehrherrn untergebracht, in einem kleinen Zimmer auf dem Dachboden, „kaum die Luft zum Atmen". Zwar werde gemeinsam gegessen, aber während die restlichen Familienmitglieder von der Köchin bestens versorgt würden, setze man ihm jeden Abend „diesen widerlichen Luckeleskäs" vor. Auch erhalte er keinen Lohn für die geleistete Arbeit – außer 50 Pfennigen Taschengeld pro Woche, welches er aber auszugeben kaum Gelegenheit habe. Gut, so schrieb Julius weiter, dass er einen Leidensgenossen kennen gelernt habe, Brünisholz, den Sohn eines Eisenwarenhändlers aus Zweibrücken.
„Du hast ihm das eingebrockt." Sophie Christine sprach mit fester Stimme. Auf ihre Weinerlichkeit wäre Wilhelm August gefasst gewesen, doch nicht auf dieses Gewitter, das sich nun über ihn entlud. Er hatte den zornigen Vorwürfen seiner Frau nicht viel mehr entgegenzusetzen als den zaghaften Hinweis, dass jede Lehrzeit mal ein Ende habe. Versöhnlich stimmte sie erst, als er die

das Stammhaus, Marktstraße 1

Zusage machte, beide Söhne, August und Julius nach Abschluss ihrer Ausbildung ins Geschäft zu nehmen. „Der Herr Kommerzienrat ...“ Gleich mehrmals hatte Gänslin angeklopft. Des Streites der Eheleute wegen allerdings zu zaghaft, als dass sie es vernommen hätten. „Er will sie sprechen, Herr Thommel.“ Vom Geschäft herauf war Spohns kraftvoll derbes Schwäbisch zu hören. Dazwischen das helle Lachen des Juniors. Den Grund für die amüsante Stimmung sah Wilhelm August, als er hinunter ging, um Spohn zu begrüßen; dieser hatte seinen nagelneuen Daimler direkt vor dem Geschäft geparkt und war so zu einem hartnäckigen Anhängsel gekommen: „Nimm mich mit, Onkel Julius!“ August junior hing am Gehrock des Hünen, doch dieser schüttelte ihn ab: „Später, Junior, später.“ August saß schon hinter dem Steuer des Automobils, da wurde sein Vater - zum zweiten Mal an diesem Tag - das Opfer von Blitz und Donner. Spohn tobte dermaßen, dass man Angst um seine Gesundheit haben musste. „Die haben das gar nicht verdient“, schrie er. „Den Etat für den Theaterneubau einfach so zu streichen. Wasserleitungen, Gasleitungen, Kanalisation ... alles wichtiger. Sollen sie doch in die Grube scheißen.“ Spohn war bekannt für seine jähzornigen, zuweilen auch vulgären Ausbrüche. Dann war man gut beraten, wenn man sich zurückzog. Oder noch besser, man stimmte ihm zu. Wenn auch nur verhalten: „Unglaublich.“

„Unglaublich?“ Spohn hatte sich wieder gefangen. „Sie haben recht, Thommel. Auf 36000 Mark ist das Stiftungskapital jetzt schon angewachsen. Manchmal glaube ich ...“ Dann ließ er sein Gegenüber einfach stehen; er hatte seinen Dampf abgelassen. Ein Knall noch, dann das Knattern des Motors, und schon sah Wilhelm August ihn davonfahren, seinen Junior auf dem Beifahrersitz.

*

Nicht zuletzt der Hartnäckigkeit Spohns, vor allem seiner Drohung wegen, die Stiftung aufzulösen, beginnen 1896 endlich die Bauarbeiten für das neue Konzerthaus. Und schon 1897, am 14. November, wird der Musentempel, in neoklassizistischem Stile erbaut, feierlich eingeweiht.

Ganz langsam dämmert das neue Jahrhundert herauf. In Deutsch-Südwest werden die Hottentottenaufstände niedergeschlagen.

Andrée, Strindberg und Fränkel sterben beim Versuch, den Nordpol im Freiballon zu erreichen. Und in Nordamerika entsteht der erste Comikstrip: „Die Katzenjammer Kids". Dennoch ist damit noch nicht der Untergang seriöser Literatur gekommen. Ernest Hemingway wird geboren. Gerhart Hauptmann lässt den „Fuhrmann Henschel" entstehen, Arthur Schnitzler den skandalumwitterten „Reigen".
Bald werden die Brüder Wright erste Flugversuche mit Drachen machen. Und Rudolf Steiner entwickelt die Anthroposophie.
Für Georg Julius ist die Leidenszeit in Heilbronn zu Ende gegangen; er volontiert jetzt bei einzelnen Eisenhandlungen, unter anderem bei seinem Freund Brünisholz. Dort kommt es zu einer schicksalhaften Begegnung: Die beiden Freunde sind zur Hochzeitsfeier bei der Familie Jakoby eingeladen, im Hause des ehrenamtlichen Bürgermeisters von Zweibrücken und Besitzers der ortsansässigen Parkbrauerei. Hätte man Georg Julius anschließend nach Einzelheiten des festlichen Ereignisses gefragt, er hätte sich an nichts erinnern können. Vom ersten Moment an hat er nur Augen für Käthe, die Tochter des Hauses.

*

Schon den ganzen Tag über konnte Wilhelm August seiner Erregung kaum Herr werden. Zwar hatte er sich immer dann bemüht, gleichgültig zu wirken, wenn Sophie Christine ihn nach der Uhrzeit fragte – und dies hatte sie etliche Male während der letzten Stunden getan –, aber kaum dass er wieder alleine war, suchte er angespannt nach der Fotografie Käthes, welche Georg Julius seinem letzten Brief beigelegt hatte. Aber das Bild blieb verschwunden.
Einen guten Geschmack hat er ja, dachte Wilhelm August. Die kastanienbraunen Locken, die sie hochgesteckt trug; ihre Augen, klar wie ein Bergsee; ihr sinnlicher Mund – schon als er die Fotografie zum ersten

das „Konzerthaus"

Mal in Händen gehalten hatte, war ihm, als sähe er die junge Sophie Christine vor sich. Ja, herzeigbar musste die Braut schon sein. Ein zarter Trieb, eine Veredelung des Stammbaumes. Wilhelm August lachte; er kam sich albern vor.

Die Türglocke! Er polterte die Treppe hinunter. Im ersten Stock holte seine Frau ihn ein. Schulter an Schulter nahmen beide die letzten Stufen, rissen die Tür auf: Im Gegenlicht stand ein Fremder. Enttäuscht machte Sophie Christine kehrt und ging wieder nach oben.

Wilhelm August wischte sich die Augen; da erst erkannte er ihn. Der Junior hatte sich herausgeputzt. Die Haare glatt und nach hinten gekämmt. Mittelscheitel. Im obersten Knopfloch seines azurblauen, wollenen Jacketts stak eine rote Rose. Darunter trug er ein seidenes Hemd; Knickerbocker, klein kariert. Einzig die dickrandige Brille auf der von kleinen Schlammspritzern übersäten Stirn störte sein vornehmes Äußeres.

„Gehst du zum Maskenball?" Wilhelm August traute seinen Augen nicht. Nicht weniger staunte er, als der Junior einen Schritt zur Seite trat, den Oberkörper zum Schaufenster hin drehte, ohne den Blick von seinem Vater zu lösen. Mit einer ausladenden Armbewegung zeigte er auf das Gefährt, das auf der Straße stand. Ein Automobil – nein, ein vierrädriges Ungetüm mit heruntergeklapptem Verdeck. Zweisitzig, zu nichts zu gebrauchen. „Es gefällt dir, ja!" Dann ging sein Sohn auf ihn zu und schloss ihn in die Arme. „Sind sie schon da? Bin gespannt, wie sie aussieht."

Wilhelm August kam ein böser Verdacht. In der ganzen Stadt hatten sich die Amouren des Juniors schon herumgesprochen. Kein Rock schien mehr

Käthe um 1900

vor ihm sicher zu sein. Und was noch viel schlimmer war: Seine Verehrerinnen konnten nicht jung genug sein. „Junior ...“, scharf sah ihn Wilhelm August an, „ich warne dich. Lass’ die Hände von ihr.“

„Die Hände?“ Unzweideutig blinzelte der Junior ihn an. „Aber in die Arme werde ich sie wohl nehmen dürfen. Ich meine, als Schwager.“ Dann machte er – „muss leider weiter“ – auf dem Absatz kehrt. Er hatte die Klinke bereits in der Hand, da drehte er sich noch einmal um: „Ach ja, bitte vergiss nicht ... na, die Rechnung für den Opel.“

Kopfschüttelnd wollte Wilhelm August wieder hinauf, als er plötzlich Gänslins Stimme vernahm: „Julius!“ Wilhelm August fuhr herum. Sein Erstgeborener hatte das Geschäft betreten. Hinter ihm eine junge Dame, die wohl eine Kundin sein musste. „Da bist du ja endlich“, rief Wilhelm August aus. „Wie war die Reise. Wo ist ...?“ Suchend sah er umher, aber außer Gänslin, der Julius freudig die Hand drückte, und der Dame, die etwas verloren wirkend in der Nähe der Tür stehen geblieben war, war da nur sein Sohn, der eben die beiden Koffer abstellte.

„Herr Thommel, guten Tag. Es freut mich Sie kennen zu lernen.“ Überrascht sah er die fremde Dame an. Julius, dem das Erstaunen in den Augen seines Vaters nicht entgangen war, trat neben sie und stellte sie vor: „Katharina Friederike Jacoby, Vater.“ Und sie ergänzte: „Käthe. Sagen Sie einfach Käthe zu mir.“

„Ach ja, Käthe ...“ Wilhelm August tat so, als hätte er sie jetzt erst erkannt. „Entschuldigen Sie. Es sind die Augen, mein Fräulein.“ Er reichte ihr die Hand zur Begrüßung, aber Julius merkte ihm an, dass er

Georg Julius, 1901

immer noch Zweifel hegte, ob es sich bei ihr wirklich um die junge Dame handelte, die er von der Fotografie her kannte.
„Wo ist Mutter?“, unterbrach er die peinliche Stille. Wilhelm August deutete nach oben, noch sichtlich benommen. „Sie hat sich etwas hingelegt“, sagte er. „Du weißt ja, ihre Nieren.“
Er bat Gänslin, der jungen Dame den Weg zu zeigen. Bevor Georg Julius protestieren konnte, hielt sein Vater ihn zurück: „Wir haben noch etwas zu besprechen, unter vier Augen.“ Endlich allein mit ihm, nahm er sich Julius vor. „Das ist doch nicht deine Käthe“, flüsterte er scharf. „Oder hat sie sich die Haare gefärbt? Das Fräulein auf dem Bild hatte braunes Haar. Wie Mutter. Aber die da ... hellblond.“
Die da! – Julius starrte ihn an, als hätte er ein wenig mehr Respekt erwartet. Aber seinem Vater zu widersprechen, das wusste er, hatte keinen Sinn. Seine Beharrlichkeit, nein, Dickköpfigkeit, war mit fortschreitendem Alter noch größer geworden. „Vater, du wirst dich schon mit ihr anfreunden können, wenn du sie erst näher kennen lernst. Lass uns jetzt zu Mutter hinauf...“ Da kam ihnen Gänslin entgegen. „Es geht ihr schlecht“, sagte er. „Man müsste einen Arzt rufen.“ Julius erschrak. Aus Briefen wusste er, dass seine Mutter die letzten Jahre körperlich immer mehr abgebaut hatte. Sieben Kinder hatte sie zur Welt gebracht; nebenher noch das Geschäft, alles hatte tiefen Spuren hinterlassen. Zwar war sein Bruder jetzt in einem Alter, in dem man hätte erwarten können, dass er seinen Eltern zur Hand ginge, aber – „er ist halt ein richtiger Autonarr“ – sein Vater schien viel zu nachsichtig mit ihm; nahm ihn sogar in Schutz, als Julius sagte: „Mutter ist krank, und der fährt in der Weltgeschichte umher.“
Auf dem oberen Treppenabsatz angekommen drehte sich Wilhelm August zu ihm um. „Julius, ich dulde das nicht, wie du über ihn sprichst. Er weiß genau,

der „Königlich Württembergische Automobilclub"

was er tut. Hat jetzt sogar den Königlich Württembergischen Automobilclub gegründet. Nun ja, nicht allein, wie du dir denken kannst. Aber immerhin mit so bedeutenden Persönlichkeiten wie Gottlieb Daimler und Robert Bosch. Auch Wilhelm Maybach gehört zu den Gründungsmitgliedern." Aus seiner Stimme sprach der pure Stolz.
Behauptet er, dachte Julius. In der ganzen Welt hatte sich das große Ereignis herumgesprochen. Jeder wusste, dass der vornehme Club unter der Schirmherrschaft Seiner Majestät des Königs Wilhelm von Württemberg gegründet worden war. Dies allerdings schon 1899, also vier Jahre zuvor. Und da war der Junior erst zwanzig Jahre alt gewesen und hatte keinerlei Verbindungen zu den hohen Herren. Aber... soll er es ihm glauben, dachte Julius.
Sie betraten das Schlafzimmer. Sophie Christine lag bekleidet auf dem Bett, auf der Bettkante saß Käthe. „Julius, wie ich mich freue. Deine Braut, genauso habe ich sie mir vorgestellt." Sie langte unter das Kopfkissen und zog eine Fotografie hervor: Käthe - mit blonden Haaren!

Wenig später – Wilhelm August war mit Käthe in der Stadt unterwegs, um sie jedem, der ihnen begegnete, als seine erste Schwiegertochter vorzustellen – saßen Julius und seine Mutter beim Tee. „Was ist mit Vater?", fragte er besorgt. „Er quält sich", sagte sie. „Wegen dem Junior. Obwohl er es nicht zugibt."
Julius nahm die Tasse zur Hand und blies den Dampf vom Tee. Nachdem er daran genippt, die Tasse wieder auf ihren Platz gestellt hatte, sagte er vorwurfsvoll: „Auf den Junior wird er sich nicht verlassen können. Wird Zeit, dass ich wieder nach Hause komme." Ohne Zögern stimmte Sophie Christine ihm zu: „Verlassen, ja. Neuerdings redet er sogar davon, nach Guatemala gehen und Kaffeepflanzer werden zu wollen. Aber bitte, sag' Vater nichts davon."

Wilhelm August hatte den ersten Platz in der Bankreihe eingenommen. Auf der anderen Seite, nur durch den Mittelgang von ihm getrennt, saß Spohn mit Familie. Man grüßte sich mit einem kurzen Kopfnicken; nach dem Gottesdienst würde noch genug Zeit bleiben, um Neuigkeiten auszutauschen. Zu seiner Rechten:

Sophie Christine, die eine dicke Wolldecke um die Taille geschlungen hatte. Dahinter die Kinder. Am Ende der Bank saß das Mädchen, den Blick stets auf die Jüngsten gerichtet; unnötigerweise, da Johanna und Luise lange schon gelernt hatten, wie man sich in einer Kirche benahm. Es war bitter kalt.
Die Orgel präludierte, während die letzten Gläubigen sich in die hinteren Reihen drängten. Wilhelm August sah sich im Schiff der Evangelischen Stadtkirche um. Es war kein schöner Anblick, der sich ihm da bot. Immer schon hatte er sich geärgert, dass sich ausgerechnet die angesehensten Unternehmer Ravensburgs, da sie nun einmal Protestanten waren, in der unansehnlichsten Kirche der Stadt versammeln mussten, um zu ihrem Herrgott zu beten. Die Bodenplatten, grauer, ausgetretener Sandstein, waren zerbrochen. Die Farbe der Sitzbänke blätterte ab. Zwar hatte Spohn vor zwei Jahren zuvor dafür gesorgt, dass endlich die Kirchenfenster erneuert werden konnten, aber nun verstellte ein Gerüst den hochgotischen Chor. Die Arbeiten am Chorbogen konnten erst beendet werden, wenn wieder Geld in die Kasse kam.
Sophie Christine zog die Luft durch die Zähne; er sah in ihr schmerzverzerrtes Gesicht. Sie schlug die Augen nieder, signalisierte ihm auf diese Art, dass sie aushalten würde. Seine geliebte Frau, sie war grau geworden. In ihrem Gesicht hatten unzählige Koliken tiefe Spuren hinterlassen. Was würde ich dafür geben, dachte er, wenn sie nur wieder gesund sein könnte.
Die Orgel hatte aufgehört zu spielen, als ein schriller Schrei aus der Tiefe des Kirchenschiffes zu hören war. Wilhelm August wandte sich um. Doch es waren schon Menschen aufgesprungen und halfen dem alten Mütterchen auf, das über die scharfe Kante der zerbrochenen steinernen Schwelle am Hauptportal gestolpert war. Gerade hob die Gemeinde zum Gesang an, da hatte Wilhelm August eine Eingebung.

Spohn erwartete ihn bereits. Wilhelm August schickte seine Familie nach Hause, dann trat er an die Seite des Freundes: „Julius, ich hatte eben so eine Idee. Es wäre höchste Zeit, dass man ..."
Sein Gegenüber fasste ihn beim Ärmel und zog ihn vom Kirchenportal weg. „Gehen wir ein paar Schritte", sagte er hastig, den Ausgang nicht aus dem Auge lassend. „Ich will nicht auf den da

treffen." Mit dem Kinn deutete er in Richtung eines beleibten Herrn, der in diesem Augenblick ins Freie getreten war. „Hänle, der Oberamtmann. Ich glaube, der ist nicht allzu gut auf mich zu sprechen."
Mit einem schelmischen Grinsen im Gesicht erzählte Spohn ihm seine Geschichte. Erst eine Woche sei es her, dass er den Königlichen Beamten zu einer Spritztour in seinem neuen Wagen eingeladen habe. Aber, was schließlich nicht zu vermeiden sei, sein Chauffeur habe leider unterwegs zwei, drei Male anhalten müssen um den Vergaser zu reparieren, und währenddessen habe man sich die Beine vertreten. „Eigentlich nichts Außergewöhnliches", sagte Spohn. „Aber das ist noch lange kein Grund, meinen neuen Daimler eine alte Karre zu nennen." Wilhelm August konnte es nicht fassen, Spohn hatte den Vertreter des Königs mitten in der Landschaft ausgesetzt. „Kann ich etwas dafür, dass es in Strömen regnet? Bin ich Schuld daran, dass der Bauer, der ihn aufsammelt, über seinem Ochsengespann kein Verdeck hat?" Bis auf die Haut nass sei der Herr Oberamtmann über den Marienplatz zu seinem Haus gefahren worden. Und während er das erzählte, war Spohn eine gewisse Schadenfreude immer noch deutlich anzumerken. „Die Leute, du hättest das sehen müssen ... aber was wolltest du eigentlich von mir?"

*

Die Mitglieder der evangelischen Gemeinde Ravensburgs staunen nicht schlecht, als sie entdecken, warum sie nach Wochen improvisierter Gottesdienste im Gemeindehaus erst am 11. April des Jahres 1902

Gedenktafel

wieder ihre Kirche betreten dürfen. Ein prächtiger Mosaikboden liegt dort, wo zuvor noch der ausgetretene Sandstein das Gehen zu einem gefährlichen Unterfangen gemacht hatte. Auch überwiegt die Freude über die Aufwertung ihres Gotteshauses kaum ihre Geschwätzigkeit. Zumal Thommel nun auch noch ein neues Haus baut, eine Jugendstilvilla in der Gartenstraße; auf einem Grundstück, das Wilhelm August von Jakob und Adrian Kiderlen, seinen Schwagern, erworben hat. Erst als sie sehen, dass nahe am Haus noch eine Doppelgarage entsteht, völlig unüblich für diese Zeit, meinen einige, Wilhelm August hinter vorgehaltener Hand der Verschwendungssucht bezichtigen zu müssen. Er selbst ist zufrieden mit sich; die großzügige Gabe, so meint er, müsse dem Herrgott ein ehrliches Glaubensbekenntnis sein, müsse Ihn milde stimmen, dass Er ihm Sophie Christine noch lange erhalte.
Zur gleichen Zeit hingegen stirbt ein anderer, Emile Zola, der Hauptvertreter des französischen literarischen Naturalismus im Alter von 62 Jahren. Dessen Freund Cézanne malt „Das Mädchen mit der Puppe“, und Peter Rosegger schreibt seine Erzählung „Als ich noch ein Waldbauernbub war“.
Auch der Balkan macht mal wieder von sich reden: Alexander, der König von Serbien, und seine Gattin werden ermordet. In Russland kommt es zu schweren Judenprogromen. Die Zeiten stehen auf Sturm, die Menschen lenken sich ab. In Frankreich durch ein großes Spektakel: die erste „Tour de France“. Auf der anderen Seite des großen Teiches durch eine Autorallye - Kraftwagen durchqueren die gesamten USA in 65 Tagen. Der VfB Leipzig wird erstmals Deutscher Fußballmeister, und an den Stammtischen spielt man nun offiziell nach der Deutschen Skatordnung.
Am 3. Oktober 1903, in Zweibrücken und fernab von Ravensburg, heiratet Julius seine Käthe. Das Brautpaar zieht in das Stammhaus in der Marktstraße 1, und der Rest der Familie bezieht die gerade fertiggestellte Villa in der Gartenstraße.

*

Im Morgengrauen waren sie losgezogen, gut ausgeruht, da sie am Abend zuvor im schweizerischen Zug eine Pension gefunden hatten, ausgestattet nur mit bescheidenem Komfort, aber an Bequemlichkeit kaum zu überbieten. Die Wirtin vom „Löwen“ schien auf

ihre Gäste, meist Bergwanderer, bestens eingestellt, denn das Frühstück, das sie ihnen zubereitet hatte – schwarzes Brot, gebratene Eier, geräucherter Schinken, Butter, Marmelade und Honig, Kaffee mit heißer Milch –, war von einer Üppigkeit, die selbst einen Athleten mühelos durch den Tag gebracht hätte.
„Eine Bergwanderung ... auf was warten wir?“, hatte Käthe übermütig zugestimmt. Die Tochter eines Brauereibesitzers habe schließlich Kraft für ... ein passender Vergleich war ihr nicht eingefallen. Was auch nicht nötig war, denn nun stellte sie es unter Beweis; Schritt für Schritt, sodass Georg Julius alle Mühe hatte mitzuhalten. Der Schotterweg schlängelte sich entlang des Bachbetts, das nur wenig Wasser führte; durch Tannenwälder, die langsam lichter wurden. Bergahorn und Lärchen, dann die ersten Latschen. Besorgt sah Georg Julius nach oben. Der Himmel hatte sich während der letzten Minuten verdunkelt. Vor der steilen Felswand rettete sich ein Steinadler mit waghalsigen Flugmanövern vor den Attacken zweier Bergdohlen. Wolkengebirge türmten sich auf; und schon peitschte der Regen gegen die graue Wand, die eben noch in der morgenroten Sonne geheimnisvoll geleuchtet hatte. Plötzlich zuckten Blitze; glühende Verästelungen. Ein fernes Grollen erst, dann die erste Detonation, unmittelbar über ihren Köpfen. „Wir müssen zur Hütte hinauf“, rief sie Georg Julius zu, der stehen geblieben war und nachdachte, ob es besser wäre umzukehren. „Nun beeil dich schon!“
Das Wasser stand ihnen in den Schuhen, als sie endlich die Hütte erreichten. Der Wind rüttelte an den Fensterläden, fuhr unter die Dachtraufe; ein schwebender Ton lag in der Luft, wie von einem Harmonium. Auch drinnen war es eisig kalt. Sie entledigten sich ihrer klammen Oberbekleidung, legten die nassen Socken um die Öllampe und rieben sich abwechselnd den Rücken warm. Auf den Bänken aus Arvenholz, gerade breit genug, dass ein Einzelner darauf schlafen konnte, lagen zwei Stapel muffig riechender Wolldecken. Die Rucksäcke unter den Nacken, ruhten sie sich Kopf an Kopf aus; sahen besorgt zur Holzdecke und lauschten dem Regen, der wie Kieselsteine auf das Hüttendach prasselte. „Mir ist schlecht“, sagte Käthe. „War auch ein bisschen viel heute“, gab Georg Julius zu. Der Sturm ließ langsam nach.
„Nein, Liebster ...“ Käthe richtete sich auf; sie zitterte am ganzen

Leib. „Ich hätte es dir sagen sollen."
Ihn durchlief es wie ein warmer Schauer. Und als Käthe ihm gestand schanger zu sein, sprang er von der Bank und tanzte in der Unterwäsche, aus einem Stück und vom Schritt bis zum Hals hinauf zugeknöpft, um den Tisch, übermütig wie ein kleiner Junge. Sie lachte laut auf. Der Anblick des ausgelassenen Gatten hatte ihre Sorgen hinweggefegt.
„Wenn es nicht so verdammt kalt wäre ...", plötzlich hielt er inne. Er ging zu der rückwärtigen Wand der Hütte und fuhr mit der Hand an einem Pfosten entlang nach oben, bis er eine Stützstrebe zu fassen bekam. Zwischen dem Eckpfosten der Hütte, der Kopfschwelle und der Strebe bildete sich ein Dreieck, ein Gefach, das mit Backsteinen ausgefüllt und verputzt war. „Hier müsste es gehen", sagte Georg Julius. „Gerade groß genug für ein Kaminrohr."
Erstaunt sah ihn Käthe an. „Ein Kaminrohr?"
„Ja, ein Kaminrohr. Oder glaubst du, dass ein Ofen ohne Kaminrohr funktionieren würde?" Er stellte die beiden Bänke aneinander und legte sich neben sie. „Ich bin sicher, man wird noch an uns denken, wenn es uns schon lange nicht mehr gibt. Besonders wenn man sieht, wer den gusseisernen Ofen gestiftet hat."

Sein Vater war erschreckend ruhig geblieben. Georg Julius hatte ihm eröffnet, dass er als Juniorpartner in die Firma einsteigen wolle. Immer noch unsicher, wie die Antwort des Vaters ausfallen würde, fügte er hinzu, der Bruder, August junior, solle die Grobeisenabteilung im Seelhaus übernehmen, da er sich, wenn überhaupt im Geschäft, meist sowieso dort aufhalte. „In dem Büro, das du ihm eingerichtet hast." Als Wilhelm August noch immer keine Reaktion erkennen ließ, ging er noch einen Schritt weiter. Er beichtete ihm, dass er Pläne habe, das Geschäft zu erweitern. „Das Gebäude Gepinstmarkt Nr.1 kaufen Käthe und ich aus unserem Privatvermögen. Wir haben dafür extra unseren Garten in der Federburg verkauft."
Zum ersten Mal zeigte Wilhelm August nun eine Regung. War es Skepsis, was sich in seinem Gesicht abzeichnete, oder war es kaum versteckter Spott, als er ihn – „dein Privatvermögen, so so" – langsam von oben nach unten musterte. So blieb es Gänslin, der Zeuge dieses Gesprächs geworden war, vorbehalten, dem jungen Mann

mit einem wohlwollenden Augenaufschlag Mut zuzusprechen. „Ich will dir mal etwas sagen, Julius." Endlich: sein Vater. „Beweise mir, was du kannst! Dann können wir darüber sprechen."
Mit großen Augen sah Julius ihn an: „Und an welche Art Beweis hast du gedacht? Du hast jetzt sieben Angestellte, die alle ihre Arbeit machen. Nicht dass ich mir dazu zu schade wäre, aber meinst du nicht, dass du einen tüchtigen Geschäftsführer bräuchtest? Zumal ... ich glaube Mutter hätte nichts dagegen, wenn du dich etwas mehr um sie kümmern würdest." Der letzte Satz war kaum ausgesprochen, da wurde sich Georg Julius seiner Tragweite bewusst und er machte sich auf einen Wutausbruch seines Vaters gefasst. Zu seiner Überraschung blieb der aber aus. Sein Vater, unbeugsam, wenn er von etwas nicht überzeugt war, schien angestrengt nachzudenken. Dann nahm er Julius bei der Hand und zog ihn in die hinterste Ecke des Ladens. „Mein Sohn", sagte er, und Julius spürte, dass jetzt etwas Bedeutungsvolles folgen würde. „Als ich mit deiner Großmutter zum ersten Mal dieses Geschäft betrat, machte sie mich auf dieses Unikum da aufmerksam." Dabei deutete er auf einen Amboss, der, solange Julius denken konnte, in einer hinteren Ecke des Raumes stehend sein Dasein gefristet hatte, und dort fast täglich, mal von seinem Vater, dann wieder von Gänslin liebevoll, fast zärtlich abgestaubt worden war. „Verkauf ihn", sagte Wilhelm August. „Als Zeichen, dass eine neue Generation angebrochen ist." Dann verließ er – „heut' Abend ist er weg" – den Laden.
Nicht nur Gänslin hatte zugehört. Auch ein Kunde, der an den breiten Schultern, den rußigen, kräftigen Oberarmen, vor allem an seiner ledernen, von Brandflecken übersäten Schürze unschwer als Schmied zu erkennen war, hatte während der letzten Worte des Seniors die Ohren gespitzt. Julius sah es ihm an, er war hin und her gerissen. Schon als ihm Gänslin die Hufnägel einzeln auf die Theke hatte zählen müssen, schien er nicht besonders zahlungskräftig zu sein. Dennoch machte er aus seinem Interesse keinen Hehl. „Ich würde ihn schon nehmen", sagte er. „Sie müssten allerdings ... vielleicht ein Jahr?"
Georg Julius lachte laut auf: „Ein Jahr, bis Sie ihn bezahlen können? Viel zu lange, mein Freund. Aber ich mache Ihnen einen anderen Vorschlag. Wenn Sie ihn, ohne abzusetzen, bis zu Ihrer

Schmiede tragen können, gehört er Ihnen. Aber: zu meinem Vater kein Wort. Versprechen Sie mir das!“
Er hatte Gänslin versichert, noch vor Feierabend den Fehlbetrag in der Kasse zu begleichen. Dann setzte sich das seltsame Paar in Bewegung: Ein Schmied, der mit wackeligen Beinen und Schweiß auf der Stirn einen Amboss in die Unterstadt schleppte, und ein vornehm gekleideter Herr, der ihn immer wieder antrieb, wenn er drohte schlapp zu machen.

*

Am 12. Februar 1904 stirbt Nanette, die Mutter Wilhelm Augusts, 78jährig in Biberach. Bis zuletzt bei klarem Verstand, hat sie den geschäftlichen Aufstieg ihres „Buben“ interessiert verfolgt.
Im gleichen Jahr wird Wilhelm August Großvater: Werner kommt zur Welt. Eigentlich ein Jahr der Freude für die junge Familie, hätte sich nicht zur gleichen Zeit der beste Kunde der Firma - vorübergehend zwar nur, wie sich noch herausstellen sollte -aus Ravensburg verabschiedet. Julius Spohn eröffnet in Neckarsulm eine neue Jutespinnerei und Weberei. Ein harter Schlag für seine Heimatstadt, 250 Arbeitsplätze gehen verloren.
In Deutschland schließen sich Bayer, Agfa und die Badische Anilin zum ersten großen Konzern zusammen, und in England wird Rolls Royce gegründet. Aber nicht überall auf der Welt boomt die Wirtschaft; in den USA kommt es zur ersten großen Krise. In Dänemark wird die Prügelstrafe für Gewaltverbrecher eingeführt. Jack London schreibt seinen Abenteurerroman „Der Seewolf“, und Sigmund Freud veröffentlicht „Zur Psychopathologie des Alltagslebens“, eine Deutung menschlicher Fehlleistungen.
Apropos Fehlleistungen: Kaiser Wilhelm II. spielt Schiffchen und bringt damit die größte Seemacht der Welt gegen sich auf. Gut, dass es da noch den Zaren gibt; man versichert sich gegenseitiger Waffenhilfe.

*

Endlich hatte er seinen Schmerz niedergerungen: Georg Julius konnte sich nicht mehr spüren. Von den Beinen aufwärts; Unterkörper, Oberkörper, die Arme, die Hände, die Finger: starr und kalt. Nur zu erblinden, hatte er sich geweigert. Mehr noch, seine

Augen schienen den aufgestauten Bewegungsdrang jetzt allein befriedigen zu wollen; zwangen ihn, mit anzusehen, wie niemand im Zimmer mit seiner Trauer zurecht kam, keiner ein Wort des Trostes fand. Auch nicht Eduard, der Feingeist und Philanthrop, der so trefflich aus seinen Büchern zitieren konnte, zu jeder Zeit das passende Wort Christi oder einen Aphorismus Kants oder Hegels parat hatte. Gerade dann, wenn keinem mehr etwas einfiel. Wenn es selbst Georg die Sprache verschlug; dem Nüchternen, der vom täglichen Umgang mit seinen Berechnungen und Versuchen hornhäutig geworden war, gefühlslos wie die Papiermaschinen, die er konstruierte. Vor einer Stunde aus Jena gekommen, stand er nun stumm neben Hermann, dem Hopfenpflanzer aus der Hollедau. Georg Julius sah in dessen sonnengebräuntes Gesicht. Wann hatte Hermann sich eigentlich entschlossen, nach Bayern zu gehen, fragte er sich. War es außer seinem Vater überhaupt irgend einem in der Familie aufgefallen, als Hermann eines Tages sang- und klanglos das Haus verlassen hatte? Georg Julius konnte sich nicht erinnern, von seinem Bruder je ein Wort gehört zu haben. Warum also sollte er jetzt etwas sagen?

Obwohl durch schwere Vorhänge abgedunkelt, war es im Zimmer unerträglich heiß geworden. Neun brennende Kerzen, Gleichnisse für das Ewige Leben, ließen das Atmen schwer werden. In den tränennassen Augen der beiden Schwestern spiegelten sich züngelnde Flämmchen. In den großen Augen Johannas, die sich ein Taschentuch vor den Mund hielt, dabei fest die Hand der sechzehnjährigen Luise umklammerte. Sie sahen aus wie verlorene Kinder.

Hermann Thommel

Auch dem Vater schien die Verzweiflung seiner Töchter nahezugehen; ihre Trauer hatte ihn stumm gemacht. Oder war es doch seine eigene? Nein, dachte Georg Julius, noch keine Stunde ist es her, da hat er zu Johanna gesagt, ab sofort sei sie die Herrin im Hause. Ab sofort! „Der König ist tot, es lebe der König".
Käthe stieß ihn in die Seite. Hatte sie seine düsteren Gedanken erraten, oder machte sie Johanna den Rang streitig? „Warum keine Kerze für Werner?", flüsterte sie.
„Eine Totenkerze?" Das konnte sie nicht ernst meinen. Er hatte doch noch gar nicht zu leben begonnen. Vor zwei Wochen hatten sie seinen ersten Geburtstag gefeiert. Wie hatte Junior gesagt, als sie über die Aufbahrung gesprochen hatten: Haltet ihn da heraus! Und zum ersten Mal war er seiner Meinung gewesen.
August! – beinahe hätte Georg Julius laut aufgeschrien. Wie der unverhohlen auf die Uhr sah, sie dann wieder in die Westentasche steckte, schien ihm eine einzige Missachtung ihrer Trauer. Jetzt aber ging „der Junior" zum Fenster und zog die Vorhänge zurück. „Sie bringen den Sarg für Mutter", sagte er. „Ich gehe hinunter und öffne ihnen." Georg Julius schämte sich; er hatte ihm Unrecht getan.

Dass er seinen Vater fälschlich verdächtigt hatte, sich den Tod Sophie Christines nicht zu Herzen zu nehmen, musste Georg Julius nun schmerzhaft erfahren. Ihn zur einen, den Junior zur anderen Seite, schritt Wilhelm August sichtlich erschüttert und bei seinen Söhnen Halt suchend hinter dem Sarg her. Er führte den Zug einer Trauergemeinde an, die kein Ende zu nehmen schien. Dabei bildete die Natur einen seltsamen Kontrast zur Trauer der Angehörigen. Die Sonne stand in voller Pracht am Himmel; in den Ästen der Bäume turnten fröhlich zwitschernd die Meisen. Der alte, vermooste Brunnen sprudelte teilnahmslos über die stumme Trauer hinweg. Und diejenigen, die hie und da an den Gräbern standen, sahen nicht beschämt zu Boden, wie es sich gehört hätte, sondern musterten voller Neugier jeden einzelnen, der sich dem Trauerzug angeschlossen hatte. Wilhelm August wankte, als sie in den von uralten Lebensbäumen, Tannen und Fichten eingefriedeten Weg abbogen. Die Gruft, die er hatte bauen lassen, die Kränze, Berge von Blumengebinden, Buketts von Trompetenlilien und

Spinnenchrysanthemen – alles führte ihm nun deutlich vor Augen, dass sie am Ende ihres gemeinsamen Lebensweges angekommen waren. Erbarmungslos. Man hatte die schwere Stahlplatte entfernt; jetzt gähnte ein Loch in der Erde und gab den Blick frei auf die Grabkammer, auf den kalten Beton der Nische, deren Wände den Körper seiner geliebten Frau noch möglichst lange vor der Fäulnis schützen sollten. Weinend sank Wilhelm August in sich zusammen.
„Vater unser, der du bist im Himmel, geheiligt werde ..." Der Pfarrer hatte das Gebet angestimmt, und die Trauernden hatten es aufgenommen. Es leise murmelnd weitergegeben, bis in die letzten Reihen. Die Katholiken unter ihnen bekreuzigten sich, die Protestanten, die meisten, legten die Hände übereinander und neigten ihre Häupter. Die Angehörigen hatten sich geeinigt, den Pfarrer gebeten, die Grabrede möglichst kurz zu halten; schließlich könne kein noch so sorgsam gewähltes Wort ausdrücken, welch lieber Mensch da von ihnen gegangen war. Ein Mensch, der für alle Zeiten in ihren Herzen wohnen bleiben würde. Und dennoch, jeder, der Sophie Christines Grab besuchte, sollte sehen, wie wertvoll sie für ihre Familie gewesen war. Ein mächtiger Aufbau, aus Castione-Granit gehauen, das Grab von drei Seiten umschließend. In der Mitte, ein erhöhter Hauptteil, in das eine Marmorplatte eingelassen war: Familie Thommel. Die Buchstaben in Blei gegossen. Darüber ein Giebelfeld, verziert mit Jugendstilornamentik. Dann die beiden Seitenteile. Sie fassen je drei Schriftplatten aus weißem Carrara-Marmor. Auf einer steht geschrieben: Sophie Christine, 17. Mai 1853 – 20. Juli 1905. Mit 52 Jahren gestorben, dachte Georg Julius. Viel zu früh!
„Jesus Christus spricht: Ich bin die Auferstehung und das Leben ..." Die Stimme des Pfarrers riss ihn aus seinen Gedanken. Schmerzvoll musste er mit

die Familiengruft

ansehen, wie der Sarg hinabgelassen wurde. „Sopherl!" Sein Vater trat an das Grab, nahm die kleine Schaufel in die Hand. „Erde zu Erde", sagte der Pfarrer. „Asche zu Asche, Staub zu Staub." Wilhelm August warf sieben Schaufeln Erde hinab.

Es war ein anstrengender Tag. An der Seite seiner Töchter und Söhne, im Beisein der Familie Kiderlen, hatte Wilhelm August die Kondolenztour über sich ergehen lassen. Dann der Leichenschmaus. Welch ein Wort, ging es ihm durch den Sinn. Wilhelm August saß auf der Rasenbank im Garten, als er hörte, wie auf dem Nachbargrundstück das Tor zur Remise geöffnet wurde. Das Wiehern eines Pferdes drang an sein Ohr; gleich darauf ein Knirschen, das von den Rädern einer auf Kies rollenden Kutsche verursacht wurde. Jakob Kiderlen spannte an. „Ein schöner Abend, Herr Thommel. Lassen Sie uns ausfahren. Vielleicht bringt Sie das auf andere Gedanken." Wilhelm August verneinte. Er musste an die Ausflüge mit Sophie Christine denken. Wie oft waren sie gemeinsam nach Bad Schachen gefahren? Hatten den Chauffeur oft bis spät in die Nacht warten lassen, während sie im Kurhotel bei Kerzenlicht speisten und tranken. Nie wieder wird es so sein, dachte er niedergeschlagen. Keine Frau auf der Welt wird dich ersetzen können.

Die untergehende Sonne zwang ihn, die Augen zu schließen. Schon hörte er das Schlagen der Pferdehufe, da war ihm, als verdunkle sich der Himmel. Vielleicht zieht ein Gewitter auf, dachte er. Sophie Christine würde jetzt ins Haus gehen und die Fenster schließen. Sie würde den Tee zubereiten, und gemeinsam würden sie den Tag ausklingen lassen. Bei einem guten Buch vielleicht. Vielleicht würde sie ihm auch von den Kindern erzählen.

die Villa Thommel in der Gartenstraße

Oder sie würden einfach still beisammen sitzen und der Stimme Karl Erbs lauschen.
„Vater?“ Käthe stand vor ihm; er hatte sie nicht kommen hören. „Ich weiß, es ist nicht der richtige Augenblick“, sagte sie. „Aber das Leben muss weitergehen.“ Wilhelm August rückte zur Seite. „Setzt dich zu mir!“ Väterlich legte er seinen Arm um sie. „Nun sag schon! Ich soll mich aus dem Geschäft zurückziehen. Ist es das?“ Käthe sah ihn mit großen Augen an. Dann fasste sie sich ein Herz: „Nein, Vater! Wir wollen beide, dass du uns noch lange mit Rat und Tat zur Seite stehst. Aber in unsere privaten Dinge solltest du dich nicht einmischen.“ Wilhelm August war sich keiner Schuld bewusst. Er dachte angestrengt nach, konnte sich aber nicht erinnern, ihnen jemals...
„Ich war beim Schreiner Nachbar, um die neuen Salonmöbel zu begutachten. Und da musste ich dann erfahren...“
Die Bezüge – urplötzlich war es ihm eingefallen. Eine scheußliche Farbe! Sie passte weder zu den lachsfarbenen Seidentapeten noch zu den Teppichen. Schon gar nicht harmonierte sie mit dem zarten Rosa des Deckenanstrichs. „Es bleibt dabei“, sagte er streng. „Schließlich ist der Mensch das Abbild seiner Verhältnisse. Da macht man nicht jede Mode mit.“
Das klang wie ein endgültiger Beschluss; Käthe spürte, ein Widerspruch wäre sinnlos. „Naja, jetzt ist es eh schon zu spät.“ Unter einem Vorwand entschuldigte sie sich und ließ ihn allein.
„Diese Kinder“, lachte er in sich hinein. „Private Dinge.“ Nur gut, das sich der Junior um den Stahlhandel kümmerte und sich nicht aufhielt mit Nebensächlichkeiten.

Der Junior fuhr in den Hof und parkte seinen Zweisitzer vor der Garage. „Hättest heute durchaus mal zuhause bleiben können“, sagte sein Vater. Aber es hatte nicht geklungen wie ein Vorwurf. Schon eher kapitulierend, so als wäre sich da einer bewusst, dass er diesen Wilden so wenig bändigen würde, wie man in Afrika einen Hottentotten zum Klosterschüler oder einen Indianer aus dem Regenwald zum Plantagenbesitzer machen konnte.
„Nach Guatemala?“ Wilhelm August fuhr aus der Haut. „Und was heißt da: jetzt, wo Mutter tot ist. Wusste sie von deinen Plänen?“ Der Junior zuckte aber nicht wie erwartet zusammen, sondern

hatte sofort das passende Argument parat: „Auch in Amerika werden Schienen verlegt, Brücken gebaut und Lagerhäuser. Für den Hafen, um die Kaffee- und Kakaobohnen, die Bananen und den Kautschuk für Europa einlagern zu können." Internationale Beziehungen seien heutzutage wichtig, zumal sonst andere das Geschäft machten. „Die Engländer, die Amerikaner ..." Er müsse, so der Junior weiter, die Kosten für das Ticket, für den einjährigen Aufenthalt, ganz einfach als eine geschäftliche Investition ansehen. Die Rendite würde sich dann ganz von selbst einstellen. Wilhelm August kam sich vor, als wäre ein Zug über ihn hinweggerast. Ein Zug auf dem Weg nach Hamburg, ein Luxusliner auf dem Weg nach Mittelamerika. Er würde ihn nicht mehr aufhalten können. „Auf die Zukunft, Vater!" Das kam ihm bekannt vor.

*

In San José mietet August junior ein Haus am Hafen; anfangs noch mit der Absicht den Deutschen Handelsunternehmen in Guatemala möglichst nahe zu sein. Seinen Namen ins Spiel zu bringen. Auch ein paar wenige Ravensburger hat es an den Pazifischen Ozean verschlagen. Man trifft sich in den Bars, vergnügt sich schon mal mit den Damen des Hafenviertels, zumeist bildschönen Mulattenmädchen. Nicht nur an ihnen, auch am Rum findet August schon bald Gefallen. Er trinkt schon am Morgen, raucht einheimische Zigarren und spielt. Bald den ganzen Tag über, bis er in irgend ein Bett fällt. Für den Ausbau geschäftlicher Beziehungen findet er kaum noch Zeit.
Das machen andere für ihn. In Lüttich findet der Erste Internationale Handelskongress statt. Obwohl von der Wirtschaftskrise schwer gebeutelt, geben die USA dem Dominikanischen Freistaat Anleihen, überwachen aber auch sogleich dessen Staatsfinanzen. Hamburg baut den Hafen aus. Ein neuer Hauptbahnhof entsteht. Und Karl Hagenbeck sperrt Tiere aus aller Welt in eine „vorbildliche Nachahmung natürlicher Umwelten" ein.
Wilhelm II. schielt voller Neid nach England. Dort geht das erste Großkampfschiff in Dienst: die „Dreadnought". Waghals – ein verharmlosender Name für eine schwimmende Todesfabrik, die des Kaisers Aufmerksamkeit so sehr in Anspruch nimmt, dass ihm entgeht, dass die Engländer Roberts und Hornsby zugleich den ersten

brauchbaren Raupenschlepper bauen und damit eine Erfindung machen, die es den Militärs schon bald ermöglichen wird, bis tief in feindliche Linien vorzustoßen.
Krieg? Daran verschwendet man im Hause Thommel keinen Gedanken. Man freut sich, Karl August ist zur Welt gekommen.

*

Der eine kostet mich mehr als die anderen sechs zusammen, dachte Wilhelm August. Er sah zu, wie die letzte Barkasse von der „Amerika" ablegte und sich langsam der Mole näherte. Es mussten Hunderte sein, die sich im Hafen eingefunden hatten. Angestrengt blickten sie zu dem auf den Wellen schaukelnden Boot hinüber; versuchten, unter den Reisenden ihre Angehörigen, ihre Freunde, ihre Geschäftspartner auszumachen. Sie hielten ihre Taschentücher in der Hand, winkten, riefen Namen durcheinander. Die Antworten wurden vom Seewind verweht, gingen unter im Stampfen der Maschinen. Vom Junior war nichts zu sehen. Er wird sich unter Deck verdrückt haben; allen Grund dazu hat er ja, dachte Wilhelm August.
Vor einem Monat hatte ihn sein Telegramm erreicht. Abgebrannt, hieß es da. Löse mich aus! Und dennoch hatte die Reederei darauf bestanden, dass sein Vater die Passage im Voraus bezahlte.
Die vollbesetzte Barkasse drehte bei und dümpelte der Länge nach gegen den Steg. Koffer und Taschen wurden herübergereicht. Die Matrosen halfen den Damen, den Kindern und Alten an Land, wo alle freudig in Empfang genommen wurden. Dann endlich:

das „Kaiserbild"

August junior, einen Begleiter am Rockzipfel, der ihn nicht aus den Augen ließ. „Vater, ich bin froh, dass du gekommen bist. Darf ich dir vorstellen ..." Der Fremde reichte Wilhelm August die Hand; kam dann umgehend zur Sache: „Herr Thommel? Ihr Sohn hat noch Schulden bei mir. Die Miete für drei Monate musste ich übernehmen. Die Getränke während der Überfahrt. Und dann wäre da noch ..."
Nein, für seine Spielschulden aufzukommen, weigerte er sich. Wortlos stiegen sie in eine der Taxen, die sie, ohne Umwege zu machen, zum Hauptbahnhof fuhr. „Erster Klasse", sagte Wilhelm August wie in Stein gehauen, „obwohl du eigentlich auf dem Tender mitfahren müsstest."
Schon als er zuhause losgefahren war, hatte er sich vorgenommen, den Heimkehrer mit seinem Schweigen zu strafen. Aber kaum dass sie den Hamburger Bahnhof verlassen hatten, hielt es der Junior nicht mehr aus. „Wir sollten unseren Stahlhandel ausbauen." Anfangs gab er sich noch verhalten; doch bald schon glaubte er, vom Gesicht des Vaters ablesen zu können, dass er ihm verziehen, zumindest für kurze Zeit den Grund vergessen habe, warum sie nun gemeinsam in einem Abteil saßen; auf dem Weg nach Stuttgart, dann Ulm, schließlich Ravensburg. Er deutete des Vaters Schulterzucken als ein wenn auch skeptisches „Dann-mach-halt".
„Ja, Vater, im Schiffsbau wäre viel Geld zu verdienen." Wieder kein Kommentar. Statt einer Antwort nur dieses so offen an den Tag gelegte Desinteresse. Schließlich, so der Junior weiter, sei es doch ein Wink des Schicksals, dass ausgerechnet die Amerika – „das Schiff, bei dessen Jungfernfahrt ich dabei war" – ihn auch wieder nach Hause gebracht habe. „Denk nur, dreitausend Passagiere müssen untergebracht werden, fünfhundert Mann Besatzung. Zwei Maschinen, acht Kessel erzeugen den Dampf. 15.500 PS um 22.620 Bruttoregistertonnen zu bewegen. Und alles Stahl, bester ...!" Doch des Juniors Redeschwall reichte nicht einmal bis Stuttgart. Und so schwiegen sie sich dann doch an, stundenlang, bis sie sich in den Schlafwagen begaben.
Mitten in der Nacht wurden sie aus dem Schlaf gerissen; mit einem Ruck hatte der Zug auf freier Strecke Halt gemacht. Die Fahrgäste standen auf den Gängen und schauten ratlos umher. „Maschinenschaden" – das Wort war von ganz vorne gekommen

und wanderte jetzt, an Wilhelm August und seinem Sohn vorbei, in den nächsten Wagon hinüber. Dann verlor es sich im schläfrigen Gemurmel der Reisenden.
Sie hatten sich wieder zur Ruhe begeben, gerade die Augen geschlossen, da klopfte es an die Tür. „Darf ich Sie bitten, auszusteigen? Die Lok muss abgeschleppt werden." Der Schlafwagenschaffner. „Die Maschine ... leider steht keine Ersatzlok zur Verfügung. Ich denke, ein, zwei Tage, höchstens..."

Vaihingen – die Schrift auf dem rostigen Ortschild war kaum noch zu sehen. Die wenigen, die sich entschlossen hatten, in dem kleinen Dorf zu übernachten – nicht, wie die meisten, zu warten, bis man sie irgendwie nach Stuttgart karren würde –, sie nahmen ihr Gepäck unter den Arm und gingen schweigend nebeneinander her. Nur das ungeduldige Rufen von Kühen war zu hören; von Stallungen herüber, aus denen ein frühes Licht fiel – zu schwach, um ihnen den Weg in den Ort zu leuchten. Dann die ersten Häuser. In der Bäckerei wurde schon gearbeitet, der Metzger nebenan schien noch zu schlafen. Endlich fanden sie das Wirtshaus, von dem der Schaffner gesagt hatte, dass man dort Zimmer vermiete. „Kein Hotel, aber recht gemütlich, der Ochsen."
Wilhelm August klopfte gegen die Tür. „Aufmachen!", rief er. Und nachdem sich nichts rührte, schlug er mit der flachen Hand dagegen. „Nun öffnen Sie schon. Hier sind Gäste, die Hunger haben."
Plötzlich ging über ihm ein Fenster auf. Eine weiße Nachthaube erschien, dann ein Paar schläfriger Augen. „Es ist vier Uhr am Morgen. Wo kommen Sie denn jetzt her?"
Maschinenschaden – Notlage – hungrige Mägen: Die Aussicht, das Haus mit zahlenden Gästen voll zu haben, erleichterte dem Wirt die Entscheidung. Und schon wenig später hatte er seine Gäste auf die Zimmer verteilt.
Wilhelm August und sein Junior nahmen in der Gaststube Platz und warteten, dass das Frühstück serviert würde. In der Küche rumorte es. Auch in August junior, wie es aussah: „Vater, nun sag schon, was hältst du von meinen Plänen ... na, Schiffe zu bauen."
Ein Seufzer wie von einer Baggerschaufel gegraben: „Junior, ein für alle Mal, ich habe genug von deinen Plänen. Deine Schwestern und Brüder verbrauchen zusammen nicht annähernd so viel Geld,

wie du es zum Fenster hinauswirfst. Wird Zeit, dass du eine gute Partie ..." Das letzte Wort blieb ihm im Halse stecken. Nicht wegen des Gesichts, das sein Sohn gemacht hatte. Nein! In die Gaststube, von der schräg einfallenden Morgensonne in warmes Licht getaucht, war eine engelsgleiche Frau geschwebt. Als streichelten ihre Stiefelchen den Boden, tänzelte sie zu seinem Tisch. Sie lächelte in an. Ihn allein. Keinen anderen, da war sich Wilhelm August sicher. Erst als sie das Frühstücksgeschirr auf den Tisch stellte, kam er langsam wieder zu sich. „Die Dame des Hauses?" Er hätte sich ohrfeigen können. Schlagartig hatte sie sich in die Frau des Wirts verwandelt. Vielleicht ein klein wenig zu jung für diesen alten Knacker, dachte er. Aber für ihn, den Witwer, damit unerreichbar.

„Ich habe schon von Ihrem Pech gehört." Eine Stimme wie Samt. Ein Augenpaar wie zwei dunkle Bergseen. „Nein, ich bin nicht die Wirtin", sagte Helene. August Wilhelm stand auf und küsste ihr die Hand. „Thommel", räusperte er sich.

Der Kaffee, den sie ihm eingeschenkt hatte, war kalt geworden. Er brach ein ums andere Mal kleine Stücke von der Brezel, vergaß aber, sie in den Mund zu schieben. Helene lachte: „Na, so groß scheint Ihr Hunger ja nicht zu sein. Ein wenig heiße Milch vielleicht ... Honig? Ist gut für die Stimme."

Die hatte es ihm verschlagen. Auch nicht nötig, etwas zu sagen, denn sie setzte sich neben ihn und begann, zu erzählen. Davon, dass sie nur aushelfe; dass sie die Tochter des Robert Leicht sei, der hier in Vaihingen den Grundstock für seine Brauerei gelegt habe. „1872, hier im Ochsen." Und wieder dieses rätselhafte Lächeln in ihrem Gesicht. Nein, sie sei nicht verheiratet, sagte sie, obwohl er sie gar nicht danach gefragt hatte.

Wenig später, Helene machte sich in der Küche zu schaffen, erinnerte er sich: Der Junior saß ihm gegenüber. Den hatte er ganz vergessen, obwohl er immer wieder versucht hatte, auf sich aufmerksam zu machen. Auf recht dümmliche Art und Weise, wie es ihm vorgekommen war. „Man fragt eine Dame nicht, ob sie verheiratet ist. Und hör endlich auf, so dämlich zu grinsen!" Wütend war er nicht auf ihn, eher war er ihm dankbar. Erst recht, als ihm sein Sohn den Zettel zuschob: „Aber nach ihrer Adresse darf man eine Dame schon fragen?"

„Hier eine schöne Geschichte aus Thümmels gesammeltem Werk." Eduard stellte sich in Pose. Sein voluminöser Vollbart, der ihm über den Vatermörderkragen hinab bis zu der Chemisette, seinem gestärkten Frackhemd, reichte, ließ ihn älter erscheinen, als er es war, verlieh ihm sogar ein beinahe akademisches Aussehen. „Schon im Zwölften Jahrhundert", sagte er mit ausladender Geste, „gab unser Thümmel einen Beweis von seltener Geisteslebendigkeit."

Außer Hermann, den sein Vater nach Amerika geschickt, dem er Land gekauft und dem er so ermöglicht hatte, seiner Passion, der Landwirtschaft, zu frönen, hatten sich alle Familienmitglieder zur Verlobungsfeier von Johanna und Heinrich Baum eingefunden. Nun war man gespannt, was Eduard über die Geschichte der Familie ausgegraben hatte. Er hatte von einem Moritz August von Thümmel berichtet, der 1738 in Schönefeld bei Leipzig zur Welt gekommen war, es später sogar zum Sächsisch-Coburgischen Geheimrat und Minister gebracht, sich dann aber immer mehr seiner eigentlichen Leidenschaft, der Schriftstellerei, gewidmet hatte. In seinem Hauptwerk, so Eduard weiter, habe er sich mit der Erforschung ihres gemeinsamen Stammbaumes beschäftigt.

„Der Hauslehrer des jungen Thümmel hatte sich um eine Pfarre beworben. Und um seine Eignung unter Beweis zu stellen, eine Probepredigt ausgearbeitet. Aber bevor er sie auswendig gelernt hatte, wurde das Manuskript unglücklicherweise von einem Raben in tausend Stücke zerrissen. Der gute Kandidat war zu beschränkt, als dass er in der kurzen Frist das mühsame Werk wieder hätte herstellen können. Da half ihm der junge Thümmel aus der Verlegenheit. Er schrieb eine neue Predigt, die von dem

Johanna und Heinrich Baum

geängstigten Lehrer gehalten wurde. Womit dieser dann auch die Pfarre errang. Das war wohl Thümmels erste Arbeit."
Eduard hatte seine Worte mit einer Eloquenz vorgetragen, wie sie nur einem gelernten Schauspieler möglich war, sie ausgeschmückt mit einer Mimik und Gestik, die ihm niemand zugetraut hätte. „Nein, wirklich, die Liebe zur Kunst scheint in uns allen zu stecken. Obwohl nicht sicher nachzuweisen ist, ob die Stämme Thommel auf Thümmel oder die Stämme Thümmel auf Thommel zurückzuführen sind, liefert die uns gemeinsame Geisteshaltung den Beweis dafür, dass wir zusammengehören. Besagter Moritz August von Thümmel zum Beispiel sammelte Gemälde und Kupferstiche, und er pflegte Umgang mit den Besten und Geistreichsten unter seinen Zeitgenossen."
„Von Thümmel?", der Junior war hellhörig geworden. „Dann wären wir ja auch ... ich meine, wenn ich mir unser Familienwappen betrachte?"
Sofort pfiff ihn Eduard zurück: „Langsam, langsam! Zwar wurde es schon im Jahre 1404 erstmals erwähnt, später im Jahre 1527 sogar als das Stammeswappen eingeführt, aber wir Ravensburger Thommel scheinen über Biberach auf Augsburg zurückzugehen. So leid es mir für dich tut, Junior, das „Von" ist irgendwo unterwegs verloren gegangen."
Er war am Ende seines Vortrags angekommen und signalisierte das den Anwesenden mit einer knappen Verbeugung. Überschwänglicher Beifall wurde gespendet. Nur der Junior saß ziemlich nachdenklich da.

Eduard Thommel mit Familie

Zwei Paare mächtiger Kronleuchter hingen von der vier Meter hohen Decke herab und strahlten den Saal bis in die hinterste Ecke aus. Fächer von mannshohen Palmen warfen ihre Schatten auf die Wände, Gittermuster wie wirr durcheinander liegendes Armiereisen. Agaven und Oleander. Zwischen sorgsam arrangierten Blumengestecken standen krakenarmige Kandelaber auf der festlich geschmückten Tafel. Kristallgläser, schlanke und bauchige. Silbernes Besteck, feinstes Porzellangeschirr.

Das Festmahl wurde aufgetragen: Smörgåsbord als Vorspeise, Mockturtlesuppe, Forellen in zerlassener Butter, gebackene Kartoffeln. Der Schein der zahllosen Kerzen ließ den Fond der glasierten Kalbsrücken glitzern, tüpfelte kleine Lichtflecken auf die Straßburger Gänseleberpastete; vergoldete den knusprig gebratenen Truthahn; ließ die Blattsalate aussehen, als liege noch der Morgentau auf ihnen. Der Wein, Hambacher, Kalterer See, Obermoseler, Ingelsheimer, funkelte in den Gläsern.

Wilhelm August nahm ein Messer zur Hand und schlug eine Weinkaraffe an. „Meine Lieben, ich darf euch heute alle zur Verlobungsfeier von Johanna und Heinrich begrüßen. Ich glaube, dass der Kaiserhof, sein schöner Saal, für diesen wichtigen Anlass gerade gut genug ist. Lasst uns das Glas erheben und auf das glückliche Paar trinken.“ Sie erhoben sich von ihren Plätzen und prosteten dem zukünftigen Brautpaar zu.

der „Kaiserhof“

Auf sein Zeichen hin nahmen alle wieder Platz und warteten, dass das Familienoberhaupt die Tafel eröffne. Aber Wilhelm August hatte anderes im Sinn; er winkte den Ober herbei, der schon die ganze Zeit über am Eingang gewartet hatte und ein Tablett in den Händen hielt, auf dem ein Schriftstück lag. Jetzt überreichte er es Wilhelm August. Der befahl dem Junior und Georg Julius aufzustehen. „Wenn ich sagte, ein wichtiger Anlass, so habe ich damit indes nicht nur die Verlobung Johannas gemeint. Viel wichtiger noch erscheint es mir, euch am heutigen Tage mitzuteilen, dass ich mich aus dem Geschäft zurückziehen werde." Käthe erschrak: „Vater ..." Auch die anderen sahen sich an, als hätten sie nicht verstanden. Aber Wilhelm August zeigte sich entschlossen. Er faltete das Schriftstück auf und las ihnen vor: „Hiermit beehre ich mich, ergebenst mitzuteilen, dass ich das von mir im Jahre 1874 hier gegründete Eisen- und Eisenwarengeschäft heute an meine Söhne, Julius und ..." Mit stechendem Blick nahm er Georg Julius ins Visier: „... und August junior abtreten werde. Und nun, lasst es euch schmecken!"
Seine Worte sollten eine Ermunterung sein, die herrlichen Speisen zu genießen, für Georg Julius kamen sie der Aufforderung gleich, etwas Unverdauliches hinunterzuwürgen; eine Art Henkersmahlzeit, die der Delinquent einnimmt, bevor er zum Schafott geführt wird. Mit dem Junior Tür an Tür, das warf ihn um Jahre zurück. Zurück in eine Vergangenheit, die er geglaubt hatte, längst hinter sich gelassen zu haben. Bei seinem Vater würde er kein Gehör finden. Er ist zwar ein gerechter Mann, dachte Georg Julius, doch nur, solange es nicht um den Junior geht. Ihm scheint immer noch nicht aufgegangen zu sein, dass sein Filius eher ein Filou ist. Oder will er ihm eine letzte Chance geben?
Im Moment jedenfalls schien sein Bruder keinen Gedanken an ihre gemeinsame Zukunft zu verschwenden. Er saß neben Eduard und redete auf ihn ein; versuchte aus ihm herauszukitzeln, ob und wie man erfahren könnte, was aus dem „Von" des Namens geworden war. „Von Thommel", hörte er ihn sagen, „hört sich gut an." Wichtigtuerei, dachte Georg Julius, eine Eigenschaft, die zu ihm passt.
Das Dessert wurde serviert: Nougat-Bombe, heiße Waffeln; Obst und Käse.
„Julius, ich habe mit dir zu sprechen." Sein Vater stand auf und

ging ins Nebenzimmer. Georg Julius folgte ihm.
„Ich möchte dir Herrn Rist vorstellen." Der Herr mit hoher Stirn und Kaiser-Wilhelm-Bart erhob sich. Er überragte ihn um Haupteslänge. „Matthias Rist", sagte er mit tiefer Stimme und reichte Georg Julius die Hand. „Bankdirektor Rist", verbesserte ihn Wilhelm August. Und als der Fremde verblüfft die Stirn runzelte, fügte er hinzu: „Ich meine, bald wird er es sein."
Im Laufe des Gesprächs wurde Julius mitgeteilt, dass Herr Rist bei der Gewerbebank Ravensburg angestellt war; dem Bankhaus, das Wilhelm August vor Jahren mit anderen gegründet hatte. Nun trage er sich mit dem Gedanken, die ohnehin schon engen Beziehungen zu festigen, indem er dem Aufsichtsrat vorschlagen wolle, Herrn Rist zum Direktor zu ernennen. „Aber der Grund, weshalb ich dich zu diesem Gespräch gebeten habe, ist ein anderer. Ich möchte, dass du deinen Platz frei machst."
Wie gewonnen, so zerronnen, schoss es Georg Julius durch den Kopf und er sah seinen Vater mit großen Augen an. Aber er hatte ihn missverstanden. „Keine Angst, ich habe es mir nicht anders überlegt. Du sollst nur den Stuhl zwischen Käthe und Luise räumen. Und zwar möglichst unauffällig, wenn ich bitten darf."
Nun begriff Georg Julius, worum es dem Vater ging: Er wollte Herrn Rist seine Jüngste zuführen. Ein Bankdirektor in der Familie, das hatte noch gefehlt. Und mit seinem Schwiegersohn sprach man nun mal leichter über Konditionen, als mit einem, der nur seinem Arbeitgeber verpflichtet war. „Das hast du dir ja fein ausgedacht." Gemeinsam gingen sie hinüber, wo unterdessen der Kaffee serviert wurde. Gut dass sich der Junior inzwischen entschuldigt hatte. Der Stuhl neben Eduard war frei geworden.

Luise und Matthias Rist

„Heinerich hat Frösch' im Sack, schreien alle quack, quack, quack!“ Der Lumpensammler hob drohend den Zeigefinger, aber seinem Lächeln sahen die Kinder an, dass er es nicht so ernst meinte. Er mochte die Kinder, die auf dem Gespinstmarkt spielten; vor dem Schuhgeschäft, in dem man sich auch die Haare schneiden lassen konnte; vor der Wirtschaft „Zur Waage“ mit den Remisen und Stallungen, wo die Pferde beschlagen wurden, während die Fuhrleute beim Metzger und Bäcker nebenan ihr Vesper kauften. Auf der anderen Seite der schmalen Straße waren ein Zigarrenhändler und ein Messerschleifer angesiedelt. Dazwischen: die Eselsmühle, in der Heinrich Reger sein Lager hatte. In der ganzen Stadt war er beliebt und wohlgelitten. Er entsorgte nicht nur die Papier- und Lumpenabfälle aus den Privathaushalten, er bückte sich, wenn er von Haus zu Haus ging, in den Grünanlagen seine Kontrollgänge machte, und las jeden achtlos weggeworfenen Zettel auf. Kein noch so kleiner Fetzen Stoff blieb dem gutmütigen Mann verborgen, weshalb er auch „Saubermacher“ genannt wurde und als solcher bei den Bürgern der Stadt hohes Ansehen genoss.

Und all das, was er Tag ein, Tag aus so einsammelte, das lagerte er in der stillgelegten Eselsmühle ein, dem alten Gebäude mit Wasserrad; mit Mühlsteinen, welche einst über riesige Transmissionen angetrieben worden waren. Mit dem handbetriebenen Aufzug konnte man vom Dachboden bis in geheimnisvolle Kellergewölbe hinabfahren. An Regentagen, zwischen Stoffballen und Bergen von Säcken, ein idealer Spielplatz für die Kinder der Oberstadt, arme wie reiche.

Heinrich wuchtete soeben seine Lumpenbündel auf das Fuhrwerk, als, von einem hupenden Automobil erschreckt, plötzlich seine Pferde durchgingen. Mit der einen Hand in den Zügeln, stemmte sich der Kutscher gegen den Kutschbock ab, mit der anderen Hand kurbelte er an der Bremsspindel. In dem Moment trat Georg Julius aus dem „Café Krafft“ kommend auf die Straße. Entsetzt sah er, wie das Gespann auf Werner zuraste. Er warf sich auf seinen Sohn und riss ihn zur Seite; im letzten Augenblick, denn erst ein paar Meter weiter kamen die nervösen Gäule zum Stillstand. Schneeweiß im Gesicht, drückte Georg Julius das weinende Kind an seine Brust.

„Es ist deine Aufgabe, auf die Kinder aufzupassen!“ Er war außer sich, als er das Geschäft betrat und sah, wie Käthe vor einer Kundin kniete und sich mit ihr unterhielt. „Beinahe wäre Werner überfahren worden, und du verkaufst in aller Ruhe deine Töpfe. Aber damit ist jetzt Schluss.“
Erschrocken sah Käthe zu ihm auf: „Werner! Was ist mit ihm?“ Sie beruhigte sich erst wieder, als sie erfuhr, dass ihm nichts passiert war. „Ein paar blaue Flecken, sonst nichts“, sagte ihr Mann. „Gut, dass ich gerade hinzugekommen bin.“
Sie bat ihre Kundin um ein wenig Geduld. Dann zog sie Georg Julius zur Seite. „Einer muss sich ja ums Geschäft kümmern“, flüsterte sie, „während du im Kaffeehaus sitzt. Und außerdem...“ – sie blickte ihn über die Schulter hinweg trotzig an – „meine Hausratsabteilung hat Erfolg bei den Leuten.“
Ein schlagendes Argument, denn seit sie im Geschäft das Regiment übernommen hatte, das Sortiment um Tafelgeschirr, Bestecke und Gläser, Töpfe und Pfannen aller Größen, Siebe, Koch- und Schöpflöffel, sogar um Blumenvasen erweitert hatte, standen die Hausfrauen bei ihr Schlange. „Und nun lass’ mich meine Arbeit machen, die Dame braucht endlich einen passenden Nachttopf.“

Erst jetzt erkannte Georg Julius, bei welcher Art Verkaufsgespräch er seine Frau unterbrochen hatte. Die Kundin, wohlbeleibt und mit ausladendem Gesäß, hielt einen der Kochtöpfe in der Hand, die in langer Reihe vor ihr auf dem Fußboden standen. Käthe nahm ihn ihr ab, ging um sie herum und drückte ihn gegen ihr Gesäß. Sie schüttelte den Kopf: „Zu klein.“

der Gespinstmarkt mit der ehemaligen „Eselsmühle“ im Hintergrund

Dann nahm sie einen Eimer aus dem Regal. Wieder bückte sich die Dame; und tatsächlich: ihr Hinterteil verschwand, tief, bis zu ihrer Hüfte. „Passt wie angegossen", lachte die Frau. „Wie lange wird es dauern, bis sie mir den Nachttopf liefern können?"
Frauen!, dachte Georg Julius. Dann ging er wieder hinaus.

*

Im selben Jahr noch ist es dann soweit: Johanna heiratet den Apotheker Heinrich Baum. Anlässlich der Hochzeitsfeier im Kaiserhof wartet Wilhelm August mit einer Überraschung auf; er schenkt den Jungvermählten die „Engelapotheke" in der Kirchstraße.
Natürlich war es dem um seine Enkelkinder besorgten Großvater nicht zu verheimlichen gewesen, dass der kleine Werner um Haaresbreite unter ein Pferdfuhrwerk gekommen wäre. Er kauft ein Grundstück in der Kuppelnaustraße, wo die Kinder künftig unter seiner Aufsicht spielen können. Nur wenige Schritte vom Festplatz gelegen, versammelt sich hier die Familie um den Großvater anlässlich des Rutenfestes. Gäste werden empfangen und bewirtet.
August junior lernt Martha Möhrlin kennen, die reichste und „schönste Frau der Stadt".

*

der „Junior" und Martha, geb. Möhrlin

Die ganze Familie war nach Friedrichshafen gekommen, um den Großvater nach der Landung in Empfang zu nehmen. Einer riesigen Zigarre gleich, schwebte die LZ 10 vor dem prächtigen Abendhimmel, der über dem Bodensee glühte. Die Zirruswolken: lodernde Flammen.
Lang wie ein Fußballfeld, stand das Luftschiff nun hoch über dem Hangarplatz. Georg Julius schirmte mit der flachen Hand die Augen ab. Das Dröhnen der drei Maybach-Motoren ließ langsam nach. Die Halteleinen fielen herab. Das Bodenpersonal zog den Bug der „Schwaben" an den Haltemast und vertäute ihn. Dann fuhr man die Treppe heran.
Als erster erschien Oberbürgermeister Reichle, dann Kommerzienrat Schwarz. Dann Wilhelm August; seine Familie jubelte ihm zu. Ganz Kavalier der alten Schule, half er der Dame neben ihm Tritt für Tritt die Treppe hinunter. Unter ihrem Arm hindurch hatte er sie bei der Hüfte gefasst, mit der anderen Hand hielt er die ihrige. Sie schien nichts gegen die intime Berührung zu haben. Im Gegenteil: Ein Hütchen mit Feder auf dem Kopf, strahlte sie, als kenne man sich nicht erst seit der gemeinsamen Reise. Die beiden legten eine Vertrautheit an den Tag, die, wie es Georg Julius vorkam, sogar verabredet sein musste.
„Meine Lieben!" Wilhelm August schob die Fremde sacht nach vorn. „Ich möchte euch Helene Leicht aus Stuttgart vorstellen. Bringt ihr den selben Respekt entgegen, den ihr eurer Mutter entgegen gebracht habt."
Mehr sagte er nicht, die Dame an seiner Seite betreffend. In Ravensburg angekommen, verabschiedete sich das Paar von Georg Julius und Käthe und ging ins Haus.

die „Schwaben" – im Fenster: Wilhelm August, auf der Treppe: Kommerzienrat Schwarz und Oberbürgermeister Reichle

Auf dem Weg in die Marktstraße bemerkte Käthe: „Er wird hoffentlich nichts dagegen haben, wenn Werner und Gustl noch ein wenig in seinem Garten spielen." Sofort wehrte Georg Julius ab: „Aber ich habe etwas dagegen. Die Buben vorschicken! Er wird es uns schon erzählen, wenn es soweit ist."

Aber Wilhelm August ließ sie schmoren, die ganze Familie. Außer dem Junior, der, ein allwissendes Gesicht aufsetzend, so tat, als interessiere er sich nicht für die ganze Angelegenheit, rätselte jedes einzelne Familienmitglied, was es mit der mysteriösen Dame wohl auf sich habe. Bald war sie sowohl Tagesgespräch als auch nachts der Grund dafür, keinen Schlaf zu finden. Wilhelm August bekam plötzlich unangemeldeten Besuch. Dann wieder – „und bring Helene mit" – wurde er zum Essen eingeladen, zum Tee, sogar zu einem Wohltätigkeitskonzert, welches Karl Erb im Konzerthaus gab. Und zu guter Letzt wurden dann doch noch die Buben vorgeschickt. Aber auch sie hatten nichts zu berichten; wenigstens nicht das, was sie alle hören wollten. „Nein", sagte der kleine Werner, „ins Haus durften wir nicht." Und Karl August meinte nur, der Kuchen habe geschmeckt wie immer.

Der Alltag kehrte wieder ein. Wie jeden Abend saß Georg Julius über den Büchern, und kein Gedanke an das, was jenseits der Stadt im Hause seines Vaters geschah, störte ihn mehr beim Übertrag der Tageseinnahmen. Käthe kontrollierte die Hausaufgaben Werners, und dieser freute sich diebisch, dass der drei Jahre jüngere Karl August schon ins Bett musste, er dagegen noch nicht. Da klingelte auf einmal das Telefon.

„Vater ... gleich? Wir kommen. Werner!" Dessen frohe Stimmung schlug schlagartig um. Kaum dass er im Bett lag, hörte er auch schon die Haustür zuschlagen.

Der Junior, Johanna und Heinrich Baum, Luise, sogar Matthias Rist, sie saßen schon im Salon, als Käthe und Georg Julius eintrafen. Eigentlich war jedem klar, was nun folgen würde. Wilhelm August zwirbelte nervös an seinem Schnauz, bevor er endlich zur Sache kam. „Helene wird morgen zurück nach Stuttgart fahren", sagte er mit leicht belegter Stimme. Aber nur, weil ...", er sah sich in der Runde um, „weil sie noch etwas zu regeln hat." Dann lachte er.

Also doch! Schon kurz nach ihrer Ankunft war sie gesehen worden, wie sie in Begleitung Wilhelm Augusts ins Rathaus gegangen war. Und schon da hatte Käthe, die sie zufällig vom Fenster im ersten Stock aus beobachtet hatte, gemutmaßt, dass ihr Besuch mit dem Standesamt zu tun habe. Von dieser Mutmaßung hatte sie sich auch nicht dadurch abbringen lassen, dass Georg Julius dies bezweifelt, sogar extra noch nachgesehen hatte, ob ein Aufgebot ausgehängt worden war. „Irgendwie hat er das geschafft", hatte sie darauf bestanden. „Denk an seinen Einfluss!"

„Sobald wir die Heiratspapiere zusammenhaben, werden wir das Aufgebot bestellen."

Denk an seinen Einfluss!, verständnislos schüttelte Georg Julius den Kopf. Frauen!, dachte er.

Luise war die erste, die sich wieder gefangen hatte. Sie ging zu Helene hinüber, die seither allein am Tisch gesessen war, und setzte sich zu ihr: „Willkommen in der Familie Thommel. Ich freue mich für Euch; für dich,Vater, und für dich ..."

„Sag Helene zu mir!", sie lächelte gütig. „Das Wort Mutter wird euch so leicht nicht über die Lippen gehen, bei allem, was ich bisher über Sophie Christine gehört habe."

Hochzeit, Wilhelm August und Helene, geb. Leicht

Das Eis war gebrochen, und nach und nach stand jeder auf, um dem Paar zu gratulieren. Dann kam der Junior an die Reihe: „Wenn wir schon dabei sind ... es stehen nicht nur zwei Hochzeiten an in diesem Jahr. Auch ich und Martha werden heiraten." Und zu seinem Vater gewandt: „Ist übrigens was Kleines unterwegs. Du freust dich doch, oder?"
Ich und der Esel, dachte Georg Julius. Typisch für dich, deine Zukünftige an zweiter Stelle zu nennen.

*

In diesem Jahr bringt Martha den kleinen Egon zur Welt, und auf dem Balkan bricht Krieg aus. Gleich vier Staaten – Bulgarien, Serbien, Griechenland und Montenegro – werfen sich auf ihren türkischen Nachbarn. Dann gehen die Sieger aufeinander los, weil sie sich nicht einigen können, wer die besten Stücke des Verlierers bekommt.
Ein Jahr später läuft das Fass endgültig über: Der Österreichische Thronfolger, Erzherzog Franz Ferdinand, wird mit seiner Gemahlin am 28. Juni 1914 in Sarajevo von einem serbischen Separatisten ermordet. Österreich-Ungarn erklärt Serbien den Krieg. Russland macht mobil. Deutschland erklärt Russland und Frankreich den Krieg; Belgien und Großbritannien wiederum Deutschland. Jenes Gemetzel, das später einmal Weltkrieg genannt werden wird, ist in vollem Gange.
96 000 russische Soldaten geraten während der Schlacht bei Tannenberg in deutsche Gefangenschaft. An der Marne kommt der Marsch auf Paris ins Stocken. Auf beiden Seiten gräbt man sich ein und stirbt; allein bei Verdun kommen in vier Monaten 440 000 Franzosen ums Leben. Die Linien werden durch Gelbkreuzgas gelichtet, sogleich durch Nachschub aus der Heimat aber wieder aufgefüllt.
Auch Georg Julius wird rekrutiert. Mit Vierzig Jahren zieht man ihn als ungedienten Landsturmmann ein. Er gerät in den Schützengrabenkrieg in die Vogesen, an den Hartmannsweilerkopf.
Der Junior hat wieder einmal mehr Glück: Er wird Heereskraftfahrer. Mit der familieneigenen, inzwischen requirierten, sechssitzigen Limousine fährt er jene Herren durch die Gegend, die aus sicherem Abstand planen; die mit dem Feldstecher versuchen, die Lücken

auszumachen, die der Tod gerissen hat.
Anders als sein Bruder, der während seiner ganzen Militärzeit ein einziges Mal nach Hause darf, kommt der Junior alle paar Wochen auf Urlaub. Ein Glück für Martha, die schon bald zum zweiten Mal schwanger wird.

*

Wilhelm August erhob sich von seinem Stuhl und ging auf Spohn zu, der in Begleitung eines jüngeren Herrn das „Krafft" betreten hatte. „Julius!", rief er erfreut und schloss seinen alten Freund ihn in die Arme. „Die Heimat hat dich wieder, wie ich sehe. Oder bist du nur auf Besuch?"
„Nein", versetzte der feierlich. „Ich werde meinen Lebensabend in Ravensburg verbringen. Wenigstens die paar Jährchen, die mir noch vergönnt sind." Spohn sah sich nach einem freien Stuhl um. Auch schon vor seinem Umzug nach Neckarsulm war er nur selten im vornehmen Café des Georg Krafft gesehen worden, des Konditormeisters am Gespinstmarkt. Und so war Spohn einigermaßen erstaunt darüber, dass man ihm nun anbot, am Stammtisch – gleich rechts neben dem Durchgang zur Konditorei – Platz zu nehmen. Aber da war ja auch noch sein Begleiter, der unschlüssig vor dem Ausschank stehen geblieben war. „Nimm dir einen Stuhl", sagte Spohn zu ihm, die Zustimmung der Stammgäste voraussetzend. „Sie haben doch nichts dagegen?" Obwohl er keinen Widerspruch erwartete, sah er den Anwesenden an, dass sie sich der hohen Auszeichnung bewusst waren, die es bedeutete, in ihrer Mitte den Kaffee einnehmen zu dürfen. Herr Nabholz, Besitzer der Metzgerei in der Grafengasse, schien sogar ein wenig pikiert zu sein. Und Dyonis Weinmann vom gleichnamigen Bekleidungshaus in der Marktstraße rutschte, so dass jedem sein Unwille auffallen musste, auf der Sitzfläche seines Stuhls nur ein wenig zur Seite, ohne dass sich dieser auch nur um einen Millimeter bewegt hätte. Mehr noch: Er strich kurz mit der Hand über den Ärmel seines Jacketts, als fürchte er, von dem ungebetenen Gast beschmutzt zu werden. Dann quetschte dieser sich zwischen ihn und Wilhelm August.
Die anderen am Tisch, ein Ingenieur aus der Gartenstraße, ein Oberlehrer aus Weingarten und Meister Krafft selbst, schienen

gespannt darauf zu warten, dass Spohn seinen Begleiter vorstelle. „Mein Sohn Hermann", tat er ihnen endlich den Gefallen. Und zu Wilhelm August gewandt: „Sobald dieser unsägliche Krieg vorbei ist, wird er mit der Produktion von Automobilen beginnen."
„Unsäglich ...?" Empört sah der Gast am Tisch gegenüber von seiner Zeitung auf. Ein anderer, allem Anschein nach ein Kriegsinvalide, nahm die Krücke in die Hand, die eben noch im Schirmständer hinter ihm gestanden hatte, und zeigte damit drohend Richtung der Stammtischrunde. „Für den Kaiser und das Vaterland", brach es aus ihm hervor. Er habe schließlich, so fügte er aufgebracht hinzu, sein Bein geopfert. „Während andere ... Defätisten!"
Trotz seines hohen Alters fühlte Spohn sich angesprochen. „Aber Sie müssen doch zugeben", verteidigte er sich, „der Krieg ist ..." Da fiel ihm wieder der Zeitungsleser ins Wort: „Verloren?" Er sah über den Rand seiner Brille. „Halten Sie sich für gescheiter als den Oberschwäbischen Anzeiger? Schauen Sie, was hier steht." Triumphierend las er ihnen vor: „Kämpfe an der Westfront! In einem glänzend vorgetragenen Angriff gelang es den Deutschen ... und hier, hören sie! Wo die Verteidigung Widerstand leistete, wurde sie niedergemacht. Die übrigen warfen die Gewehre von sich und ergriffen die Flucht!" Stolz warf er sich in die Brust und fügte hinzu: „Berlin, der zwölfte März. Alles amtlich, meine Herren. Alles amtlich!"
Der Einbeinige – „ja, alles amtlich!" – schien während der letzten Minuten gewachsen zu sein. Er hatte sich über den Tischrand gewuchtet. „Paris wird unser sein!", stieß er pathetisch aus. Und er wäre bestimmt auf einem Bein zum Stammtisch hinüber gehüpft, hätte nicht im selben Moment August junior das Café betreten, im Schlepptau die schwangere Martha mit Pelzmantel; an ihrer Hand, den vierjährigen Egon.

„Café Krafft" um 1917

„Ich muss dem Herrn Recht geben“, sagte August junior, während er der Runde reihum die Hand reichte. „Gestern die Champagne, morgen das Elsass und Lothringen, dann ... nur noch eine Frage der Zeit, bis wir die Franzosen endgültig am Boden haben.“
Herr Nabholz verabschiedete sich. Auch Weinmann schien es nun zu eng geworden zu sein. „Bezahle morgen“, sagte der Herr Ingenieur zu Georg Krafft, und auch der Herr Oberlehrer – „Ende des Monats“ – hatte es plötzlich sehr eilig.
Die beiden Patrioten hatten sich wieder beruhigt, obwohl der Kriegsinvalide immer noch herüberstarrte und ärgerlich vor sich hin brummelte.
„Nun, wie ich schon sagte ...“, Julius Spohn versuchte, die beklemmende Situation noch zu retten. „Hermann wird Automobile bauen. Könnte ein lohnendes Geschäft werden für deine Firma.“ Dabei behielt er Wilhelm August fest im Blick und erwartete dessen Antwort. Doch Thommel schwieg. Ja, er erweckte sogar den Anschein, als wolle er jeden Blickkontakt mit seinem Junior vermeiden, der es seinerseits kaum erwarten konnte, dass der Senior endlich die Gedanken Spohns aufgreife.
„Vater!“ Jetzt hielt er es nicht mehr aus. „Ein lohnendes ...“ Immer noch keine Regung. Der kleine Egon zerrte am Ärmel seiner Mutter, schien kurz vor einem Tobsuchtsanfall zu sein, bis Martha ihm endlich das Nusshörnchen in die Hand drückte, nach dem er sich die ganze Zeit über vergeblich ausgestreckt hatte.
Missbilligend schüttelte Wilhelm August den Kopf. Dann ließ er endlich etwas hören. „Ein Geschäft ... immer!“, vollendete er den Satz des Juniors – fügte dann aber hinzu: „Sobald Georg Julius aus dem Felde zurückgekehrt ist.“
Ein Schock für seinen Sohn! Die letzten Worte hatten ihm mit einem Schlage deutlich gemacht, dass ihm sein Vater eine solche Aufgabe nicht zutraute, jedenfalls nicht ihm allein. Zu allem Überfluss mischte sich nun auch noch Martha ein: „Wer ist denn jetzt eigentlich der Chef? Wenn wir uns nicht um alles kümmern würden ...“
Doch darauf schien Wilhelm August nur gewartet zu haben. Die „pieknoble Dame“, wie er sie geringschätzig nannte, ließ sich doch nur im Geschäft sehen, um sich aus den Regalen zu bedienen; natürlich ohne dafür zu bezahlen. Aber was viel schlimmer war:

Sie hatte den Junior erst so recht verdorben. Seit dieser bei den reichen Möhrlins verkehrte, hatte er jedes Augenmaß verloren. Während Käthe von morgens bis abends schuftete, selbst dann noch – hundemüde – Werner und dem kleinen Karl August eine gute Mutter war, sah man Martha stets nur die Zeit totschlagen. Ausgerechnet sie spielte sich nun als Chefin auf – Wilhelm August hatte alle Mühe sich zu beherrschen. Aber als der Junior – „der Stahlhandel ist eh mein Ressort" – ihr sogar noch beipflichtete, war es zu Ende mit seiner Contenance. „Ein Ressort innehaben", zischte er, „heißt, Teil eines Ganzen zu sein. Etwas, was du nie begriffen hast, mein Lieber. Während dein Bruder Georg Julius im Felde seinen Kopf hinhält, spielt der saubere Herr hier den feinen Maxe. Wieso bist du überhaupt in Ravensburg, warum nicht an der Front?"
Martha kamen die Tränen. Echte Tränen, das sah man ihr an. Und als sie ihr Mann in den Arm nahm, konnte sie ihr Schluchzen nicht mehr zurückhalten. Mit stechendem, vorwurfsvollem Blick nahm der seinen Vater ins Visier: „War das nötig? Ausgerechnet jetzt, wo ihr Vater ..."
Ganz plötzlich fühlte sich Wilhelm August schuldig; es war ihm wieder eingefallen. Und als er an den Nachbartisch hinübersah, zu dem Herrn, der sich wegen des scharfen Wortwechsels hinter seiner Zeitung verkrochen hatte, hielt ihm die Rückseite des Oberschwäbischen Anzeigers vor Augen, was er vergessen hatte: Todesanzeige Georg Möhrlin, Privatier.

Käthe stand am Ladentisch und sortierte die Post, als Wilhelm August das Geschäft betrat. Er war übelster Laune. Den Grund seines Ungemachs wurde ihr klar, als er ihr vorwarf, ihm nichts von der bevorstehenden Beerdigung gesagt zu haben, zumal man gestern Abend noch darüber beraten habe, welche Maßnahmen zu ergreifen seien, wenn sich Martha weiterhin als nichtzahlende Kundin aufführe. „Ich bin bis auf die Haut blamiert ... hast du wenigstens Kränze bestellt?", versetzte er noch, ohne zu ahnen, welche Lawine er damit lostreten würde.
„Wenigstens ... ja, ich habe wenigstens für die ganze Familie Kränze bestellt. Wenigstens für eine Aushilfe gesorgt, dass wir das Geschäft heute Nachmittag nicht schließen müssen. Wenigstens

die Kondolenzschreiben verschickt. Wenigstens, wenigstens ..." Plötzlich verstummte sie. Aus dem Stapel Post, den sie ganz nebenbei umgeschichtet hatte, zog sie einen braunen Umschlag hervor. Feldpost. Aber nicht vom Hartmannsweilerkopf, wo Georg Julius doch stationiert war, sondern vom Reserve-Lazarett in Stuttgart. Mit zitternden Fingern öffnete sie den Umschlag, las ein paar Zeilen, dann liefen ihr die Tränen übers Gesicht.
Wilhelm August war zu Tode erschrocken: „Georg Julius?" Er nahm ihr das Schreiben aus der Hand. „Eine Kopfverletzung ...", dann las er in sich hinein murmelnd weiter. Man hätte eine Nadel fallen hören können. Die beiden Kundinnen, die eine einen Krauthobel, die andere einen grauen Steingutbehälter begutachtend, standen da wie vom Donner gerührt und warteten, dass der Seniorchef etwas verlauten ließe. Aber als Wilhelm August endlich aufsah, hatte sich seine eben noch von tiefen Sorgenfalten zerfurchte Stirn wieder geglättet. Er schien sogar erleichtert zu sein. „Ein Streifschuss ... den kriegen wir schon wieder hin", sagte er fast fröhlich. „Er hat einen dicken Schädel, Käthe. Das müsstest du doch wissen. Und dann ..." Er schloss sie tröstend in die Arme, erzählte ihr von Spohns Vorhaben und dass es doch eigentlich ein Glücksfall sei, Georg Julius bald wieder im Kreise der Familie zu haben. Er versprach ihr, sie und die Kinder am Nachmittag mit dem Wagen abzuholen. Schon in der Tür drehte er sich noch einmal um: „Mach dir keine Sorgen, Käthe. Man wird Georg Julius entlassen. Für ihn ist Krieg zu Ende."

Lazarett Stuttgart,
in der Bildmitte: Georg Julius

„Geh und kauf' Käthe ein schönes Schmuckstück!", hatte sein Vater gesagt. „Sie hat es verdient." Im Geschäft seines Vetters, des Juweliers Adolf Buder, kam sich Georg Julius deplaciert vor. Etwas irritiert stand er inmitten der Glasvitrinen, die ausgelegt waren mit purpurrotem Samt, darauf funkelnde Ringe, Kolliers, goldene Halskettchen, Ohrstecker.
Schon fast zwei Wochen wieder zuhause, wurde er das Gefühl nicht los, dass der Pulverdampf ihm immer noch anhafte. Der Gestank menschlicher Fäkalien, der beißende Mief von Erbrochenem, Blut und Eiter hatte sich in seinem Gehirn festgesetzt – unauslöschlich wie die Schreie der Verwundeten, der Arm- und Beinamputierten und derer, denen herumfliegende Granatsplitter die Eingeweide zerfetzt hatten. Still geworden sei er, hieß es seit seiner Rückkehr. Ob er seinem Herzen denn nicht Luft machen wolle. Nein, zu früh, hatte er Käthe geantwortet. Dabei war es ihm doch nur darum gegangen, sie nicht belasten zu müssen mit dem ganzen Elend, das er hatte mit ansehen müssen, mit dem Schrecken der Front, dem Leid des Lazaretts. Und obwohl er sich bemühte, sich möglichst normal zu verhalten, kam er sich doch dauernd beobachtet vor. Ahnte sie etwas davon, dass er ganz knapp nur der Hölle entronnen war?
„Cabachon-Schliff" – Juwelier Buder hielt den Granat gegen das Licht. „Da schau: rot wie Blut. Die Padparatscha-Saphire rund um den Stein, sie übernehmen den Glanz des Goldes, verstärken ihn sogar." Käthe schob den Ring auf ihren rechten Zeigefinger. „Er ist wunderschön", sagte sie. „Wird aber auch eine schöne Summe kosten?"
„Ja, nun ..." Den Umgang mit hohen Summen gewohnt sah Buder sie herausfordernd an. Aber gerade als er ihr den Preis genannt hatte, auf ihre Antwort wartete, öffnete sich die Ladentür und Wilhelm August kam herein. „400 Mark?", wiederholte er; und die Entrüstung war ihm anzusehen. „400 Mark für drei Jahre unermüdliche Arbeit", sagte er zu Georg Julius gewandt. „Wir wollen uns doch nicht lumpen lassen." Er steuerte den offenen Tresor an, der hinter der Ladentheke neben dem Durchgang zur Goldschmiede-Werkstatt stand und zeigte mit seinem Gehstock darauf. „Wir wollen mal nicht so geizig sein. Adolf, du hast da doch sicher noch ein paar Kostbarkeiten versteckt, wie ich dich kenne." Der brachte aus

seinem Tresor ein muschelförmiges Etui zum Vorschein, dem man ansah, dass in ihm Wertvolleres aufbewahrt wurde als ein – wie Wilhelm August kopfschüttelnd meinte – „Ring, wie ihn der gewöhnliche Plebs trägt ...".
„Ein Lüster, wie sie nur die Südseeperle hat", schwärmte der Juwelier, nachdem er die dreireihige Perlenkette über seinen Handrücken gelegt hatte. „Einzigartig dieser Glanz." Er hielt sie gegen das Licht.
Wilhelm August forderte seinen Sohn auf, Käthe die Kette umzulegen. Aber als er sah, wie sich Georg Julius vergeblich abmühte den Verschluss in ihrem Nacken zu schließen, mischte er sich erneut ein: „Junge, du zitterst ja wie Espenlaub. Komm, lass' mich das machen!"
Georg Julius spürte, wie es in seinem Kopf zu pochen begann. Zuerst nur ein leises Ticken, nagelte es unter seiner Schädeldecke; dann wuchs es sich zu einem Trommeln aus. Plötzlich: der Geschützdonner, dem er Monate zuvor noch entronnen war. Ihm wurde schwarz vor Augen.
Als er wieder zu sich kam, lag ein nasser Lappen auf seiner Stirn, und er blickte in Käthes Augen, die ihm die Schläfen massierte. Hoch über ihm - sein Vater: „Adolf hat mit dem Roten Kreuz telefoniert. Sie werden gleich da sein." Und zu Buder: „Das mit der Kette geht in Ordnung. Schick ihm die Rechnung nach Hause." Dann verließ er das Geschäft.

Wilhelm August sollte Recht behalten; dank seines dicken Schädels stand Georg Julius am anderen Tag schon wieder hinter der Ladentheke. Die kahlrasierte Stelle an seinem Hinterkopf hatte er geschickt mit einem Haarteil kaschiert. Ein paar Wochen noch, dann würde man von der Kriegsverletzung nichts mehr sehen.
Es war noch früh am Morgen, Käthe hatte sich endlich einmal frei genommen, und ein Besuch hatte sich angekündigt: Spohn junior. „Sehen Sie sich um!", sagte Georg Julius, kaum dass der Jungunternehmer das Geschäft betreten hatte. „Töpfe, Pfannen, Blumenvasen ... naja, die Frauen. Mir persönlich wäre ja lieber, es würde mehr Werkzeug verkauft; Beschläge, Schrauben und so weiter ... Eisenwaren eben. Aber so sind halt die Zeiten."
Als wisse er es besser, lächelte Spohn, während Georg Julius vom

„Pioniergeist der Väter“, von der „Tradition“ und von den Anfängen der Industrialisierung redete.
Endlich unterbrach ihn Spohn: „Wenn Ihr oder mein Vater immer dann ihre Köpfe in den Sand gesteckt hätten, wenn die Zeiten mal wieder schlecht waren, ich glaube, unsere Firmen würden schon längst nicht mehr existieren.“
Verdattert sah Georg Julius ihn an. Da sprach der alte Spohn, kam es ihm vor. Und wahrscheinlich hätte sein Vater auch nicht anders geredet. Wahrscheinlich, dachte Georg Julius, nimmt der nur Rücksicht auf meinen Zustand, so kurz nach dem Krieg. Es fragt sich nur, wie lange noch. Ja, mit einem Mal war er sich sicher: Die Perlenkette! Was er selbst für unnötigen Luxus gehalten hatte, war in Wirklichkeit ein Wachrütteln gewesen. Ein Tritt in den Hintern sozusagen. Der alte Fuchs hatte an seinen Ehrgeiz appelliert.
„Also denn ...“, Hermann schien seine Vermutung bestätigen zu wollen, „... wir wollen doch nicht klein beigeben. Oder soll ich die Polsternägel für die Sitze meiner Autos anderswo kaufen, die Schrauben, die Beschläge, die Scharniere, Türklinken, das Blech für die Karosserie ... den Stahl für die Fahrgestelle?“
„Ist schon gut“, Georg Julius fiel ihm ins Wort. „Hab’ schon verstanden. Aber wer soll sich Ihre Autos denn leisten können?“
„Fangen Sie schon wieder an?“ Ganz langsam wurde Spohn ungehalten. „Wenn alle so denken würden. Nehmen Sie sich ein Beispiel an Karl Maybach, er hat eine geniale Geschäftsidee. Nein, keine Automobile, er liefert nur die Motoren. Und zwar an Firmen, die das Fahrgestell, die Karosserie und die komplette Inneneinrichtung bauen und dann das fertige Automobil an den Kunden bringen. Jedem sein persönliches Fahrzeug; jeder Wunsch wird erfüllt. Als ließe sich jemand ein nur auf seine Wünsche und Bedürfnisse zugeschnittenes Haus bauen. Na, was sagen Sie?“
Jetzt gab es keinen Widerspruch mehr. Georg Julius hatte Feuer gefangen.

*

Das erste große Völkerschlachten hat endlich ein Ende gefunden. Während dem Siebziger-Krieg noch 43.000 Menschen zum Opfer gefallen waren, sind es nun 8,7 Millionen Tote und 20,8 Millionen Verwundete. 730 Milliarden Goldmark direkte und 610 Milliarden

indirekte Kriegskosten manövrieren die beteiligten Länder an den Rand des Ruins. Eine nüchterne Bilanz, die das Leid der Hinterbliebenen mit keinem Wort erwähnt.
In Versailles wird ein Friedensvertrag geschlossen, in dessen Folge Deutschland 269 Milliarden an Reparationszahlungen aufzubringen hat(später auf 132 Milliarden reduziert). Dazu kommen erhebliche Gebietsverluste. Das Gold, das sich Wilhelm II. unter den Nagel reißt, bevor er sich nach Holland verabschiedet, fällt dagegen kaum ins Gewicht.
Keiner verliert gern, und so kommt schon bald ein Gerücht in Umlauf: Das Deutsche Heer habe nur deshalb verloren, weil es von der Heimat aus rücklings ermordet worden sei. Die Dolchstoßlegende ist geboren, der ideale Nährboden für Rechtsradikale. Die NSDAP wird gegründet, und Adolf Schickelgruber, der sich jetzt Hitler nennt, tritt ihr als siebtes Mitglied bei.
Julius Spohn bleibt dies alles erspart; er stirbt 78jährig am 16.10.1919.
Ein Jahr später feiert die Jugend der Welt in Antwerpen die erste Nachkriegs-Olympiade; die deutschen Athleten bleiben ausgeschlossen. China wird von einem Erdbeben erschüttert, das 200.000 Opfer fordert.
Mit Schwung geht es in die Zwanziger Jahre. Bei den Damen kommt der Bubikopf in Mode, und in den Tanzpalästen Berlins sorgt der „Charleston“ für Furore; eine Negermusik und – wie die neue Haartracht – völlig ungermanisch, wie manche meinen. Draußen auf den Straßen machen schon bald braune Horden Jagd auf den politischen Gegner. Und auf die, die seit Hunderten von Jahren das Blut der germanischen Rasse verunreinigen.

Julius Spohns Trauerzug

Wobei ein gewisser Ernst Röhm, homosexueller SA-Chef und Vertrauter Hitlers, bestimmt, was germanisch ist und was nicht.
Ganz im Südwesten des Reiches scheint die Welt indes wieder in Ordnung zu sein. Werner, der älteste Sohn der Thommels, absolviert gerade die Höhere Handelsschule, der drei Jahre jüngere Karl August kommt in die Oberrealschule. Während in Hermann Spohns Fabrik die ersten Automobile zusammengebaut werden und das Unternehmen Thommel-Spohn erste Formen annimmt, treffen die Bürger Ravensburgs die Vorbereitungen für ein großes Ereignis. Nach 7 Jahren soll endlich wieder das Rutenfest stattfinden, das historische Kinder- und Heimatfest der Stadt.

*

Wilhelm August und seine Frau Helene hatten zum Empfang geladen. Das große Tor zur Festhalle hin war weit geöffnet und ermöglichte so der Festgesellschaft den Blick auf die Kuppelnau. Die ganze „Blutwurst“, wie sich die miteinander verwandten und verschwägerten Ravensburger Familien scherzhaft nannten, war schon versammelt. Die Leibingers, Sterkels, Kiderlens, die Möhrlins, Kutters und natürlich die Thommels erwarteten ungeduldig das Trommlercorps der höheren Lehranstalten; war es doch das erste Mal nach 1914, dass man die „Rueta“ endlich wieder feiern konnte.
Eduard hatte angekündigt, es werde eine Überraschung geben. Man sah ihm seine Nervosität an. Während die anderen sich an den aufgestellten Biergarnituren gegenseitig zuprosteten, Krug um Krug des Leibinger Gerstensaftes geleert wurde, ging Eduard abseits vom Rummel auf und ab, und memorierte, wie es aussah, seine Rede. Immer wieder blieb er stehen, strich seinen Vollbart glatt und sah gedankenversunken zum blauen Himmel empor.
„Lass’n in Ruhe“, ermahnte

das „Rutenfest“ 1866

Käthe ihren Jüngsten, der es nicht mehr erwarten konnte zuhören, was der „fremde Onkel“ sich ausgedacht hatte.
Tatsächlich mochte sich Karl August nicht mehr an Eduard erinnern. Der war zwar vor dem Krieg fast jedes Jahr zum Familientag angereist, aber dass er dem damals Dreijährigen und seinem Bruder Werner Märchen erzählt hätte ... nein. „So ein komischer Kauz will mein Onkel sein?“, hatte Karl August bei Eduards Ankunft gesagt. Die Ohrfeige seines Vaters brannte jetzt noch in seinem Gesicht.

Gewiss, Eduard war etwas aus der Art geschlagen. Nach dem Studium der Jurisprudenz hatte er Philosophie studiert, war aber schon früh mit den naturwissenschaftlichen Schriften Rudolf Steiners in Berührung gekommen. Nachdem er zuerst eine Gärtnerei betrieben hatte, betätigte er sich nun als Archivar der Aluminiumwerke in Singen.
„Liebe Gäste, meine liebe Familie.“ Mit einer Stimme, die gereicht hätte, den Bierschaum von den Krügen zu blasen, brachte sich Eduard den Anwesenden wieder ins Gedächtnis. „Wenn ich mich an einem solch feierlichen Tage zu Wort melde, so deshalb, weil ich euch von der Geschichte des Rutenfestes erzählen will.“ Das Sprachgewirr verstummte wie auf Kommando. Nur die ferne Musik einer zum Festplatz marschierenden Blaskapelle war noch leise zu hören, als Eduard zu seinem Vortrag ansetzte: „Wer kann mir sagen, worauf unser Rutenfest zurückgeht? Na ... keiner?“
Rundum Schulterzucken. Den Festgästen war anzusehen, dass es da nichts zu antworten gab. War doch hinlänglich bekannt, dass der Ursprung des Rutenfestes auf die Zeit der großen Pestepidemien zurückzuführen war; und darauf, dass die Bürger der Stadt, um jede Ansteckung zu auszuschließen, auch Körperkontakt vermieden, indem sie sich mit Ruten begrüßten, anstatt sich die Hände zu reichen.
„Ein Ammenmärchen!“, hielt Eduard dagegen. „Ich bin bei meinen Recherchen auf eine Geschichte gestoßen, die den wahren Grund beleuchtet. Im Jahre 1868 nämlich besuchte der Hagnauer Pfarrer Heinrich Hansjakob unsere Stadt, just zu dem Zeitpunkt, als das Rutenfest gefeiert wurde. Als er sah, dass im Festzug frisch geschnittene Haselruten mitgeführt wurden, fühlte er sich an seine

Schulzeit erinnert. An den Brauch, vor den Sommerferien die Zuchtruten schneiden zu lassen, mit denen die Schüler im neuen Schuljahr bestraft werden sollten."
Eduard sah sich in der Runde um; sie schien noch nicht überzeugt zu sein. Erst als er davon berichtete, dass in vielen Städten – „Augsburg, Landsberg, Schwäbisch Hall, Straßburg, Bern, Zürich" – die sogenannten Rutengänge abgehalten wurden, kam der eine und andere ins Grübeln.
„Das wäre ja ..." Georg Julius sah ihn ungläubig an. „Auf so einen barbarischen Brauch soll unser schönes Fest ..." Eduard winkte ab. „Hören wir doch, was Hansjakob erzählt. Er sagt: Ich selbst musste jeweils beim Kaufmann Gotterbaum das Meerröhrle kaufen, mit dem mein Vater mich abwichste, bis es alle war. Ja, so war das damals. Erst im Siebzehnten Jahrhundert wurde das Rutengehen zum Fest nicht nur für die Schüler, sondern für die Bürger der Stadt. Allerdings in viel bescheidenerem Rahmen als heute. Der Festzug kam erst 1809, das Adlerschießen sogar erst 1823 hinzu."
Immer noch schienen viele zu zweifeln. Erst als Wilhelm August das Wort ergriff und darauf hinwies, dass Eduard – „wenn er sich erst einmal festgebissen hat" – so lange recherchiere, bis er der Wahrheit auf den Grund kam, waren sie überzeugt. „Schließlich", so Wilhelm August, „war er 1898 sogar Rutenhauptmann. Und der muss es nun wirklich wissen."
„Rutenhauptmann?" Karl Augusts Augen leuchteten. Er lief zu Eduard hinüber und schmiegte sich an ihn. „Onkel Eduard, was muss ich tun, um Rutenhauptmann zu werden?"
Die Festgäste erhoben sich und prosteten einander zu. Einer stimmte sogar das von Oberlehrer Wilhelm Mayer extra für das erste Rutenfest nach dem Krieg geschaffene Lied an:

das Trommlercorps 1897,
Eduard Thommel
(dritter von rechts)

„Mein Ravensburg ...“, und aus vollen Kehlen – „... im Schwabenland“ – sangen alle mit. Die Festlaune stieg, je mehr sich der Pegel in dem von Leibinger gestifteteten Bierfass senkte. Aber so recht zur Hochform liefen alle erst auf, als das Trommlercorps die Kuppelnaustraße heraufmarschiert kam. Unter den anwesenden Familien brandete Jubel auf, wenn sie ihre Söhne im Corps ausgemacht hatten; die einen Trommler, die anderen Fahnenträger oder einfache Begleiter. Sie waren sich ihrer Würde bewusst. Allen voran: Tambourmajor Losinger, flankiert von Rutenhauptmann Ludwig und Adjutant Ruess.

„Zapfenstreich ... vorwärts marsch!“ Guido Losinger hielt zwei Finger in die Luft und senkte seinen Tambourstab – Adjutant und Hauptmann, ihre Degen. Darauf hatten alle gewartet: Das feierlich Antrommeln begann.

„Schade dass Werner nicht da ist.“ Käthe schnitt die Haut der „Schüblinge“ ein, während Helene die „Ruten-Wecken“ für die Würste zerteilte. „Ich vermisse ihn sehr. Aber mein Mann meinte, es sei nun mal so Usus bei den Thommels, die Söhne in der Fremde in die Lehre zu geben. Ihm sei es schließlich auch nicht anders ergangen“ Sie wischte sich ein paar Tränen aus den Augen, als sie die Würste auf den Grillrost legte. „Nein, es ist nur der Rauch. Aber muss es ausgerechnet bei Abt in Ulm sein? Hundert Kilometer weit weg?“

Plötzlich lachte sie. Ihr war wieder eingefallen, zu welcher Gelegenheit sie Georg Julius kennengelernt hatte. Und auch Helene lachte: „Es scheint unser gemeinsames Schicksal zu sein. Am Ende landen alle Ehefrauen in Ravensburg. Ich bin mal gespannt, wen wir bald in unserer Mitte begrüßen dürfen.“ Sie verteilten Wurst und Wecken auf die Teller, die ihnen von unzähligen Händen entgegengestreckt wurden.

„Holt euch eure Würste ab!“, rief Eduard den Trommlern zu, nachdem sie den Zapfenstreich gespielt hatten. Sie türmten ihre Instrumente auf, dann machten sie sich, hungrig und durstig vom Marschieren, über ihr Vesper her.

August junior zapfte einen Krug nach dem anderen, während Martha den kleinen Walter mit einer in Scheiben zerteilten Banane fütterte. Der siebenjährige Egon, seiner in den Stadtfarben blau und weiß gestrichenen Blechtrommel überdrüssig geworden, war

schon die ganze Zeit um die wackelige Pyramide aus echten, mit Fellen bespannten Trommeln geschlichen. Und eine davon, die auf Hochglanz poliert in der dritten Reihe von unten stand, hatte es ihm besonders angetan. Sein Vater sprang noch hinzu, aber - zu spät - schon fielen die wertvollen Instrumente unter blechernem Getöse in sich zusammen.
Der Bogen zur Geschichte des Rutenfestes sollte sich für Egon schon wenig später auf schmerzhafte Weise schlagen. Wobei es ihm seine Vater abnahm, die Rute von dem etwas abseits vom Geschehen stehenden Haselnussstrauch zu schneiden.

So hatte er Helene noch nie erlebt; schon in der Diele war Georg Julius ihre Fahrigkeit aufgefallen. Zwar hatte sie ihn begrüßt, freundlich wie immer, aber sie hatte vermieden ihm ins Gesicht zu sehen. Schlimmer noch: Ihre Augen strahlten keine Ruhe aus wie sonst, sondern schienen nach einem Halt zu suchen. Und als sie merkte, dass die Eingangstür noch offen stand, und noch einmal zurückging, um sie zu schließen –, schien sie plötzlich vergessen zu haben, was sie eigentlich hatte tun wollen. Stattdessen griff sie sich den Staublappen vom Sideboard und begann geistesabwesend über die Türklinke zu polieren. Es schien ihr jedwede Orientierung zu fehlen..
Georg Julius ging auf sie zu. „So schlimm wird es schon nicht sein, Mutter." Aber im selben Augenblick erschrak er, denn Helenes Aussehen strafte seine Worte Lügen. Die Haare fielen ihr in Strähnen herab. Unter einer fleckigen Kittelschürze schaute ihr Morgenrock hervor. Sie sah aus wie nach einer durchwachten Nacht. Als sie ihm antwortete, war ihre Stimme tränenerstickt. „Er will nicht mehr", schluchzte sie. „Ich spür' das. Seit Spohn tot ist, geht es rapide mit ihm bergab."
Georg Julius nahm sie in die Arme. „Mach dir keine Sorgen", versuchte er sie zu trösten.

Wilhelm August und Helene mit Chauffeur

„Vierundsiebzig ist noch kein Alter. Und wie ich ihn kenne, werden wir auch noch seinen Hundertsten feiern."
Mit Mühe rang sie sich ein Lächeln ab und bedeutete ihm mit knapper Geste, er solle doch einmal hinauf in den ersten Stock gehen. Auf der obersten Stufe angelangt, drehte sich Georg Julius nach ihr um; sie war in den Garten gegangen.
Wilhelm August lag im Bett, als sein Sohn eintrat. „Du machst vielleicht Sachen", scherzte Georg Julius, bemüht gute Laune zu verbreiten. „Am helllichten Tag ..." Dann sah er das Fläschchen auf seinem Nachttisch: Digitalis, ein Mittel zur Stärkung der Herztätigkeit.
„Komm, hilf mir hoch", bat sein Vater. Und nachdem Georg Julius ihm die Kissen unter den Rücken geschoben hatte, saß Wilhelm August aufrecht in seinem Bett. Erst jetzt wurde das ganze Ausmaß seines Leidens sichtbar. Schweißperlen standen ihm auf der rotfleckigen Stirn; er atmete schwer. Sein stolzer Schnauz, vormals liebevoll gepflegt, gleich mehrmals am Tage gekämmt, war schon länger nicht mehr gestutzt worden. Das vornehme Grau der Barthaare hatte sich schmutzig gelb verfärbt. Nur seine Augen strahlten noch die alte Vitalität aus, die ihn zu dem hatte werden lassen, was er war: zu einem Unternehmer der Gründerzeit, der sich durch nichts von seinen Zielen hatte abbringen lassen; nicht durch Krieg oder wirtschaftliche Flaute – schon gar nicht durch Krankheiten.
„Sieh nur, was aus mir geworden ist! Jede Nacht steht Freund Hein bei mir am Bett. Ich glaube, seine Geduld geht langsam zu Ende. Nicht dass ich Angst hätte vor dem Sterben, manchmal sehne ich es sogar herbei. Helene ist versorgt, und ich habe meine persönlichen Dinge geordnet, habe Frieden gemacht mit allem. Aber eine Sorge habe ich noch ..."
Wilhelm August war während seiner letzten Worte in sich zusammengesunken. Seine Stimme, die bekannt war für ihre metallische Härte, jetzt hatte sie jeden Glanz verloren, wurde brüchig wie ein altes Pergament: „Wie soll es weitergehen mit euch beiden? Du weißt, ich war immer gerecht zu euch, auch wenn ihr es manchmal nicht verstanden habt. Aber dem Junior habe ich zuviel durchgehen lassen."
Zu spät, Vater, dachte Georg Julius. Würde ich Dir jetzt auch noch

erzählen, dass sich mein Bruder bei Spohn gerade einen teuren, zweisitzigen Sportwagen bestellt hat, auf Geschäftskosten versteht sich, du würdest allein schon vor Kummer sterben. Und dann seine Spielleidenschaft ...
„Er ist ein Hasardeur", fiel ihm Wilhelm August in den Gedanken. „Er weiß nicht, was es heißt sein Geld durch Arbeit zu verdienen. Manchmal glaube ich, er weiß nicht mal, was ..." Wilhelm August streckte die Hand nach seinem Ältesten aus, ergriff seinen Arm und zog sich an ihm hoch. „Ich hätte ihn nicht ins Geschäft nehmen dürfen. Mach nicht den selben Fehler, mein Sohn." Dann fiel er in die Kissen zurück.
„Vater?" Erschrocken beugte sich Georg Julius über ihn. Er atmete schwach, war nur eingeschlafen.
Als er die Treppe hinunterging, kam ihm Helene entgegen – hinter ihr her ging Dr. Rall, Hausarzt der Familie.

Käthe erwartete Georg Julius schon. Wie es Vater gehe, wollte sie ihn fragen, aber als sie in sein besorgtes Gesicht sah, war die Frage überflüssig geworden. Stattdessen erkundigte sich ihr Mann nach Werner. Ob er geschrieben oder telefoniert habe, wollte er wissen. „Die Lehrzeit müsste doch jetzt zu Ende sein."
Ungläubig sah sie ihn an. „Geht es dir nicht schnell genug?" Käthe konnte ihren Mann nicht verstehen. Erst hatte er ihn gegen ihren Willen zu fremden Leuten gegeben, und jetzt schien er nicht erwarten zu können, dass sein Sohn wieder nach Hause kam. „Du weißt doch, er hat den jungen Grunow aus Berlin kennengelernt. Wenn er seine Ausbildung beendet hat, will er ..."
„Nach Berlin?" Georg Julius tat, als höre er zum ersten Mal von den Plänen seines Sohnes. Nun bestand er auf einmal darauf, dass Werner nach seinem Abschluss sofort nach Hause

die Familie Thommel mit Werner (links) und Karl August (rechts)

zu kommen habe, um in die Firma einzusteigen. „Was hast du es plötzlich so eilig?“, fragte Käthe erstaunt. „Er will sich zuvor noch weiterbilden. Und außerdem hast du zwei Söhne ... du musst auch an Karl August denken.“
Unnötig ihn daran zu erinnern, an seinen Jüngsten dachte er schon die ganze Zeit über.

Wovon Karl August allerdings nichts wusste. Wie die Katze um den heißen Brei strich er schon tagelang um den schönen Zweisitzer seines Onkels herum. Dieser hatte sein neues Gefährt in der Doppelgarage seines Vaters eingestellt. Seine Ausfahrten beschränkten sich in der Regel auf das Wochenende, da Spohns Bedarf an Stahl und Blechen überraschend groß geworden war; August junior also mehr zu tun hatte, als ihm lieb war.
Nur manchmal, dann aber erst spät am Abend, konnte man ihn auch wochentags mit dem Sportwagen losfahren sehen. Er verließ die Stadt südwärts, Richtung Bodensee, und kam erst in der Nacht wieder zurück. Mal schien er bei der Rückkehr zu Tode betrübt, dann wieder sah Helene, die jedes Mal bei seiner Ankunft wach wurde, dass er seltsam aufgedreht war. Es erhärtete sich in ihr ein schon lange gehegter Verdacht: „Er muss irgendwo eine Spielhölle gefunden haben.“

Als Karl August in dem mit Rindsleder bezogenen Fahrersitz saß, links herum, rechts herum am Lenkrad drehte, fühlte er sich wie ein Rennfahrer. Sein Onkel hatte ihm erzählt, von den Autorennen des Königlich Württembergischen Automobilclubs, von seinen – natürlich – nur besten Placierungen; wie ihm die Veranstalter jedes Mal einen Lorbeerkranz umgehängt hatten, von den vornehmen Damen, die ihm zujubelten, von den anschließenden Empfängen.
Er musste am Abend zuvor vergessen haben den Wagenschlüssel abzuziehen. Karl August drehte ihn nach rechts und drückte den Anlasserknopf. Gut, dachte er, dass der kranke Großvater Oma Helenes ganze Aufmerksamkeit in Anspruch nimmt. Ein sanfter Druck auf das Gaspedal, und unter der Motorhaube heulte es auf. Es krachte im Getriebe, als er den Rückwärtsgang einhebelte. Dann setzte er den Wagen zurück. Du musst Zwischengas geben, hatte

ihm sein Onkel geraten; vor vier Tagen, als er ihn anlässlich seines Geburtstages damit ein paar Meter hatte fahren lassen. Aber erzähl' deinen Eltern nichts davon, hatte er ihm befohlen.
Karl August sah nach links, nach rechts, dann bog er mit dem Sportcoupé hinter einem mit Fässern beladenen Pferdefuhrwerk des Bürgerlichen Brauhauses und vor einem Lastwagen in die Straße ein. Obwohl er kaum von der Stelle kam, rüttelte es das ganze Gefährt durch. Der Motor stotterte, jammerte, als stünde er kurz davor auseinanderzubrechen. Warum hat er mir nicht gezeigt, wie man den zweiten Gang einlegt, fragte sich Karl August. Das Brauereigespann bog ab, da verlor der hinter ihm die Geduld. Mehrmals betätigte er die Hupe, dann sah Karl August, wer da zum Überholen angesetzt hatte: ein Lastwagen, beladen mit Baustahl. Und er konnte die Aufschrift lesen: August Thommel, mit weißer Farbe auf das hölzerne Gatter der Pritsche gepinselt.

„Eine Woche Stubenarrest!“, befahl Georg Julius, nachdem er sich seinen Sohn zur Brust genommen hatte. Erstaunt ob der milden Strafe zog sich Karl August in sein Zimmer zurück. Er erinnerte sich daran, wie sein Vater darauf bestanden hatte, Werner solle den Baumkuchen, an dem er nur einmal genascht hatte, allein aufessen. Daran, wie schlecht seinem Bruder war, weil er eine ganze Woche lang nichts anderes zu essen bekam als Baumkuchen. Morgens, mittags, abends, bis zum letzten Krümel. Und jetzt? Die Schwarzfahrt, und dies mit sechzehn Jahren, war viel schlimmer in seinen Augen. Die Strafe aber ... zumal es nun schon seit Tagen regnete. Fast eine Belohnung, dachte er.
Auch Käthe wunderte sich: „Hatte schon Angst, du schlägst ihn windelweich.“
Georg Julius sah von seiner Zeitung hoch. „Ich bin doch kein Rabenvater!“, sagte er gütig. Er erzog die beiden Brüder mit harter Hand – wie er ihr immer wieder vorhielt, „um sie zu tüchtigen Geschäftsleuten zu machen“, zu seinen Nachfolgern. Und jetzt diese Milde?
„Was hast du vor?“ Die Schärfe in ihrer Stimme ließ keine Ausflucht mehr zu. „Seit Wochen bedrängst du mich, ich solle Werner dazu überreden nach Hause zu kommen. Man könnte meinen ... ist

es das, ja? Willst du ihn jetzt schon in die Geschäftsleitung nehmen? Den Junior und dich mitgerechnet hätten wir dann gleich drei Chefs. Und wenn Karl August erst mal soweit ist ... meinst du, das ginge gut?“ Sie war ihm nun ganz nahe.

Georg Julius nahm seine Brille ab, faltete behutsam den Oberschwäbischen Anzeiger zusammen, und bat seine Frau, sich neben ihn zu setzen. Nun kam, was sie schon lange befürchtet hatte.

„Mit unserm Karl August, meine Liebe, habe ich etwas anderes vor. Er soll eine Ausbildung haben; die beste, die man sich vorstellen kann. Aber dann muss er lernen, auf eigenen Füßen zu stehen.“

Käthe versuchte ihn umzustimmen: „Alles wegen dieser dummen Schwarzfahrt? Das sind doch Jugendsünden, Georg Julius. Lass ihn halt den Führerschein machen, dann ...“

Aber er hatte sich längst entschlossen: „Den Führerschein? Von mir aus auch noch das. Wird er brauchen, wenn er nach dem Abitur studieren wird.“

*

Am 4. Februar 1923 stirbt Wilhelm August Thommel. Die Aussegnungshalle auf dem Ravensburger Friedhof kann dem Andrang der Trauergäste kaum standhalten. Man hat die Türen weit geöffnet, um den vielen Menschen, die gekommen sind, ihm die letzte Ehre zu erweisen, zu ermöglichen Eduards Trauerrede zu hören. Nachdem dieser die Familien, die vielen Geschäftspartner und Trauergäste begrüßt hat, fährt er fort: „Unser Vater und Großvater, Wilhelm August Thommel, war nicht nur ein außerordentlich erfolgreicher Unternehmer aus der Gründer-

zeit. Vor allem war er ein Mensch. Wenn er auch nur selten Widerspruch duldete, so sorgte er doch in großzügiger Weise für seine Familie und für das Gemeinwohl der Stadt."
Dass er mit Julius Spohn zusammen den Bau des Konzerthauses ermöglicht hat, erwähnt Eduard ebenso wie die Renovierung der evangelischen Stadtkirche und die Spende eines Flügels für das evangelische Vereinshaus. Dann erzählt Eduard von der Weitsichtigkeit seines Vaters, davon dass er zum Tode seiner geliebten Frau Sophie Christine eine Gruft hat bauen lassen, um einst an ihrer und an der Seite seiner ganzen Familie ruhen zu können. Indem er auf den Heiligen Benedikt zu sprechen kommt, findet er zum Ende seiner Laudatio: „Dieser Heilige hat in weiser Voraussicht noch eine Woche vor seinem Tode sein eigenes Grab ausgehoben. Ruhe in Frieden, Vater."
Deutschland stürzt in die schwerste Krise seit dem Ende des Weltkrieges. Während man den „Muttertag", eine amerikanische Erfindung, einführt, haben die Deutschen kaum noch das Geld Blumen zu kaufen. Ein Dollar kostet jetzt 4,2 Billionen Mark. Und so druckt man Notgeld, allein in diesem Jahr: 500 Trillionen.
Der Unmut der Bevölkerung – Massenarbeitslosigkeit, Geldentwertung – schafft den Nährboden für rechts- wie linksradikale Umtriebe. Eine Ermutigung für Hitler, der mit General Ludendorff in München versucht, die verhasste Weimarer Republik zu stürzen. Nach dem Scheiter des Putsches, sitzt er ihn Festungshaft und nützt die Zeit, indem er „Mein Kampf" verfasst. „Jede Propaganda hat volkstümlich zu sein und ihr geistiges Niveau einzustellen" – ein übles Machwerk!
Nach dem Tod seines Vaters ziehen Käthe und Julius von der Marktstraße um in die Villa Thommel in der Gartenstraße. Helene bezieht ihren Altersitz im Hirschgraben, in einem Haus, das der evangelischen Gemeinde Ravensburgs gehört.

*

Schon als er in den Zug gestiegen sei und die Heimreise angetreten habe, sei ihm dieses Kratzen im Hals, ein unangenehmes Kribbeln in der Nase aufgefallen, eindeutige Zeichen einer heraufziehenden Erkältung. Georg Julius zog die Bettdecke unters Kinn. „Wie ich das hasse!"

Die Einnahmen des Vortages im Koffer bei sich tragend, war Georg Julius Woche für Woche, manchmal Tag für Tag, mit dem ersten Zug nach Stuttgart gefahren, um in der Eisengroßhandlung neue Ware zu ordern. Gegen Bargeld versteht sich und vor 11.00 Uhr, denn dann wurde der neue Inflationswert der Mark verkündet. Nur fünf Minuten zu spät, und es kostete doppelt so viel wie noch am Tag zuvor.

„Dabei ging es mir während der Fahrt noch recht gut", sagte Georg Julius. „Dieser Weizmann ... Jakub, glaube ich ... also der hat auf mich eingeredet, dass ich meinen Schnupfen völlig vergessen habe."

Der alte Herr im Abteil, ein Musiker, sei ihm eine willkommene Reisebegleitung gewesen. Er habe von seinen Engagements an den größten Bühnen Deutschlands erzählt; über Strawinsky und Bruckner geschimpft. „Und er hat versucht mich davon zu überzeugen, dass Johannes Brahms der einzige legitime Nachfolger Ludwig van Beethovens sei. Dann hat er nach dem schwarzen Kasten neben sich gegriffen, um es mir, wie er sagte, zu beweisen. Aber als er ihn geöffnet hat – übrigens ein wunderschönes Cello – ist er auf einmal ganz ruhig geworden und hat sich wieder hingesetzt.

Hab' ihn gefragt, ob er Karl Erb kennt, aber er machte den Eindruck, als sei er plötzlich in eine andere Welt eingetaucht. Überraschend schnell wechselte er das Thema, erzählte, dass man Hitler vorzeitig aus der Festung Landsberg entlassen habe. Und dass er fürchte, dass sein Volk – er ist Jude – bald nichts mehr zu lachen habe. Von dem Moment an hat er kein Wort mehr gesprochen. Endlich waren wir in Ulm, und er ist ausgestiegen."

Georg Julius langte nach dem Tee, den Käthe ihm auf den Nachttisch gestellt hatte. Mit beiden Händen hielt er sich die Tasse vor die gespitzten Lippen und blies in den dampfenden Kamillenaufguss. Aber statt zu trinken, stellte er sie wieder ab. „In diesem Zustand kann ich am Freitag auf keinen Fall nach Stuttgart. Dann muss eben mal der Junior ran."

„August ...?" Käthe, in der Hand ein Töpfchen aus Porzellan, nahm das Deckelchen ab und legte es beiseite. Dann drehte sie den Holzlöffel heraus und ließ den zähflüssigen Honig in seinen Tee laufen. „Das wird nicht gehen", sagte sie. „Er will Werner vom Zug abholen;

mit unserem Wagen, weil der Besuch mitbringt.“ Dann schob sie ihm das Fieberthermometer in den Mundwinkel.
„Aber ...“ Georg Julius, die Arme bis über die Schulter unter der Bettdecke, den Kopf fest im Griff des dicken Paradekissens, nuschelte durch die kleine Öffnung, die das Glasröhrchen in seinem Mund gelassen hatte: „Soll Karl August machen.“
„Was ... hab’s nicht verstanden“, feixte Käthe. „Sprich deutlicher, mein Schatz!“
„Ich ...“ Das Thermometer fiel ihm aus dem Mund. „Zu was habe ich ihn den Führerschein machen lassen? Der Junior fährt nach Stuttgart und damit basta!“
Sie versuchte ihn zu beruhigen, aber Georg Julius, mit hochrotem Kopf, am ganzen Körper vor Kälte zitternd, meinte nur noch: „Und zwar fährt der schon den Abend zuvor. Ob mit dem Zug oder mit seinem Wagen, ist mir wurst!“ Dann drehte er sich zur Seite. Nur noch seine Haare schauten unter der Decke hervor.

Die Woche darauf, Georg Julius saß hinter seinem Schreibtisch und trug die Einnahmen des Vortags ein, kam Hermann Spohn ins Büro. „Wie ich sehe, prüfst du es nach“, sagte er und trat an seine Seite, um ihm über die Schulter sehen zu können.
Erstaunt drehte sich Georg Julius nach ihm um: „Was prüfe ich nach? Dass ich gestern 78 Billionen Mark eingenommen habe ... oder was meinst du?“
Er erhob sich und reichte Spohn, der ihm inzwischen ein treuer Freund geworden war, die Hand. Während er noch auf dessen Antwort wartete, ging ihm durch den Kopf, was wohl in diesen Zeiten aus der Firma geworden wäre, hätte er in Spohn nicht einen so zuverlässigen Geschäftspartner gefunden. Zwar hielt sich dessen Absatz an Automobilen in Grenzen, und statt des ohnehin wertlosem Papiergeldes wechselte auch schon mal eine Immobilie den Besitzer, aber das Material kaufte er nach wie vor über Thommel ein, obwohl er es sich genauso wie dieser vom Großhandel direkt hätte besorgen können.
„Hast du die Bleche für die Kotflügel nicht bekommen? Das wäre ja das erste Mal ...“
Und das letzte Mal, dachte Georg Julius. Er konnte sich genau daran erinnern, dem Junior die Liste Spohns mitgegeben zu

haben. Den eigenen Bedarf mitgerechnet, hatte der Einkaufswert genau mit der Summe übereingestimmt, die der Junior mitgenommen hatte.
„Gleich morgen fahre ich nach Stuttgart, um die Sache zu regeln", versprach er seinem Freund. Seinem Bruder den Kopf zu waschen, nahm er sich aber noch für den selben Tag vor.

Der Junior, die Virginia im Mundwinkel und gerade noch mit den beiden jungen Damen am Stammtisch scherzend, schien gespürt zu haben, was auf ihn zukam, als sein Bruder das „Krafft" betreten hatte. Übereilt bat er seine Begleiterinnen, ihn allein zu lassen. Gerade noch rechtzeitig, denn kaum dass diese die Tür zur Konditorei hinter sich zugezogen hatten, brach das Gewitter los. Wenn er schon das meiste vergesse, so Georg Julius, so sei es das mindeste, für den Schaden, der durch den Kursverlust – „durch deine Dusselei!" – entstanden sei, aufzukommen. „Und zwar aus der eigenen Tasche", fügte er hinzu. „Wenn du überhaupt eine eigene Tasche hast."

Aber anstatt sich unter dem Tisch zu verkriechen, wie es Georg Julius erwartet hätte, lächelte der Junior, als wüsste er es besser. „Die paar Bleche ...", wiegelte er ab. „Mein lieber Bruder, wenn du wüsstest, wen ich am Abend vorher in Ulm besucht habe. Den Apotheker Krall nämlich. Ich kenne ihn aus der Linde in Friedrichshafen."
Beim Billard – „bei einer Partie Cadre 47/1" – habe ihm Krall von seiner Erfindung erzählt. „Mäusepulver! Er hat ein Pulver erfunden, das, wenn man es im Haus auslegt, Mäuse und

August jun.

Ratten vertreibt. Verstehst du ... die fallen nicht tot um und liegen dann irgendwo herum, bis sie verfault sind. Nein, die suchen ganz einfach das Weite. Das wird ein glänzendes Geschäft ... was spielt es da noch für eine Rolle, dass ich am anderen Tag zu spät nach Stuttgart gekommen bin."

Georg Julius wusste genau, dass sein Bruder in diesem Zustand überschäumender Begeisterung immun war gegen schnöde Wahrheiten. Werte wie Zuverlässigkeit, Geschäftstreue und Ehrlichkeit verblassten, wenn er erst mal Feuer gefangen hatte. Seinen Wunsch, große Teile des Firmenvermögens in eine Produktionsstätte für das von den beiden „Maus-Krall" genannte Wundermittel zu investieren, schlug Georg Julius ihm aus. Stattdessen riet er ihm an, sich das Geld von Martha zu borgen; ebenso wie den Betrag, der nötig war, die Differenz zwischen dem alten und neuen Großhandelspreis auszugleichen.

Am anderen Tag, Georg Julius hatte sich früh morgens schon nach Stuttgart aufgemacht, saßen sie gemeinsam am Frühstückstisch.

„War'n jestern Awend im Eden jewesen", sagte das höchstens 17jährige Mädchen, das Werner aus Berlin mitgebracht hatte. Sie strich ein wenig Butter auf ihr Croissant und biss ab. „Aba bissjen altmodisch isset Kino schon. Hat mir an unser Souterrain zuhause erinnert." Erst dann schluckte sie den Bissen hinunter.

Käthe kräuselte die Stirn. Schon bei ihrer Ankunft hatte es die erste Auseinandersetzung gegeben. Eigentlich war es doch eine Selbstverständlichkeit, eine Besucherin im Gästezimmer unterzubringen. Doch hatte diese gemeint, dass es unter Verlobten jetzt üblich sei, gemeinsam in einem Zimmer zu nächtigen. Und erst als Werner seine Mutter beiseite genommen, ihr geschworen hatte, nichts von einer Verlobung zu wissen und ebensowenig an eine solche zu denken, hatte sich Käthe wieder beruhigt. Ihr anfänglicher Argwohn war durch diesen Vorfall aber nur noch größer geworden.

„Kann ich heute Nachmittag den Wagen haben?" Werner machte der beklemmenden Situation ein Ende. „Möchte Ursula den Bodensee zeigen. Zum Abendessen sind wir garantiert wieder zurück."

Käthe sah ihrem Mann an, dass seine Laune nicht die beste war, als er die Auftragsbestätigung vom Stahlgroßhandel auf den Tisch warf. Eine Unsumme – „zwei Nullen mehr als noch eine Woche zuvor“ – hätten die Bleche für Spohn gekostet. „Aber das wird mir der Herr Mäusebaron bezahlen. So wahr ich ...“
„Mäusebaron?“ Völlig verdattert sah sie ihn an.
„Ja, Mäusebaron! Leute, die ihr Geschäft mit Stahl machen nennt man gewöhnlich Stahlbarone. Und da der Junior sich nun auf Geschäfte mit Mäusen verlegt hat...“
Noch lange war Käthes Lachen zu hören, hinter der Tür zur Küche, in die sie sich zurückgezogen hatte, um die Platte mit Wurstaufschnitt und Käse, mit Gürkchen, Perlzwiebelchen, gekochtem Ei und Petersiliensträußchen zu garnieren und das Brot aufzuschneiden. Sie beruhigte sich erst wieder, als Georg Julius nach Werner fragte, und warum er es nicht einrichten könne, pünktlich zum Abendessen zu erscheinen.
Zwei Stunden später gab er es auf, auf die beiden zu warten. Käthe dagegen nicht; sie hatte einen unruhigen Schlaf, horchte, ging ans Fenster, horchte wieder. Aber bis auf den Junior, der gegen Mitternacht seinen Wagen in die Garage fuhr, die Türe knallte und fortging, ließ sich kein Mensch hören.

Werner Thommel

Auch am Morgen darauf saßen sie allein am Tisch. Schon seit einer viertel Stunde stierte Georg Julius in den Oberschwäbischen Anzeiger, als er ihr plötzlich die Zeitung hinüberschob. „Da, lies!“, sagte er. „Der Redakteur muss noch in der Nacht dieses Geschmiere verfasst haben. Der wird was zu hören bekommen, wenn er nach Hause kommt.“
„Wer ... der Redakteur?“, fragte sie nach, aber ihr Mann war schon auf dem Weg zur Arbeit.

Wen Georg Julius gemeint hatte, wurde ihr klar, als sie den Artikel las. Sie traute ihren Augen nicht – las laut, was da geschrieben stand: „Auf der Heimfahrt von Meersburg nach Ravensburg fuhr Werner Thommel, der Sohn des Kaufmanns Georg Julius Thommel, mit seiner Begleiterin kurz vor Ittendorf in den Straßengraben, glücklicherweise ohne Schaden zu nehmen. Das junge Paar übernachtete in einem Ittendorfer Gasthaus."
Beinahe hätte es Käthe hingehauen. Ein unverheiratetes Paar übernachtet zusammen in einem Gasthaus ... ein Skandal! „Was ist denn das für eine?" Und im gleichen Augenblick beschloss sie, dem Treiben ein Ende zu machen.
Die Freude ihrer Mutter, Frau Karoline Luise Friederike Jacoby geborene Kallenbach, war groß, als sie von ihrer Tochter angerufen wurde. Wie es der Familie gehe, fragte sie. Wann man sich denn mal wieder sehe. Erstaunt war sie, als Käthe ihren Besuch schon für die nächsten Tage ankündigte, dann fragte, was eigentlich aus der kleinen Karla Kallenbach geworden sei. „Sie müsste doch so im Alter von unserem Werner sein."
„Suchst du eine Frau für ihn?", kam es vom anderen Ende der Leitung. Das wies Käthe von sich: „Aber Mutter, ich bin doch keine Kupplerin." Doch hatte dieses Von-sich-weisen etwas Halbherziges. „Nein, hab' mich nur an das kleine Mädchen mit den Zöpfen erinnert", schob sie nach, „und würde sie gerne mal zu uns einladen."

Werner, übermannt von einem abgrundtief schlechten Gewissen, Ursula, auf einmal wortkarg, als stamme sie von einer nordfriesischen Hallig – sie kauerten auf ihren Stühlen und ließen die Strafpredigt Käthes über sich ergehen. Er: schmal wie ein Hungerkünstler von der Kirmes – sie: in demütig verbogener Haltung wie die spätgotische Marienskulptur an der Wand hinter ihr.
„Du hast uns zum Gespött der Leute gemacht", warf Käthe ihm vor. „Und Sie, Fräulein ... was Sie und ihresgleichen in Berlin treiben, darauf habe ich keinen Einfluss. Aber aus unserer Familie werden Sie sich heraushalten." Dann kündigte sie an, sie werde am Sonntag den gleichen Zug nehmen: „mit dem ihr beide zurückfahren werdet. In Ulm steige ich dann um in den Zug nach Zweibrücken."

Hatte sie da ein Aufblitzen in den Augen ihres Sohnes gesehen ... freute der sich jetzt schon auf den Augenblick, da er mit Ursula wieder allein sein würde? „Nein, nein ...“, Käthe schüttelte den Kopf. „Freu’ dich nicht zu früh. Du wirst die Stelle bei Grunow kündigen, mein Sohn. Keine Widerrede, Vater will es so. Und jetzt hilf deinem Besuch beim Packen ... ich habe ein Hotelzimmer besorgt.“

Arno Krall, Apotheker aus Ulm, Matthias Rist, Direktor der Gewerbebank Ravensburg, und August junior standen im Hof der Hefefabrik in Weingarten. Es waren schwarze Wolken aufgezogen und es tröpfelte bereits. Dennoch ließ sich der „Mäusebaron“ nicht davon abhalten, die noch freien Grundstücke zu besichtigen, obwohl ihm Rist geraten hatte, die bereits bestehenden Produktionsanlagen zu nutzen. Doch der Junior war entschlossen, eine neue, moderne Chemie-Fabrik zu errichten. Auch wenn man das eine oder andere Gebäude abreißen müsse: „Ist eh ein altes Klump!“

Arno Krall, der schon, als sie noch in Rists Büro gewesen waren, beständig darauf hingewiesen hatte, dass er schließlich der Inhaber des Patents sei, er war während der letzten Minuten erstaunlich einsilbig geworden. Es schien sogar, dass er den Vorschlag Rists favorisiere. Aber der Junior führte die Zurückhaltung seines neuen Geschäftspartners auf die widrigen Wetterverhältnisse zurück, anstatt sie als Alarmsignale zu verstehen und zu beachten. „Da müssen wir jetzt durch“, sagte August bestimmt, und schon war er ihnen um Schritte voraus.

Matthias Rist nahm den Apotheker zur Seite: „Nicht dass ich Ihnen misstrauen würde, Herr Krall, aber bevor wir nächste Wochen die Finanzierungspläne durchgehen, sollten Sie mir die Patentschrift zeigen.“

„Hab’ sie halt vergessen“, antwortete Krall. Zwar sprach er mit fester Stimme, doch vermied er es, dem Bankier in die Augen zu sehen. Stattdessen – „kann ja mal passieren“ – verlor sich sein Blick irgendwo in der Ferne.

Zusammen mit dem Direktor der Baienfurter Papierfabrik hatte Wilhelm August 1908 die Hefefabrik Weingarten gegründet und

sein Patenkind aus Biberach, dem er schon zuvor zu einer ordentlichen Ausbildung verholfen hatte, zum Geschäftsleiter ernannt. Außer der Backhefe für die Bäckereien und privaten Haushalte, destillierte man hier reinen Alkohol – schon bald 1000 Liter pro Tag. Und trotz der schlechten Zeiten liefen die Geschäfte gut; es gab also eigentlich keinen Grund, jetzt mit der Produktion aufzuhören und stattdessen „Maus-Krall“ herzustellen. Von Rist auf diesen Umstand aufmerksam gemacht, entgegnete der Junior ihm: „Habe ich auch nicht vor. Wo wird Brot gebacken? In einer Bäckerei! Und wo findet man die meisten Mäuse ...?“ Ein schlagendes Argument, dem sich Matthias Rist nicht zu entziehen vermochte.
Gerade noch rechtzeitig ging nun ein Platzregen nieder, und Rist hatte einen Grund die Besichtigung abzubrechen. „Und denk’ an die Sicherheiten!“, rief er dem Junior noch nach. Dann flüchteten sie zu ihren Fahrzeugen.

Statt der langen Zöpfe, trug Karla, die junge Dame aus Zweibrücken, jetzt eine Bubikopf-Frisur. Ihre ebenmäßigen Gesichtszüge, ihre blauen Augen! Das duftige Kleid, die Taille nach der neuesten Mode nach unten gerutscht, umschmeichelte eine wohlgeformte Figur, die Werner vom ersten Augenblick an gefangen nahm.
Damit hatte er nicht gerechnet, als er vor zwei Tagen schlecht gelaunt den Zug bestiegen hatte, und mit noch schlechterer Laune in Ravensburg angekommen war. Einzig das Versprechen seines Vaters, nach seiner Ankunft ein eigenes Auto zu bekommen, hatte ihn davon abgehalten, sofort wieder umzukehren. Die Überraschung, von der seine Mutter gesprochen hatte, spielte dabei nur eine sehr untergeordnete Rolle; schon gar hätte sie etwas gegen seinen Missmut vermocht.
Dann aber – Karla hatte ihm die Tür geöffnet – verschlug es ihm die Sprache, und Käthe, lächelnd im Hintergrund, spürte sofort: er hatte angebissen; mit einem solchen Appetit, dass er beim gemeinsamen Abendessen keinen Bissen mehr hinunter bekam. Die Erscheinung Karlas ließ ihn kaum noch das neue Auto wahrnehmen. Am anderen Morgen behauptete er steif und fest, es handele sich bei dem Fahrzeug um einen Horch 303, den die Zwickauer gerade eben in Berlin vorgestellt hätten. Erst als Karla sich erin-

nerte, einen Opel gesehen zu haben, stimmte er ihr zu, als hätte er nie etwas anderes behauptet.
„Nun denn, mein Sohn ...“ Käthe füllte seine Kaffeetasse nach. „Heute Abend ist Tanz im Wilden Mann in Meersburg. Aber fahr’ auf dem Rückweg nicht in den Straßengraben!“

Die Zeit verging wie im Fluge. Werner zeigte Karla die oberschwäbische Heimat. Stolz stellte er sie seiner großen Verwandtschaft vor. Sie fuhren zum Baden an den nahen Bodensee, machten Abstecher in die Schweiz und nach Vorarlberg. Sie besuchten die Liederabende im Konzerthaus oder saßen abends auf der Parkbank an der Veitsburg und träumten in die untergehende Sonne. Und sie schmiedeten Pläne für eine gemeinsame Zukunft.
Je näher der Tag der Abreise kam, desto trauriger wurde – nein, nicht Werner, der war sicher, seine Karla bald wieder zu sehen – Käthe. Sie ließ sich bis zum letzten Moment Zeit, die Rückreise zu organisieren. Sie lud das verliebte Paar sogar am Vorabend noch zum Abendessen ein, stellte die besten Weine auf den Tisch, schenkte nach. Sie schien kein Ende finden zu wollen, hoffte, Karla könne am anderen Tag verschlafen, den Zug verpassen und noch ein paar Tage bleiben.
Aber die Ferien waren zu Ende. Werner sah von nun an keine andere Frau mehr an. Auch nicht die jungen Damen, die den Bahnsteig bevölkerten, auf dem die beiden früh morgens warteten. Ein quäkender Lautsprecher kündigte die Einfahrt des Zuges an, und schon wenig später konnte man sein eigenes Wort nicht mehr verstehen. Türen wurden aufgerissen, Leute stiegen aus und ein. Karla hatte das Fenster heruntergezogen und warf ihm Luftküsse zu, als Werner auf einmal aus den Augenwinkeln sah, wie der Junior den Waggon verließ. Er musste ihn gesehen haben! Als hätte er es sehr eilig – plötzlich schlug er eine andere Richtung ein und betrat das Bahnhofsgebäude durch einen Seiteneingang.
Ein gellender Pfiff, der Zug fuhr an. Werner sah ihm nach, lange noch, bis das bunte Tuch, das er Karla zum Abschied geschenkt hatte, nicht mehr zu sehen war. Dann ging er zu seinem Opel. Was macht der Junior hier um diese Zeit?, fragte sich Werner. Natürlich, er ist aus Friedrichshafen gekommen ... aber warum mit dem Zug?

Und er schien es tatsächlich eilig zu haben. Sein Mantel flatterte im Wind, als ihn Werner mit dem Wagen endlich eingeholt hatte. „Onkel August!", rief er ihm zu, während er schon ein paar Meter neben ihm her gefahren war. „Soll ich dich mitnehmen?"
Der Junior sah sich nach ihm um, tat, als hätte er ihn gerade eben erst entdeckt: „Werner, du? Nein lass' nur. Ich gehe lieber zu Fuß."
„Aber so warte doch!" Er hatte nicht mit Werners Hartnäckigkeit gerechnet, schon gleich gar nicht mit dessen festem Willen, ihm seine Fahrkünste zeigen zu wollen. Als er neben ihm saß, sie die Schussenstraße Richtung Frauentorplatz fuhren, vertraute er sich ihm an: „Du musst deinem Vater ja nichts davon erzählen. Denn, weißt du, der geht an die Decke, wenn er erfährt, dass ich den Maybach verpfänden musste."
Wieder einmal hatte der Junior gespielt. In Friedrichshafen, und dies die ganze Nacht. Sei anfangs auch gut gelaufen, sagte er stolz, aber am Ende habe er mit Apotheker Krall „Alles oder Nichts" gespielt – „den Maybach gegen sein Patent". Er verzog das Gesicht.
„Alles?" Erschrocken starrte Werner ihn an.
„Nichts!", sagte sein Onkel und griff ihm ins Lenkrad, weil sein Neffe beinahe geradeaus gefahren wäre, statt die Linkskurve in die Wangener Straße zu nehmen.
„Du hast den Maybach verspielt?" Werner konnte es nicht fassen. „Was für ein Patent ist das eigentlich?"
„Hat dir dein Vater nichts erzählt davon?" Der Junior schien plötzlich wieder Oberwasser zu haben. Als hätte er das Rad erfunden, und alle außer Werner wüssten davon, schraubte er sich aus seinem Autositz und erzählte ihm von dem wissenschaftlichen Versuch, der ihn – „eine Weltneuheit!" – davon überzeugt habe, das Mäusepulver unbedingt produzieren zu müssen.

Werner und Karla

„Na, dann pass' mal auf!“, begann er großspurig. Die Versuchsanordnung Kralls sei trotz ihrer Einfachheit geradezu genial gewesen. Ein Dutzend Mäuse in einer flachen Holzkiste, an der Stirnseite eine kleine Öffnung. Darüber eine Art Fotolampe. „Sonst war es stockdunkel im Zimmer.“

Die Mäuse seien in ihrer Kiste herumgelaufen, hier und da hätten sie auch geschnuppert, aber alles habe danach ausgesehen, dass ihnen ihre Umgebung vertraut gewesen sei. „Und nun kommt's! Krall hat nämlich gesagt, bevor er das Mäusepulver in die Kiste streue, solle ich zur Tür gehen und sie auf sein Kommando hin aufreißen. Denn wenn sie das neue Mittel erst mal gerochen hätten, würde sie keine Macht der Welt mehr davon abhalten können, aus der Kiste zu fliehen. Als ich die Tür öffnete, das grelle Tageslicht einfiel, sah ich, wie Krall aus einer Tüte das weißes Pulver verteilte. Die Mäuse, sag ich dir: Drunter und drüber quoll es aus der Öffnung heraus. In ihrer Panik liefen sie über meine Schuhe, am Ende alle ins Freie hinaus. Na, was sagt dir das?“

„Ähm ...“, Werner kratzte sich am Kopf. Mäuse, die ins Licht rannten? Normalerweise würden sie sich doch eher in einer dunklen Ecke verkriechen. Allerdings konnte man Mäuse auch dressieren. Ein Stück Käse vielleicht, und die holen sich das auch aus dem strahlenden Sonnenlicht. Vorausgesetzt es ist keine Katze in der Nähe.

„Na, bist du überzeugt?“

Sie hatten das Konzerthaus passiert, die erste der beiden Wilhelmsschulen hinter sich gelassen, als der Junior darum bat, aussteigen zu dürfen, da er noch ins Büro müsse. Die paar Meter zum Seelhaus schaffe er auch allein. Dann bog er leicht schwankend in die Herrenstraße ein.

Schon am anderen Tag machte sich Werner nach Berlin auf. Zwar hatte er eine Rückfahrkarte gelöst, dem staunenden Bahnbeamten aber erklärt,

nicht nach Ravensburg zurück, sondern nur bis Ulm fahren zu wollen. Gepäck habe er keines aufzugeben.
Auch seine Mutter hatte sich darüber gewundert, dass ihr Sohn allein mit ein wenig Reiselektüre ausgestattet noch einmal in die Reichshauptstadt fahren wollte, weil er, wie er ihr kurz und bündig hinwarf, noch ein paar Sachen zu erledigen habe. „Nein, übernachten werde ich nicht. Bin eh am anderen Tag wieder zurück."
„Das Haus der Erfinder. Vom Kaiserlichen- zum Reichspatentamt." Das Büchlein, dass er aus der Bibliothek mitgenommen hatte, schien vor ihm noch keiner gelesen zu haben. Die Schrift, die Zeichnungen: wie frisch gedruckt.
Das erste Patentgesetz war in Venedig im Jahre 1447 erlassen worden, gefolgt von einem Gesetz in Großbritannien (1623) und einem in Frankreich (1787). In den deutschen Einzelstaaten gab es erst zu Beginn des 19. Jahrhunderts patentrechtliche Regelungen. Einem gewissen Johann Zeltner hatte man 1877 das erste deutsche Patent erteilt. „Für das Verfahren zur Herstellung einer roten Ultramarinfarbe ...", verträumt sah Werner aus dem Fenster. Bisher hatte er geglaubt, die aus Lapislazuli gewonnene Mineralfarbe sei blau. Blau wie der vorbeiziehende Himmel.
Bei der Abreise in Ravensburg war es noch tiefste Nacht gewesen, in Ulm dämmerte der Tag herauf, und jetzt – Nürnberg, Fürth, Leipzig – stand die Sonne im Zenit. Gegen 15.00 Uhr wird der Zug in Berlin sein, dachte Werner. Genügend Zeit für ein kleines Nickerchen.
In Berlin angekommen nahm er eine Taxe. „Zur Gitschinger Straße", sagte er dem Fahrer.
Nachdem er das repräsentative Gebäude durch den Haupteingang betreten hatte, kämpfte er sich durch das Gedränge der Leute. Man war hier nicht besonders auskunftsfreudig, schon gar nicht, wenn telefonisch angefragt wurde. Nein, auch schriftlich gebe man keine Auskunft, hieß es. „Da müssen Sie sich schon selbst her bemühen", hatte man ihm gesagt, als er angerufen hatte.
Der Beamte tat erstaunt, nachdem Werner ihn nach der Patentschrift gefragt hatte. „Wie heißt der ... Krall? Und was soll das sein ... Mäusepulver?" Dann schlug er ein großes in Leder gebundenes Buch auf und suchte nach einem Eintrag. „K ... L ... M ... Mäusepulver, sagten Sie? Vielleicht unter seinem Namen. Krall ... Krall ...

wir haben keinen Krall. Und da fahren Sie extra nach Berlin! Hätten Sie auch anrufen können."
Werner musste sich beeilen. Wenn er den Nachtzug noch erreichen würde, könnte er am anderen Morgen in Ulm sein.

Arno Krall öffnete gerade seine Apotheke und wunderte sich, dass um diese frühe Zeit schon ein Kunde wartete; ein übernächtigter junger Mann mit deutlich sichtbaren Ringen unter den Augen. Kaum aber hatte er ihn hereingebeten, kaum hatte dieser sich vorgestellt, wich sein Mitleid einer teifen Empörung. Den Maybach solle er wieder herausrücken? „Junger Mann, Spielschulden sind Ehrenschulden!", schrie er Werner an und machte Anzeichen, ihn aus dem Laden zu werfen. Aber als der ihm – „so so, ein Ehrenmann also" – androhte, schnurstracks zur Polizei zu gehen, den Betrug auffliegen zu lassen, besann sich der Apotheker eines Besseren.
Als Werner schließlich mit einem Achtzylinder unter dem Hintern aufbrach, kam ihm die Heimreise wie ein Katzensprung vor. „Mäusesprung!", lachte er, als er in die Straße nach Ravensburg einbog.

*

Als Georg Julius von der Aktion seines Sohnes erfährt, fühlt er sich bestätigt: Werner würde einen geeigneten Nachfolger abgeben. Karl August, der zweite Sohn, studiert Maschinenbau an der Technischen Universität in München und wechselt dann nach Danzig, wo er Prinz Wilhelm kennenlernt, den ältesten Sohn des deutschen Kronprinzen. Sie werden Freunde.
Als er, den Diplomingenieur in der Tasche, nach Ravensburg zurückkehrt, stellt ihn dieMaschinenfabrik Weingarten ein, und schon wenig später wird

Karl August und seine Frau Margarethe

ihm die Handlungsvollmacht erteilt. Er steht am Anfang einer großen Karriere. Die Firma Henschel, Panzerwagen- und Lokomotivwerk in Kassel, bietet ihm eine leitende Stellung an. Dann – von der Lokomotive zur Hefezelle – macht er aus der Spiritus- und Presshefefabrik Weingarten ein modernes Unternehmen. Eine Goldgrube! Auf seinem Lebensweg macht er Bekanntschaft mit herausragenden Köpfen. Werner von Braun ist nur einer von ihnen.

Auch Georg Julius treibt die Entwicklung des ihm anvertrauten Unternehmens voran. Nicht zuletzt wegen der von ihm forcierten Sortimentserweiterung – Werkzeuge, Maschinen, Eisenkurzwaren, landwirtschaftliche Gerätschaften und natürlich Käthes geliebte Haus- und Küchengeräte –, muss das Stammhaus in der Marktstraße erheblich verändert werden. Die Veranda wird überbaut, um im ersten Stock eine möglichst große Verkaufsfläche für die Hausratsabteilung zu haben. Die Büroräume werden in den zweiten Stock verlegt.

Im Hause von August junior und Martha hat sich wieder Nachwuchs eingestellt. Nach Egon und Walter kommt ein Mädchen zur Welt: Helga. Für kurze Zeit vergisst der Junior seine Spielsucht und wendet sich den Pflichten eines Vaters zu.

Der Filmpionier Willy Burth eröffnet sein erstes Lichtspielhaus: das „Union" in der Ravensburger Bachstraße.

Franz Lehár bringt seine Operette „Das Land des Lächelns" zur Uraufführung. Erich Kästner veröffentlicht „Emil und die Detektive". Politisch zieht im Reich Unheil auf. Die NSDAP gewinnt die Reichstagswahlen, aber Heinrich Brüning, Noch-Reichskanzler und Außenminister, regiert weiter, gestützt auf eine Minderheitenregierung.

Als erster Weißer wird Max Schmeling Boxweltmeister, ein findiger Friseurmeister erfindet die Dauerwelle.

Dann stirbt Thomas Alva Edison, der Erfinder der Glühlampe, des Mikrophons und des Dampfdynamos. Albert Einstein unterstützt die Internationale der Kriegsdienstverweigerer. Ein Hoffnungsschimmer, zumal ein Jahr darauf die SS und die SA verboten werden. Dennoch erreicht die NSDAP in vorgezogenen Reichstagswahlen 37,8% der Wählerstimmen, und Adolf Hitler erhält endlich die deutsche Staatsangehörigkeit.

Die Familie Thommel erreicht ein Brief aus Yankton, USA, in dem ihr mitgeteilt wird, dass Hermann Thommel gestorben sei. In August junior erwacht der alte Spekulationsmut. Er kauft ein verwahrlostes Areal am Rande der Stadt, in den Augen seines Bruders völlig unnötigerweise.

*

Die kurzen Filme, die während der „DeuLiG-Tonwoche" gezeigt wurden, waren wie verregnet. Von oben nach unten liefen schwarze, dann wieder weiße Striche durchs Bild, an dessen Rändern kleine Fussel flatterten. Immer wieder blitzte es kurz auf, und nicht nur einmal froren die Bewegungen der agierenden Personen ein, um dann ruckartig wieder anzuspringen.
„Der Führer und sein Kabinett", flüsterte Werner ehrfurchtsvoll.
„Emil und die Detektive wären mir lieber", versetzte Karla und spürte sofort seinen Ellbogen in ihrer Seite.
Auf der Leinwand sah man Dr. Fritz Berckhemer, den Schädel des „Homo steinheimensis" hochhaltend, den, so der Kommentar-Ton, ein gewisser Karl Sigrist im Juli in der väterlichen Kiesgrube ausgegraben habe. Dann, ohne Übergang, Bilder einer Eiswüste und die Nachricht, dass Richard Evelyn Byrd zu seiner zweiten Südpol-Expedition aufgebrochen sei. Plötzlich brannte der Reichstag.
„Wie lange noch ...?", flüsterte Karla.
Und Werner, ohne die Augen von der Leinwand zu nehmen, antwortete: „Frag ich mich auch."
Es wurde noch dunkler. Als sich ihre Augen daran gewöhnt hatten, sahen sie, wie der große Vorhang nun vollends aufgezogen wurde.
„Fängt's jetzt endlich an?" Karla zitterte ein wenig. Nicht weil es zu kalt gewesen wäre im Raum, auch nicht vor Anspannung, weil sich der Hauptfilm ankündigte – nein, plötzlich spürte sie seine Finger an ihrem Knie. Blitzschnell fuhr ihre Hand nach unten, schob die seine aber nicht beiseite, sondern umklammerte sie und zog sie auf ihren Schoß. Sie ließ ihn nicht mehr los, solange der Film dauerte. Erst als es wieder hell wurde, lösten sich ihre Finger, und sie untersuchte mit scheuem Blick, ob einem der anderen Zuschauer ihre Intimität etwa aufgefallen war.
„Willst du mich heiraten?", fragte Werner, als sie im „Wiener Café"

saßen und heiße Schokolade tranken. Mit großen Augen sah sie ihn an. Wie lange sie darauf gewartet hatte! Jahr um Jahr hatten sie sich gegenseitig besucht; einmal war er in Zweibrücken, dann wieder sie in Ravensburg. Aber zu keinem Zeitpunkt hatte ihr Werner den Antrag gemacht, den sie so herbeigesehnt hatte.
„Du musst bei meinen Eltern um meine Hand anhalten“, flüsterte sie ihm ins Ohr. „Aber erst, wenn du zuvor mit deinen Eltern gesprochen hast.“

Die Sonne brannte von einem tiefblauen Himmel herab. Erstaunt über soviel Naivität, schüttelte der Junior missbilligend den Kopf: „Was soll die Frage, Georg Julius? Ich will, dass Egon mal das Grobeisen übernimmt. Und zwar nicht die kleine Klitsche im Seelhaus, sondern einen modernen Stahlgroßhandel.“ Dann stapfte er durch das widerspenstige, hohe Gras. „Sieh dir das an!“, rief er, streckte die Arme weit von sich und drehte sich zu ihm um. „Hier werden mal die Hallen stehen. Dort ...“, seine rechte Hand beschrieb einen ausladenden Bogen, „... dort werden wir eine breite Straße bauen. Für die LKWs, die das Material an- und abfahren werden. Tonnen und Abertonnen!“
Georg Julius, in Gummistiefeln, stolperte hinter ihm her. Die Dorne der hüfthohen Disteln ritzten ihm die Haut seiner Handrücken ein. Die gezackten Blätter der Engelwurz, schmutziggrau gefleckt und groß wie Zeltplanen, wischten über sein Gesicht. Immer wieder knickte er ein, blieb mit dem Fuß hängen im Morast, und hinterließ tiefe Spuren, in denen sich sogleich ölig schimmerndes Wasser sammelte. Von der Landstraße wehte der Staub herüber. „Nun bleib doch endlich mal stehen!“
Als er bei seinem Bruder angekommen war, nahm er ihn sich zur Brust: „Hast du immer noch nicht genug? Erst dein Mäusepulver, dann die Geschichte mit dem Maybach. Und jetzt willst du ein völlig wertloses Areal kaufen, nur um darauf irgendwann mal eine Spielwiese für deinen Sohn

errichten zu lassen?“ Georg Julius schäumte vor Wut.
„Eine Spielwiese ...“, fiel ihm der Junior ins Wort. Was denn, warf er ein, habe die Firma durch die harten Zeiten gebracht, wenn nicht das Grobeisen. „Wenn ich nicht ...“
Es war hoffnungslos. Er war in einem Maße von sich überzeugt, dass es völlig zwecklos gewesen wäre, ihm das Absurde seiner Pläne vorzuhalten. In dieser unsicheren Zeit, in der die Weltwirtschaftskrise jeden Versuch geschäftlicher Expansion abschnürte, an einen Stahlgroßhandel auch nur zu denken: „Ein Schwachsinn! Und was deinen Sohn anbelangt“, legte Georg Julius nach, „noch sind wir Partner! Du hast dich gefälligst mit mir abzusprechen, wer wann und wie in die Firma einsteigt. Ist das klar?“
Mit der flachen Hand schlug er sich gegen die Stirn, ließ den anderen stehen und ging kopfschüttelnd zu seinem Wagen zurück.

„5000 Quadratmeter schlagbare Brennesseln“, sagte Georg Julius, nachdem Käthe ihn gefragt hatte, ob er das Grundstück im Kammerbrühl besichtigt habe. „Und dann noch die Mauerreste der Hasschen Fabrik ... die müsste man erst in die Luft sprengen!“
„Wer weiß ...“, sagte Käthe verträumt und ging zu einer betagten Dame hinüber, um ihr die Funktionsweise der Passiermühle zu erklären, die sie vor ein paar Tagen neu ins Sortiment aufgenommen hatte. Dann sah sie sich noch einmal nach ihrem Mann um: „Vielleicht sind wir mal froh über das Grundstück.... also, Oma Nabholz, hier geben Sie die gekochten Kartoffeln hinein. Wenn Sie jetzt an der Kurbel drehen, kommt unten das fertige Püree heraus. Mit gekochter Milch aufrühren und mit Salz, Pfeffer und einer Messerspitze Muskat abschmecken. Wenn Sie den groben Einsatz verwenden, können Sie sogar Spätzle ... sehen Sie, ganz einfach.“
Frauen!, dachte Georg Julius und wollte in das zweite Stockwerk hinauf.
Käthe aber rief ihm nach: „Übrigens, wir müssen uns nachher unterhalten. Hab’ eine Neuigkeit für dich.“

So einfach, wie Käthe geglaubt hatte, schien die Funktion der Passiermühle nun doch nicht zu sein. Zumal man mit ihr auch Karotten hobeln und Zwiebeln zerquetschen konnte, um daraus fiebersenkende Hausmittel herzustellen. Heiße Wickel gegen Rheumatismus,

Ohrenschmerzen, Furunkel ...
Erst nach einer geschlagenen Stunde stand sie endlich im Büro. „Ich habe gestern die Wohnung besichtigt", sagte Käthe außer Atem. Und als sie sah, dass Georg Julius Mühe hatte, ihre Äußerung einzuordnen, fügte sie hinzu: „In der Seestraße."
„Wohnung ... Seestraße? Du sprichst in Rätseln, meine Liebe." Seine Lesebrille war nach unten verrutscht; er schob sie mit dem ausgestreckten Zeigefinger wieder den feuchten Nasenrücken hinauf. Aber durch die beschlagenen Gläser hindurch schien jetzt alles nur noch nebulöser geworden zu sein.
„Also sag' schon!" Georg Julius nahm die Brille ab. „Was hast du vor?"
Im Brustton der Überzeugung, dass sie ihrem Mann mehr als einmal erklärt habe, dass ein junges Paar schließlich nicht auf der Straße schlafen könne, brachte sie ihm die Neuigkeit bei. „Schließlich stammt Karla aus gutem Hause. Ein klein wenig Komfort müssen wir ihr schon bieten."
Die Wohnung sei geräumig – „denk an deine Enkelkinder!" – und sie habe sechs helle, hohe Zimmer. „Außerdem ist hinter dem Haus ein wunderschöner Garten, in dem wir eine Schaukel aufstellen können. Einen Sandkasten und eins der neuen Planschbecken. Ach, ja, ich muss ja noch ... das Schaukelpferd." Schon wehte sie wieder hinaus.
Vergiss nicht die Wiege, lachte Georg Julius in sich hinein und nahm sich wieder die Bücher vor.

Wie jeden Nachmittag gegen 16.00 Uhr wartete Georg Julius den Ansturm der Kundschaft ab, die nach Arbeitsschluss noch schnell etwas einkaufen wollte, und ging dann ins „Krafft", um Kaffee zu trinken.

der Stammtisch im „Café Krafft"

Und neuerdings durfte Werner ihn dabei begleiten; normalerweise kam der Sohn dabei zwischen ihm und August junior zu sitzen. Der aber war schon seit Tagen nicht mehr erschienen.
Die Gesichter am Stammtisch hatten über die Jahre gewechselt. Das eine oder andere war weggeblieben, dafür waren neue hinzugekommen. Wolfgang Krafft, angehender Jurist, Herr Oppold und seine Frau Anne, der Müller Zorell und Ludwig Nabholz, Gipsermeister Dresely. Der Wirt war immer noch der gleiche.
„Nimm' endlich dieses blöde Bild ab!", sagte Georg Julius zum alten Krafft und deutete, ohne sich danach umzudrehen, mit dem Daumen auf das Porträt der beiden Herren an der Wand hinter sich.
Ein wenig nervös geworden, zwirbelte Georg Krafft seinen Spitzbart zwischen den Fingern. „Was hast du gegen Hindenburg?", fragte er, wohl wissend, dass Georg Julius den anderen gemeint hatte.
Dresely schlug die Beine übereinander und reckte seinen Oberkörper nach hinten über die Rückenlehne: „Er meint den Postkartenmaler aus Braunau." Dann nahm er ein Glas Sekt in die Hand. „Zum Wohlsein, meine Herrn!"
Just in diesem Moment wurde die Tür geöffnet und eine hagere Person betrat das Café: „Heil Hitler!" Einen Bauchladen über dem schäbigen Mantel, mit einem Oberlippenbart, wie Albert Schweitzer ihn trug, baute sich Bonaventura Hager vor der Runde auf.

Bonaventura Hager

„Wenn man vom Teufel spricht ...“, sagte Zorell. „Noch ein Postkartenmaler!“
„Postkarten?“, Hager schlug die Klappe seines Ladens auf. „Bin heute in wichtigerer Mission unterwegs. Der Völkische Beobachter, Parteigenossen. Obwohl ... kann keine Abzeichen entdecken. Der arische Mann hat gefälligst in der Partei zu sein.“ Dann musterte er Werner von oben bis unten. „Ein gesunder Volkskörper!“ Er schob das Kinn nach vorn. „Der deutsche Junge ist hart wie Kruppstahl, zäh wie Leder, flink wie Windhunde ...“
Und dumm wie Bohnenstroh, dachte Georg Julius, sagte aber etwas ganz anderes: „Windhund!“
„Wie meinen?“ Hager klang gefährlich.
„Ich sagte: Windhund ... es muss ein Windhund heißen, nicht Windhundeee.“
Alle schienen nur darauf gewartet zu haben, jetzt brach Gelächter aus. Georg Krafft, der die Szene vom Tresen aus beobachtet hatte, fasste Hager an den Schultern, drehte ihn herum und schob ihn – „lass' dich nie wieder hier sehen!“ – zur Tür hinaus. Wieder zurück machte er ein besorgtes Gesicht. „Wenn das mal keinen Ärger gibt.“
Durch die Fenster hindurch sahen sie, wie Hager fluchend in die Grafengasse einbog und in dem Haus verschwand, in dem er im oberen Stock sein ärmliches Zuhause hatte.

Bonaventura Hager, Postkartenmaler und Postkartenverkäufer, Altertumshändler und Nummer Eins der Ravensburger NSDAP, lebte in frommer Herzenseinfalt mit seiner Frau in der Grafengasse 3. Seine Postkartenkollektion, die er an seinem Stand am Frauentor verkaufte, war ein Abbild seiner kindlichen Naivität. Zwischen den Heiligen der katholischen Kirche, der Schutzmantelmadonna, konnte man Bilder vom Führer, dem Reichsmarschall Göring oder Baldur von Schirach finden. Sich selbst porträtierte Hager mit Parteiabzeichen am Revers und Hitlers „Mein Kampf“ in der Hand. „Der ist viel zu einfältig, als dass du dir Sorgen machen müsstest.“ Auf Zustimmung wartend sah sich Georg Julius in der Runde um. Und außer Wolfgang Krafft schienen auch alle seiner Meinung zu sein. „Nimm das nicht auf die leichte Schulter“, riet ihm der angehende Jurist und zeigte auf das Hitler-Bild. „Der da

wird uns noch alle ins Verderben rennen lassen. Die Universitätsprofessoren sind jetzt schon ausnahmslos auf ihn eingeschworen. Und wenn man nicht im NS-Studentenbund ist ... solltest dir mal die Beurteilung meiner letzten Klausur ansehen."
„Eine vorübergehende Zeiterscheinung", wischte Oppold Kraffts Angst vom Tisch. „Übrigens, Werner ... wann wird Verlobung gefeiert? Schon gut! Ich weiß, normal Sterbliche werden dazu ja nicht eingeladen."

Die „Blutwurst" aber wurde eingeladen. Nicht weniger als 51 Personen hatten sich im Bahnhofshotel Hildenbrand eingefunden, um den traditionellen Familientag zu begehen. Dieser war ursprünglich aus dem Neujahrsfest hervorgegangen, doch schon seit vielen Jahren auf den ersten Sonntag im Januar verlegt worden. Allzu oft hatte man sich darüber geärgert, beim Neujahrsrundgang durch die Stadt vor verschlossenen Türen zu stehen, während die Bewohner - in derselben Absicht unterwegs - ihrerseits vor verschlossenen Türen standen. Tatsächlich sollen in dieser so kleinen Stadt Ravensburg die Kiderlens – ihres Zeichens Seifensieder –, die Kutters – ehemalige Papiermühlenbesitzer –, die Möhrlins, Buders, Sterkels – alle entweder mit einander verwandt oder verschwägert – in den Straßen und Gassen umhergeirrt sein und keiner soll den anderen getroffen haben. Jedenfalls hatte Wilhelm August die Sache damals in die Hand genommen und den Tag für das Fest der Familien ein für alle Mal festgelegt.
Da in neuerer Zeit noch weitere hinzugekommen waren – die Eggenbergers, Banßhafs, Rists, Baums, Böhnings ... –, platzte das „Hildenbrand" beinahe aus allen Nähten.
Nach Beendigung der Gratulationstour, saßen nun alle bei

„Hotel Hildenbrand"

Kaffee und Kuchen, scherzten untereinander und hofften insgeheim darauf, dass Eduard seine Festrede dieses Mal möglichst kurz halte. Zumal anschließend ein Theaterstück zu Aufführung gebracht werden sollte, das die vielen Kinder – eben noch von Eduard mit Märchen bei Laune gehalten – mit einbinden sollte.
„Meine liebe Gäste!“ Georg Julius klopfte mit seiner Kuchengabel an ein Weinglas. „Bevor Eduard das Wort ergreift, möchte ich das meine an euch richten. Der eine oder andere wird ja schon Wind davon bekommen haben. Um nun aber allen Spekulationen ein Ende zu bereiten ... hiermit gebe ich die Verlobung Werners mit Karla Kallenbach bekannt.“
Es brandete Beifall auf, und das zukünftige Brautpaar erhob sich von seinen Plätzen. Man konnte es Käthe ansehen: Sie war stolz auf ihren Sohn.

*

Unter den misstrauischen Augen der Weltbevölkerung lässt Hitler in Berlin die Olympiade inszenieren. Sein Reichspropagandaminister Josef Goebbels, selber durch einen Klumpfuß behindert, schickt die deutschen Sportler ins Rennen. Aber obwohl schlank und rank, blond und blauäugig, läuft ihnen ausgerechnet „ein Neger“ davon. Jesse Owens, der sogar einen neuen Weltrekord aufstellt: 10,2 Sekunden über 100 Meter. Der Führer tobt. Gut, dass Max Schmeling noch im selben Jahr die weiße Rasse rehabilitiert. Er schlägt Joe Louis k.o.
Auf der apenninischen Halbinsel verkündet Mussolini das italienische Imperium. Und er kopiert, was im Reich meisterhaft beherrscht wird: die Fackelzüge. Wobei es vor lauter italienischer Leidenschaft bald so aussieht, als brenne Rom.

Hochzeit, Werner und Karla

Auch in Deutschland wird marschiert. Unter dem halbherzigen Protest des Auslands besetzt Hitler das Rheinland.
In diesem Jahr nun läuten die Hochzeitsglocken für Werner und Karla. Aber nicht in Ravensburg, sondern in Zweibrücken – die Geschichte der Eltern Werners wiederholt sich. Schon ein Jahr später wird ein Mädchen geboren, das der stolze Vater auf den Namen „Ursula“ taufen lässt; gegen den entschiedenen Widerstand Käthes.

*

Die Wände standen bereits. Jetzt wurde die Verschalung der Mauerkrone von einem doppelten Netz aus Armierungseisen überspannt, das, mit einem Brei aus Zement und Kies ausgegossen, einmal die erste freitragende Spannbeton-Decke Ravensburgs werden sollte.
Georg Julius und Willy Burth, der Bauherr des „Burgtheaters“ balancierten in fünfzehn Meter Höhe über die Mauerbrüstung. „Schade“, sagte Thommel, „wenn erst mal das Dach aufgerichtet ist, wird man den Mehlsack nicht mehr sehen können.“
„Aber wenn man den Mehlsack besteigt,“ – Burth lachte auf seine unnachahmliche Art – „wird man als erstes mein neues Kino sehen. Alles eine Frage der Perspektive.“
Tonne um Tonne wurde der Beton hier verbaut. Doch je höher das Gebäude wuchs, desto schwieriger wurde es für den Junior, das Material dafür zu beschaffen.
Das Reich hatte anderes damit vor. Der Führer hatte den Befehl ausgegeben, die Reichs-Autobahnen sollten sich „bis an den Ural“ erstrecken. Und Albert Speer, Architekt und Generalbauinspektor für Berlin, brütete bereits über den ersten Plänen. Tag und Nacht brannten die Hochöfen, liefen die Walzwerke. Aber Baustahl wurde nur noch in kleinen Mengen zugeteilt, zumal gleichzeitig eine wachsende Zahl von Geschützrohren daraus gegossen wurde.
„Wenn die merken, dass wir hier ein Kino bauen, wandern wir beide ins Gefängnis, Burth.“ Georg Julius schob seinen Hut in die Stirn und kratzte sich am Hinterkopf.
Nachdem sie über das Baugerüst, über das Flachdach des Foyers, die wackelige Leiter hinabgeklettert waren, liefen sie dem Unheil direkt in die Arme. Breit und hoch wie ein Kleiderschrank, den

Tschako auf seinem kahlgeschorenen Schädel. „Herr Burth ... Herr Thommel? Man hat Sie beide angezeigt wegen Verstoßes gegen die Eisenkontingentierung."
„Wer hat uns angezeigt?" Burth stand kurz davor zu explodieren, als aus dem Schatten des Ordnungshüters eine schmale Figur hervortrat.
„Mich nennt keiner einen Windhund", sagte Bonaventura Hager, verzog sich aber sofort wieder hinter dem breiten Rücken des Polizisten.
„Hager!" Georg Julius packte ihn am Kragen seines Mantels. „Du Tagedieb!" Und zu dem Polizisten gewandt: „Und so einen nehmen Sie noch in Schutz?"
Nachdem er Hager lange genug durchgerüttelt hatte, ließ er ihn ziehen. „Mach dass du zum ...!", rief er Hager hinterher, der aber schon über die Straße war und, an der evangelischen Kirche vorbei, Richtung Marienplatz rannte, als wäre der Teufel hinter ihm her.
Burth nahm sich den Polizisten vor: „Herr Inspektor, was, glauben Sie, würde Goebbels sagen, wenn er erführe, dass die Ravensburger Riefenstahls „ Triumph des Willens", Trenkers Film „Der verlorene Sohn" nur deshalb nicht sehen können, weil das Eden zu klein ist, um sie alle aufnehmen zu können. „Und übrigens ...", Burth wuchs über sich hinaus, „sie haben sich schon zur Eröffnung des Burgtheaters angesagt."
„Wer?" Der Polizist erstarrte vor Ehrfurcht. „Josef Goebbels kommt nach ...?"
„Könnte durchaus sein." Burth schob die Unterlippe nach vorn und wiegte den Kopf hin und her. „Jedenfalls die Leni und der Luis. Das ist sicher."
Die Leni und der Luis! Die betont lässige Nennung der Vornamen verfehlte ihre Wirkung bei dem Wachtmeister nicht. Und als er – „geht schon in Ordnung, meine Herren" – auch noch salutierte, waren beide sicher, dass der Vollendung des Bauvorhabens nun nichts mehr im Wege stehen würde.

Georg Julius überkam plötzlich der Wunsch, sein Enkelkind zu sehen. Und da es zum Haus in der Seestraße nur ein paar Meter waren, entschloss er sich, Karla und die kleine Ursula zu besuchen.

Die lange Reihe kahler Bäume entlang, ging Georg Julius der untergehenden Sonne entgegen. Er kniff die Augen zusammen, hörte das beharrliche Hupen eines Autos. Es holte ihn ein, um dann seine Tonhöhe verlierend in der Ferne abzuflauen. War das nicht Veronika gewesen? Die gerade einmal 18jährige Tochter Albert Dressels, des Wirts vom „Waldhorn“, fuhr einen der Sanitätswagen, die hinter dem Hotel eingestellt waren. Ganz schön flott die Kleine, dachte Georg Julius und ging weiter.
Noch immer hing der Winter in den Bäumen, lähmte, obwohl es schon März war, das drängende neue Leben. Die dünnen Äste der Platanen, spitze Stacheln in verkrüppelten Armstümpfen, trugen erste kleine Knospen. Hie und da baumelte ein altjähriges, verdorrtes Blatt herunter. Keine Zeit, dachte Georg Julius, ein Kind zur Welt zu bringen.
Nach ein paar Schritten erreichte er den Garten, der, von einem mannshohen schmiedeeisernen Gitter eingezäunt, dem Jugendstilhaus vorgelagert war. Das Tor stand offen ... die Haustür! Als er die Diele betrat, kam ihm Käthe entgegen. Sie sah aus, als hätte sie gerade einen harten Kampf ausgetragen. „Karla hat plötzlich die Wehen bekommen. Fruchtwasser ist abgegangen. Man bringt sie gerade ins Elisabethen.“
Dann kam Werner hinterher. Außer Atem. „Fährst du mit, Mutter?“, fragte er, nachdem ihm Käthe erzählt hatte, was passiert war.

Die ganze Nacht über hatten sie im Gang der Geburtsstation gewartet. Käthe auf der harten Holzbank sitzend, Werner die Gänge auf und ab wandernd, nach der Krankenschwester fragend, nach einem Pfleger, nach der Nachtschwester. Früh um Fünf kam ein Arzt, und Werner stellte sich ihm sofort in den Weg: „Hören Sie Doktor! Ich bin es nicht gewohnt, dass man mich warten lässt. Schließlich sind wir ja auch in Sorge um ...“
„Nun beruhigen Sie sich schon“, sagte Dr. Oberhofer senior. „Ihrer Frau geht’s gut. Und dem Kind auch. Es will noch nicht heraus. Müssen’s eben Geduld haben.“
Erst am nächsten Abend ging Werner nach Hause. Am Abend des darauf folgenden Tages etwas früher. Dann nachmittags. Und nach einer Woche schaute er kurz am Morgen bei Karla vorbei. Es

sei nicht nötig die ganze Station verrückt zu machen, sagte sie. Sie ließe ihn dann schon benachrichtigen, wenn es soweit sei. Der kleine Klaus kam zur Welt, als Werner schlief.

Als er am anderen Tag das Zimmer seiner Frau stürmte, hätte er beinahe die Krankenschwester umgerannt. „Langsam, langsam, junger Mann“, sagte Dr. Oberhofer, der der schlafenden Karla den Puls fühlte. Sacht legte er ihre Hand auf die Bettdecke zurück und wollte an ihm vorbei zur Tür hinaus.
Werner stellte sich ihm in den Weg. „Wie geht es ihr?“, flüsterte er. „Ist alles gut verlaufen?“
Der Arzt schob ihn auf den Gang und schloss leise die Tür. Dann nahm er ihn beiseite: „Nicht ihr ... ihm geht es gut. Ein strammer Junge, Herr Thommel.“
„Ich meinte ja auch ...“ Jetzt erst wurde Werner klar, dass er einen Stammhalter bekommen hatte. „Nein, sagen Sie, wie geht es meiner Frau? Wann kann sie wieder nach Hause?“
Dr. Oberhofer kräuselte die Stirn; sagte dann, er müsse Karla noch ein paar Tage zur Beobachtung dabehalten. „Hab’ da so meine Bedenken, weil sie doch sehr schwach ist.“ Dann präzisierte er, was er Bedenken nannte: „Es ist ihr Blut. Bei der Untersuchung haben wir festgestellt, dass der Anteil der weißen Blutkörperchen ziemlich hoch ist. Kann mit der Schwangerschaft zusammenhängen. Aber bevor wir die abschließenden Ergebnisse nicht ... Sie müssen sich keine Sorgen machen.“
Dringend rate er ihm seine Frau zu schonen. „Am besten ... mir fällt da gerade ein, dass eine Anfrage vom Kinderkrankenhaus in Stuttgart vorliegt. Eine Schwesternschülerin im letzten Jahr ihrer Ausbildung sucht eine Praktikumsstelle. Wie wär’s? Sie könnte sich um Ihre Kinder kümmern, und Ihre Frau könnte in Ruhe wieder gesund werden.“
„Gesund?“ Werner fasste ihn beim Arm. „Aber sie ist doch nicht ...“
Dr. Oberhofer versuchte ihn zu beruhigen. In ein paar Tagen seien seine Frau und das Baby wieder zu Hause. Alles andere solle man ihm überlassen. „Wir kümmern uns schon darum.“ Dann rauschte er davon. Werner ging in das Krankenzimmer und setzte sich zu Karla ans Bett.

Sie hatte sich als „Charlotte Buder aus Tübingen“ vorgestellt. In der linken Hand den Griff ihres Koffers, der ihr auf dem Weg abgegangen sei, den dazugehörigen hölzernen Kasten unter dem rechten Arm, stand sie eine Woche später in der Diele. „Wo ist die Küche?“

Karla musterte sie. Sie ist hübsch, dachte sie. Müsste so um die Zwanzig sein. Ihr bestimmtes Auftreten, die hochgekrempelten Ärmel ihrer Bluse, nachdem sie den Mantel abgelegt hatte, ließen vermuten, dass sie zur Arbeit nicht noch extra angehalten werden musste. Im Gegenteil! Als Karla ihr vorschlug, erst einmal in Ruhe anzukommen und ein wenig zu verschnaufen, entgegnete Charlotte, sie habe sich bereits im Zug ausgeruht. Und sich an das Haus und an die Familie gewöhnen, könne sie am besten, wenn sie die Arbeit sofort in Angriff nehme.

„Also gut!“, lachte Karla. „Ich zeige Ihnen, wo alles steht.“

An diesem Tag kam Werner früher als sonst von der Arbeit. Als er Lotte – sie hatte darauf bestanden, beim Vornamen genannt zu werden – zum ersten Mal sah, erinnerte sie ihn an das Aussehen seiner Frau, damals, als er sie kennen gelernt hatte. Charlotte strotzte vor Lebensmut. Hatte ein Liedchen auf den Lippen, wenn sie das Baby wickelte und es in die Wiege legte, Ursula zu Bett brachte, das Geschirr vom Abendessen abwusch und das für den anderen Morgen auf den Frühstückstisch stellte.

Und auch noch lange nachdem sie in ihr Zimmer gegangen war, konnte man ihr geschäftiges Rumoren hören.

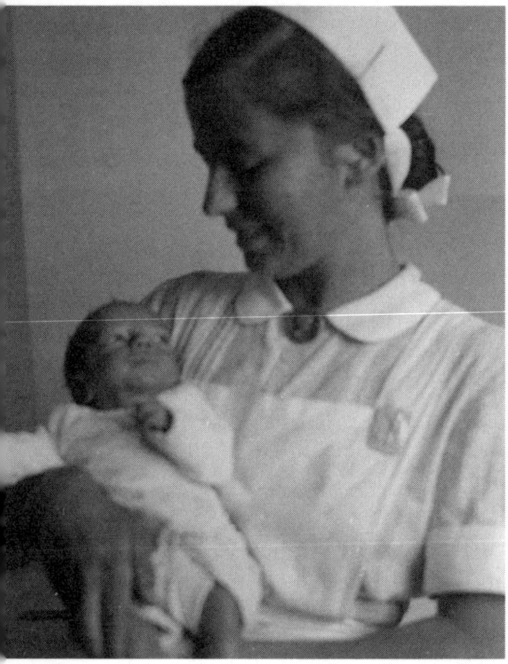

Charlotte Buder,
Kinderkrankenschwester

Die Evangelische Kirche war bis auf den letzten Platz besetzt, als der kleine Thommel auf den Namen „Klaus Dieter“ getauft werden sollte. Nicht nur die Ravensburger „Blutwurst“ war vollzählig erschienen, auch die große evangelische Gemeinde. Man wollte sehen, wer da einmal in die Fußstapfen Werners treten würde, wenn dieser erst den Anzug seines Vaters tragen würde, was allseits erwartet wurde. Aber noch herrschte Georg Julius über die Firma, zumal erst zweiundsechzig Jahre alt - Käthe, seine Frau und die gute Seele des Geschäfts, war sogar noch jünger.
Unter den neugierigen Blicken der Anwesenden hielt Käthe das Baby auf dem Arm, übergab es dann Werner, der den kleinen „Klausi“ über das Taufbecken hielt.
„Im Namen des Vaters und des Sohnes und des Heiligen Geistes ...“ Aus einer kleinen vergoldeten Schöpfkelle ließ der Pfarrer das Taufwasser über die Stirn des Kindes laufen, und alle, die erwartet hatten, nun ein fürchterliches Geschrei zu hören, sahen sich getäuscht. Selbst als Werner ihn an Karla übergab, die Klaus Dieter beim Versuch, ihn mit einem Tuch abzutrocknen, dann auch noch fast hätte fallen lassen, schlug das neue Familienmitglied nur kurz die Augen auf, um dann sofort wieder hinüberzudämmern. Selbst die anschließende Familienfeier verschlief er, wachte nur auf um nach Karlas Brust zu verlangen. Dies allerdings in einer Lautstärke, dass dann doch alle froh waren, als Lotte ihn endlich ins Bett gebracht hatte.

Jeden Morgen pünktlich um 9.00 Uhr ging Werner zur Metzgerei Nabholz, um sein Vesper zu holen. Wenn die junge Verkäuferin ihn kommen sah, fischte sie schon das Gesottene aus dem Sud, sie kannte das sich allmorgendlich wiederholende Ritual. Werner fragte: „Hast du Schweinshaxen, Mädchen?“ Und aus der Wurstküche hörte man Metzgermeister Nabholz rufen: „Klar, wenn man den ganzen Tag stehen muss.“ Dann kam er in den Verkaufsraum, und beide amüsierten sich darüber, dass die Verkäuferin mal wieder rote Ohren bekommen hatte.
Aber als Werner heute die Metzgerei betrat, bemerkte er, dass keine Menschenseele im Laden war. Die Verkaufstheke quoll fast über von zerlegtem Fleisch. Rinderhüften, Schweine- und Rehrücken, drei Hasen in ihren Bälgen, Suppenhühner ... sogar ein

Fasan, die bunten Schwanzfedern an der Glasscheibe hinaufgeschoben. Von den Haken an den gefliesten Wänden hingen pralle Würste herunter, gekochter Schinken und Geräuchertes.
Werner lief das Wasser im Mund zusammen. „Ist da niemand?", rief er und wollte schon in die Wurstküche hinaus, als ihm Nabholz entgegenkam.
„Gut, dass du kommst", sagte der Metzgermeister und nahm ihn beiseite. „Gestern hätte ich mich beinahe nach einer neuen Verkäuferin umsehen müssen."
Werner sah ihn ungläubig an. „Wieso, hat sie ihre Tage? Ach übrigens, da fällt mir ein, was ist der Unterschied zwischen ...?"
Sofort verzog Nabholz das Gesicht zu einer Grimasse, die Werner den guten Ratschlag erteilte lieber nicht weiterzusprechen.
„Genau das ist es ja", flüsterte der Metzgermeister und hob entschuldigend die Schulter. „Fräulein Gisela hat gesagt, sie könne das langsam nicht mehr hören. Schließlich sei sie jetzt verlobt, und wenn ihr Bräutigam davon Wind bekäme, wie du sie ... also, ich meine, Fräulein Gisela hat das halt gesagt."
„Wie nennst du sie?" Werner lachte aus vollem Hals. „Fräulein Gisela ... oh!" Er ging im Kreis um den Metzger herum, machte Bewegungen wie ein Auerhahn auf der Balz. Da bemerkte er, dass es Nabholz wirklich nicht zum Lachen war. Vielmehr sah er jetzt aus, als sei ihm das ganze äußerst peinlich.

die Metzgerei Nabholz in der Grafengasse

Misstrauisch geworden trat Werner an die Theke heran, beugte sich über die hohe, gebogene Glasbrüstung, da sah er den roten Haarschopf Giselas, die sich dahinter schon die ganze Zeit versteckt gehalten hatte.
„Kannst dich ruhig sehen lassen, Mädchen, ähm, ich meine natürlich ... Fräulein Gisela! Haben Fräulein Gisela vielleicht Schweinshaxen?“ Nabholz biss die Zähne aufeinander.

Wieder zurück im Geschäft wollte Werner zu seinem Tisch, der noch gestern dort gestanden war, wo es die erste Etage hinaufging. In Gedanken packte er schon die Schweinshaxe aus, nahm Messer und Gabel aus der Schublade ... freute sich auf die erste Kundin, als er merkte, dass an der Stelle des Tisches nun ein Hocker stand. Darauf eine Clivia mit orangefarbenen Blüten. Ein ganzer Busch, dessen Blätterwerk bis hinauf zum Treppengeländer reichte, an das man ganz nahe heran musste, wollte man die Füßchen sehen in ihren Stiefelchen, die haarfeinen Strumpfnähte, die über wohlgeformten Waden, Kniekehlen unter den wiegenden Röcken verschwanden. Normalerweise! Denn nun hatte ihn Käthe neben die Tür zum Kellergeschoss verbannt.
Etwas missmutig schob Werner sich gerade ein Stück von der Schweinshaxe in den Mund, biss vom Bauernbrot ab, da kam seine Mutter die Treppe hinunter. „Ich muss dringend mit dir reden, mein Sohn.“
Dass er gerne und gut esse, sagte sie, sei ihr schon aufgefallen, als er noch ein Kind gewesen sei. Auch dass er einem guten Tropfen, einer noch besseren Zigarre nicht abgeneigt sei, akzeptiere sie. „Aber dass du jedem Rock hinterher siehst, mein Lieber. Meinst du nicht, du solltest dich mehr um deine Karla kümmern?“

Klaus Dieter und Ursula

Beinahe wäre Werner der Bissen im Halse stecken geblieben. Er und Frauengeschichten! Natürlich scherzte er gern. Und seine Witze ... schließlich wurde er ständig dazu aufgefordert. Gerade von den Frauen! Gut, es gab Späße, die für Frauen weniger geeignet waren. Aber über das schöne Geschlecht ließen sich nun mal die besten Witze machen.
„Gut, dass du das ansprichst“, sagte er plötzlich. „Karla und ich wollen am Wochenende in die Berge fahren. Die frische Luft wird ihr gut tun.“
Käthe schien zufrieden zu sein. Und dennoch fragte sie ihn, wer sich um die Kinder kümmern solle.
„Macht Lotte“, sagte Werner kurz. Dann machte er sich wieder über seine Schweinshaxe her.

Sie hatten den Wagen unten an der Straße geparkt, da diese nach ein paar Metern in einen schmalen, holprigen Schotterweg überging.
„Nicht so schnell“, rief ihm Karla nach. Werner, schon beinahe außer Hörweite und beide Hände zu einem Trichter geformt, versuchte den in der Klamm zu Tal stürzenden, tosenden Bergbach nieder zu brüllen: „Warte oben auf dich!“ Dann ging er keuchend weiter. Der Weg stieg steil an, und langsam wurden die Tannen lichter. Bergahorn, Lärchen, dann die ersten Latschen – Werner hatte den Fuß der Wand erreicht, in deren Schatten er Rast machen wollte. Als er den Rucksack öffnete, um das Vesper für sich und Karla herauszunehmen, hörte er hoch über sich das heisere Krächzen der Krähen. Während er auf Karla wartete, hatte sich der Himmel mehr und mehr verdunkelt. Und als seine Frau endlich aus dem Wald trat, fielen schon die ersten Tropfen.
„Mein Vater ...“, rief er ihr zu, „er hat mir erzählt, da oben sei irgendwo eine Hütte. Ich glaube, es wäre besser, wir gingen gleich weiter.“
Zwar versuchte sie ihn noch davon zu überzeugen, wenigstens ein Viertelstündchen auszuruhen, aber ein fernes Grollen, das langsam aber doch deutlich näher kam, gab schließlich den Ausschlag sofort aufzubrechen.
Schon brach das Gewitter los. Im Gehen drückten sie sich gegen die klatschnasse Wand; trieften schon, als sie aus ihrer Deckung

mussten, um über die Bergwiese hinauf in Richtung des flachen, mit Steinen beschwerten Daches zu klettern, das aussah, als verberge sich darunter ein trockenes Plätzchen.
Zu ihrer Überraschung kam ihnen plötzlich ein mit beiden Armen rudernder Mann entgegen. „Beeilen Sie sich!“, schrie er. „Ein paar Sekunden noch, dann ist hier der Teufel los!“
Drinnen war es mollig warm. Der Hüttenwirt riet ihnen, die nasse Oberbekleidung abzulegen und Schuhe und Socken auszuziehen. Dann stellte er eine Kanne duftenden Kaffees auf den Tisch.
„Thommel!“, stellte sich Werner vor. „Karla, meine Frau.“
„Thommel?“, fragte sein Gegenüber nach. „Willkommen zuhause. Setzen Sie sich an den Ofen, ich richte Ihnen gleich die Betten.“
Welch ein Service, dachte Werner. Und auch Karla schien von der Gastfreundschaft des Hüttenwirts beeindruckt. „Das gibt's doch nicht“, sagte sie. „Dein Ruf scheint dir vorauszueilen. Oder liefert ihr eure Ware sogar bis ...“ Plötzlich hielt sie inne, und im selben Moment lächelte sie, als hätte sie soeben die Quadratur des Kreises gelöst.
Werner, mit dem Rücken gegen den Hitzeschild des Ofens gelehnt, sah an sich hinunter: „Ist da was?“ Mit der Hand wischte er sich über die linke, dann über die rechte Schulter.
Karla konnte nicht mehr an sich halten: „Hinter dir, mein Liebster. Da, schau!“
Zwar war das aufgenietete, ovale Stück Messingblech durch den Ruß unansehlich geworden, aber trotzdem konnte man die eingeprägte Schrift gut lesen: „Gestiftet von August Thommel.“
„Davon hat mir Mutter nichts erzählt“, lachte Werner. Nur davon, dass sie meinem Vater hier gestanden haben soll, mit mir schwanger zu sein.“
„So, hat sie das.“ Die kindliche Unschuld persönlich sah sie an die Decke. „Nur gut, dass es hier schon einen Ofen gibt. Die Geschichte würde sich sonst geradewegs wiederholen.“

Während Karla sich im Zimmer zu schaffen machte, saß Werner am anderen Morgen auf der Bank vor der Hütte. Den Kopf im Nacken, die Augen halb geschlossen, ließ er sich die Sonne ins Gesicht scheinen.
Hoch über ihm spielte sich ein Drama ab. Eine Übermacht von

Krähen griff einen Steinadler an, der durch waghalsige Flugmanöver versuchte, sich ihren Attacken zu entziehen. Immer näher trieben sie ihn gegen die zackige Felswand. Plötzlich drehten sie ab. Mit den Flügeln schlagend kreiselte der Adler abwärts, prallte gegen den scharfen Fels und schlug schließlich am Fuß der Wand auf dem harten Boden auf.
„Pack' die Rucksäcke!", sagte Werner. Und obwohl Karla ihm gleich mehrmals versicherte, dass es ihr gut gehe, bestand er darauf sofort abzureisen.

Während der Rückfahrt gab es nur ein Thema: Ein Junge oder ein Mädchen? Karlas angeschlagene Gesundheit spielte dabei keine Rolle. Vielmehr bestand Werner darauf, mindestens noch drei Kinder von ihr zu bekommen. Sogleich pflichtete sie ihm bei: „Nur noch drei ...? Denk' an deine Großeltern! Sie hatten sieben!"
Sie fuhren gerade den Wagen in die Garage, da kam Lotte aus dem Haus. Auf dem Arm den kleinen Klaus, an der Hand Ursula.
„Ist etwas passiert?", fragte sie. „Ich dachte Sie wollten mindestens ein paar Tage bleiben." Während sie das Baby an Karla weitergab, und Werner die kleine Ursula auf den Arm nahm, gestand Lotte, sie müsse Ende der Woche leider wieder nach Stuttgart zurückreisen um ihre Ausbildung zu beenden. „Aber erst mache ich Ihnen ein schönes Abendessen." Dann lief sie ins Haus zurück.

in den Bergen

*

Während Karla ein zweites Mädchen, Hannelore, zur Welt bringt, spitzt sich die Situation in Europa dramatisch zu.
Deutsche Truppen in polnischen Uniformen überfallen den deutschen Radiosender Gleiwitz, der auf polnischem Gebiet liegt. Schon einen Tag später dröhnt es aus den Volksempfängern: „Seit heute früh um 5.45 Uhr wird zurückgeschossen!" Des Führers Stimme überschlägt sich.
Dann überschlagen sich die Ereignisse. England stellt Hitler ein Ultimatum. Und nach dessen Ablauf erklären England und Frankreich dem Deutschen Reich den Krieg.
Dem Attentat im Münchner Bürgerbräukeller entkommt der Führer nur leicht verletzt. Was zur Folge hat, dass unter den Menschen die Mär grassiert, die göttliche Vorsehung habe ihre schützende Hand über ihn gehalten.
Man nimmt es hin, als Dänemark und Norwegen überfallen werden – unter Verletzung der Neutralität Belgiens, Luxemburgs und der Niederlande Frankreich eingenommen und zum Waffenstillstand gezwungen wird. Luftangriffe auf englische Städte, Einmarsch in Griechenland und Russland, die Siege Rommels in Nordafrika – Hitlers Feldzug scheint unaufhaltsam zu sein.
Karlas Zustand verschlechtert sich. Und als man sie im Stuttgarter Katharinen-Hospital genauer untersucht, ist die Diagnose vernichtend: Karla ist unheilbar an Krebs erkrankt.

*

„Weißt du, wer hier im Krankenhaus arbeitet?" Karla griff nach dem flachen, hölzernen Dreieck, das vom Galgen über ihrem Bett baumelte und zog sich hoch. „Lotte! Sie hat vom Olgäle hierher gewechselt, weil auf der Kinderstation keine Stelle frei war."
Werner stellte ihr die Rückenlehne auf. Sie schien abgemagert zu sein, seit er sie das letzte Mal gesehen hatte. In Auflösung begriffen, dachte er, innerhalb ein paar weniger Tage. Ihre Wangen waren eingefallen, dass die Backenknochen wie kleine Balkone hervorstanden. Die wohlgeformte Nase: gebogen wie der schmale Rücken eines Messers. Ihre leuchtenden Augen lagen stumpf geworden tief in ihren blaugrün umrandeten Höhlen. Das

schlimmste aber: ihr einst so schöner Mund. Noch ein paar Wochen zuvor hatte Werner ihr nicht begegnen können, ohne sie auf diesen Mund zu küssen, auf ihre Lippen, die an ein Paar saftiger Blätter erinnerten. Rot wie das Blatt der Blutbuche. Jetzt waren sie grau und verdorrt, an manchen Stellen sogar eingerissen.
„Lotte ... arbeitet sie auf dieser Station?“ Aber er wollte es gar nicht wissen. Mit seiner Frau zu sprechen, über banale Dinge zu reden, nur um das Unaussprechliche nicht hochkommen zu lassen, bereitete ihm allergrößte Mühe.
„Vielleicht führst du sie heute Abend mal aus?“, sagte Karla plötzlich. Und ihm war, als hätte er gehört, er solle sich rechtzeitig um eine neue Mutter für ihre Kinder umtun.
„Was siehst du mich so an? Schau, dass du auf andere Gedanken kommst. Oder willst du die ganze Nacht in deinem Hotelzimmer herumhocken?“
Ach ... so hatte sie es gemeint! Natürlich, gleich wäre die Besuchszeit zu Ende, und es läge eine lange Nacht vor ihm. Vierzehn Stunden, bis er sie wieder abholen könnte, um gemeinsam nach Ravensburg zurückzufahren.
„Sie arbeitet in der Aufnahme“, sagte Karla. Bald darauf schlief sie ein.

Nein, sie sei nicht überrascht, sagte Lotte, als er plötzlich in der Aufnahme erschien. „Gerne!“, sagte sie. Sie kenne im Bohnenviertel eine nette Weinwirtschaft. „Von da zum Graf Zeppelin sind's gerade einmal zehn Minuten. Ich nehme dann die Straßenbahn.“
Die Flasche mit dem Elsässer Riesling wollte und wollte nicht leer werden. Während sich Lotte ein zweites Mal nachschenkte, hielt Werner den Römer zwischen beiden Händen und schwenkte den Weinstein am Boden des Glases hin und her.
„Wie geht es Ihrer Frau?“ Nur um das Schweigen zwischen ihnen zu unterbrechen, stellte Lotte diese Frage. Es war kein Geheimnis, was die Untersuchungen Karlas ergeben hatten. Aber dem Personal war strikt verboten mit den Angehörigen darüber zu sprechen, bevor der Stationsarzt sein Urteil gefällt hatte. Im Falle Karlas ein Todesurteil.
„Sie wird sterben“, sagte Werner und winkte sogleich ab, als Lotte sich bemühte, irgendetwas Abmilderndes oder Tröstendes zu

sagen. „Nein, lass' nur! Ich fühle das."
Obwohl er ihr – „komme schon zurecht damit" – versuchte Nüchternheit vorzugaukeln, spürte sie genau, wie es in seinem Inneren aussah. Seine Trauer musste nicht noch auf sie abfärben – sie weinte, weil ihr das Schicksal Karlas zu Herzen ging. Das Schicksal der Kinder. Sein Schicksal. „Wenn ich könnte ...", schluchzte sie, „ich würde morgen mit Ihnen nach Ravensburg fahren, um mich um Uschi und Klausi zu kümmern." Dann trocknete sie ihre Tränen.
„Und um Hannelore. Wir sind jetzt zu viert."
„Sie meinen zu fünft!"
„Ja, zu fünft", sagte Werner und sah sich nach der Bedienung um. „Nicht böse sein, Lotte, aber ich will jetzt ins Hotel zurück."

Er hatte es sich leichter vorgestellt, ohne seine Frau zurechtzukommen. Zwar kümmerte sich Käthe rührend um die Kinder, als Karla gestorben war. Aber um den seelischen Zustand ihres Sohnes, der sich kopfüber in die Arbeit stürzte – stürzen musste, weil Käthe nun neben dem Geschäft noch einen weiteren Haushalte zu versorgen hatte – konnte sie sich nicht auch noch kümmern.
Und so war sie nicht allzu erbaut davon, als Werner eines Abends vor sie hin trat und ihr eröffnete, er wolle ein paar Tage frei haben. Er müsse dringend mal aus all dem raus, andere Luft atmen, auf andere Gedanken kommen. Auch habe er Tante Martha gebeten, sich der Kinder anzunehmen, und die habe auch sogleich zugesagt, zumal er in spätestens

Charlotte Buder

einer Woche wieder zurück sei.
„Dann geh', mein Sohn! Aber um die Kinder ..." – Käthe erhob abwehrend die Hände – „kümmere ich mich doch lieber selbst. Die bekommen sonst noch einen Schaden fürs Leben."

Im Vergleich zu ihrem letzten Zusammensein in der Weinstube, war Werner nun wie ausgewechselt. Er scherzte mit Lotte, erzählte die neuesten Witze, sogar die eine oder andere Zote war darunter. Und diesmal leerte er eine Flasche allein. Nur einmal – Lotte hatte gefragt, wie es den Kindern gehe – wurde er ernst, fand dann aber sogleich wieder einen Grund zum Lachen, als der Ober des Bürgerkellers über eine Falte im Teppich gestolpert war, und sich die auf spitzen Fingern servierte Maultaschensuppe über die Hose des Herrn ergoss, der ihnen gegenüber saß.
Damit hatten sie nicht gerechnet, als sie das Restaurant in der Schulstraße mehr aus Versehen betreten hatten. Zwar hatte der Wirt bedauernd die Schultern gehoben, gesagt, es sei kein Platz mehr frei, aber die fröhliche Gesellschaft, die Angehörigen irgend eines Konsulats hatten sie sofort eingeladen sich zu ihnen zu gesellen.
„Seien Sie doch nicht so albern, Herr Thommel! Die Leute schauen ja schon." Lotte war rot geworden.
Schwester Berta, ihre Stationsschwester, hatte sie gewarnt. Der will was von Ihnen! Schließlich, wenn einer tagelang ums Krankenhaus schleiche, sei er nicht zufällig in Stuttgart. Also ich würde mit dem nicht ausgehen.
„Herr Thommel!", äffte er Lotte nach. „Mädchen, sag Werner zu mir." Sollte Schwester Berta am Ende Recht behalten?
Langsam wurde es laut am Tisch. Die Botschaftsangehörigen schienen alle Hemmungen abgelegt zu haben. Einer ahmte sogar den Führer nach. „Dieses Pack!", krähte er plötzlich und verwies sich selber außer Landes. Die anderen lachten.
„Werner, wollen Sie, dass ich ..."
„Du!"
„Was?"
„Willst du, heißt das."
Lotte lief ein Schauer über den Rücken. Selbst wenn sie mit ihm nach Ravensburg ginge, um sich seiner Kinder anzunehmen, wäre

er immer noch ihr Chef. Ein persönliches „Du“ verböte sich da ganz einfach.
„Ja, ich will!“, sagte er plötzlich. „Ich will, dass du meine Frau wirst.“
„Aber ...“ Lotte fiel das Kinn herunter. „Das geht doch nicht, so kurz nach dem Tod Ihrer ... deiner Frau. Außerdem ...“
Sie hatte sich wieder gefangen. Beinahe sachlich gab sie zu Bedenken, dass sie keine Geschäftsfrau sei, aus einer Beamtenfamilie stamme, zuerst mit ihren Eltern darüber sprechen müsse. Aber als Werner sagte, seine Mutter kümmere sich schon ums Geschäft, sein Wunsch sei, die Kinder versorgt zu wissen, versprach Lotte „sich das zu überlegen“.

Als Werner neben seinem Vater vor der Familiengruft stand, an seiner Seite Lotte, der man ansah, dass es ihr nicht wohl war in ihrer Haut, wurde ihm das ganze Ausmaß der vergangenen Ereignisse bewusst. Die Friedhofsarbeiter hatten die feuchte schwarze Erde in eine Ecke der Grabeinfassung geschaufelt und obenauf die abgeräumte Grabbepflanzung gelegt. Begonien, flache Kissen von Irish Moos, gelbe und blaue Tag-und-Nacht-Blümchen, die der Gärtner erst vor einem halben Jahr anlässlich der Beerdigung Karlas gepflanzt hatte.
Es war einfach zu viel gewesen für Käthe. Zwar hatte ihr der Hausarzt geraten, sie solle dringend kürzer treten, die Grippe, die sie sich eingefangen hatte, gründlich auskurieren, aber Käthe hatte seinen Rat ignoriert, ihre Kopfschmerzen, das Fieber, den Schüttelfrost. Und als man sie ins Krankenhaus gebracht hatte, war die Infektion schon bis zu ihrem Herzen vorgedrungen. Sie war nicht mehr zu retten gewesen.
Vor zwei Tagen war sie verstorben.
Werner spürte etwas Unangenehmes in seinem Rücken, ihm war, als könne er die Gedanken lesen, die dort in den Köpfen der Anwesenden kreisten. Kaum ist Karla tot, nimmt er sich eine Geliebte ins Haus! Seine Mutter ist vor Gram gestorben! Ob das sein Vater überlebt? Als er kurz über die Schulter schaute, konnte er keinen in der großen Trauergemeinde ausmachen, der gewagt hätte, diese bösen Unterstellungen offen auszusprechen. Ob sie auch dann noch schwiegen, wenn er seine Hochzeit mit Lotte

verkündete? Er entschloss sich sie in aller Stille zu heiraten.

„Mutti, was heißt jaloux?“ Mit großen Augen sah Klaus Dieter an Lotte hinauf.
„Jaloux machen“, erklärte sie, „ist französisch und hat eigentlich die Bedeutung ...“
„Mutti, was ist französisch?“
„Mach mich nicht verrückt!“, sagte Lotte. „Gleich kommt Tante Martha. Sie will mit euch auf die Veitsburg.“
Was sie befürchtet hatte, war eingetreten. Werner ließ sich nicht davon abbringen, statt nachmittags im Laden zu bleiben, ins Krafft zu gehen. Seinen Vater zu bitten, er möge wenigstens zwei, drei Stunden am Tag aushelfen, traute sie sich nicht. Lotte hatte ohnehin das Gefühl, nicht wirklich akzeptiert zu sein.
„Seid ihr fertig“, fragte Martha, noch die Klinke in der Hand. Sie schien es eilig zu haben. Während Lotte den Kindern die Jacken überzog, ging sie an einem Regal entlang und prüfte, was sie schon hatte und was sie noch brauchen könnte.
Plötzlich blieb sie vor einem Rasenmäher stehen. Er schien es ihr angetan zu haben. „Ist der elektrisch?“, fragte sie ohne sich umzuschauen.
Eine blöde Frage, dachte Lotte. Meinte die, das Kabel an der Seite sei ein Wasserschlauch? Sie hatte die Kinder angezogen und wollte zu Martha hinüber, um ihr die Funktionsweise des neuen Rasenmähers zu erklären.
„Nein, lass' nur“, sagte Martha. „Weißt du, es macht mir nichts aus, mit den drei Rackern spazieren zu gehen.

mit der ersten Mama ...

Obwohl ich vor lauter Arbeit nicht mehr weiß, wo mir der Kopf steht. Seit Tagen sollten die Fenster geputzt werden. Und wenn ich an den Rasen denke ..."
Lotte hatte verstanden.

Als Werner endlich ins Geschäft kam, spürte er sofort, dass seine Frau ziemlich ungehalten war. „Seit Stunden warte ich jetzt auf dich. Erinnere dich daran, was du mir in Stuttgart versprochen hast." Dann ging sie zum Kleiderständer und griff nach ihrem Mantel.
„Wo willst du hin?", fragte Werner und stellte sich ihr in den Weg.
„Martha und die Kinder suchen", sagte sie. „Sie müssten längst zurück sein. Ach, übrigens, sie scheint sich für den neuen Rasenmäher zu interessieren. Bin mal gespannt, ob sie ihn auch bezahlt."
Sie kennt die Verhältnisse schon ganz gut, dachte Werner, als er ihr nachsah. Was hatte sie denn nur? Kein Mensch im Laden, und sie tut so, als wäre gerade eine Kompanie Soldaten hier durchmarschiert. Werner ging in seine Ecke und schaltete die „Goebbelsschnauze", den Volksempfänger ein. „Ein grandioses Heldenepos!" schallte ihm das pure Pathos entgegen. „Die sechste Armee unter Generalfeldmarschall Paulus schlägt den Feind trotz erbittertem Widerstand. 250.000 deutsche Soldaten, Symbol des deutschen Siegeswillen ..." Werner hatte genug gehört.
Zäh verstrich die Zeit. Frau Oppold wollte nach oben in die Hausratsabteilung, machte aber auf dem Absatz kehrt, nachdem ihr Werner eröffnet hatte, dass er allein im Geschäft sei. Und Gisela, die „Jungfrau selig", wie sie Werner nach ihrer Heirat nannte, kam erst gar nicht herein, nachdem sie Werner durch das Schaufenster hindurch entdeckt hatte. Die Regale waren abgestaubt, der Boden frisch gewischt. Was, fragte sich Werner, soll so anstrengend sein, dass Lotte jeden Abend wie tot ins Bett fällt.
Plötzlich stand seine Frau im Laden. Sie sah aus, als hätte sie auf der Suche nach Martha und den Kindern die ganze Stadt abgelaufen.
„Kann sie nirgends finden", keuchte sie. „Bis auf der Veitsburg war ich. In jedes Café habe ich geschaut. Weißt du, was ich glaube? Die ist mit den Kindern schnurstracks nach Hause gegangen."

Wäre typisch, dachte Werner. „Ich nehme den Wagen und fahr' hin. Dann kann ich auch gleich den Rasenmäher einladen."
Als er vor ihrem Haus geparkt hatte, kam ihm der Junior entgegen. „Geh' schon mal rein", sagte er einsilbig und hob den Rasenmäher aus dem Kofferraum.
Martha saß am Tisch und weinte. Unter dem Tisch: Hannelore. Klaus Dieter stand auf einem Stuhl und hantierte am Wasserhahn über dem Spülbecken. Ursula sah sich die bunten Bilder einer Modezeitschrift an.
„Werner und Egon", sagte Martha unter Tränen, „sie sind verschollen. Irgendwo in Russland." Auf dem fleckigen Tischtuch: die Feldpost.

Lange noch nachdem Lotte die Kinder zu Bett gebracht hatte, saßen sie zusammen. Sie bügelte die Wäsche, Werner las die Reiseberichte Roald Amundsens, des norwegischen Polarforschers, der seit 1928 als verschollen galt. Ein bedrückendes Schweigen lag zwischen ihnen, undurchdringlich wie eine Mauer.
Als Werner, ein zaghafter Versuch, ins Gespräch zu kommen, darum bat, sie möge doch eine Flasche Wein öffnen, platzte Lotte der Kragen. „Vielleicht", schrie sie ihn an, „könnte der feine Herr mal selbst etwas tun! Du musst nicht im Geschäft arbeiten ...", äffte sie ihn nach. „Mein Wunsch ist, die Kinder versorgt zu wissen. Dein Wunsch! Immer nur du, du, du!" Sie warf das heiße Bügeleisen in den Stapel Wäsche und lief aus dem Zimmer.
Fassungslos sah er ihr hinterher. Was mache ich denn falsch?, fragte er sich. Wir waren uns doch einig gewesen. Gut, es waren die paar Stunden im Geschäft dazu gekommen.

... mit der zweiten Mama

Aber sonst ... Es kam doch sowieso kaum jemand in den Laden. Die Leute hatten andere Sorgen.

Als er in die Küche wollte, um sich eine Flasche Wein aus dem Regal zu nehmen, roch er es. Und als er sich umdrehte, sah er es auch. Sein bestes Hemd, ganz oben auf dem Stapel, rauchte bereits. Und nun verbrannte er sich auch noch die Finger. Nein, ihm war die Lust auf seinen Abendschoppen gründlich vergangen.
Während er die Hand unter den kalten Wasserstrahl hielt, kam Lotte wieder zurück. Er sah ihr an, sie hatte verweinte Augen.
„So geht das nicht weiter mit uns", sagte sie. „Bin ich denn so hässlich, das du ständig anderen Frauen hinterher schauen musst?"
Das traf ihn wie ein Blitz aus heiterem Himmel. Und ihm wurde schlagartig bewusst, dass der Himmel alles andere als heiter war. Dass er sich schon seit langem verdunkelt, dass er es in seiner Frohnatur aber nicht bemerkt hatte.
Lotte trocknete ihm die Hand und tupfte Rinderfett auf die gerötete Stelle. Und anders als er erwartet hätte, behandelte sie ihn zärtlich, beinahe Pore für Pore. Dann band sie ihm die Hand ein.
Wie schön sie ist, dachte Werner. Und als er ehrlich zu sich wurde, stellte er fest, dass es ihm damals gar nicht darum gegangen war, eine Mutter für seine Kinder zu finden. Nein, sie wollte er haben. Vielleicht sogar schon noch früher. Damals, als sie zusammen in der Weinstube gesessen waren.
„Lass' uns ins Bett gehen", sagte er plötzlich, dieses charmante Lächeln aufgesetzt, das in der Damenwelt Ravensburgs eine solche Wirkung zeigte. „Aber ich muss doch noch ..." Werner zog sie hinter sich her ins Schlafzimmer.

*

Im Juni kommt Suse zur Welt. Da die Wohnung in der Seestraße nun zu klein ist, zieht die Familie in ein Haus in der Kuppelnaustraße.
Der Zweite Weltkrieg ist an seinem Wendpunkt. Die sechste Armee wird bei Stalingrad eingeschlossen und vernichtend geschlagen. 146.000 Soldaten sind tot, 90.000 kommen in russische Kriegsgefangenschaft.
Der Reichsprotektor von Böhmen-Mähren, Reinhard Heydrich,

stirbt durch ein Attentat. Die Waffen-SS nimmt blutige Rache. Das Dorf Lidice wird dem Erdboden gleichgemacht; die Männer getötet, Frauen und Kinder verschleppt. In Auschwitz und Maidanek brennen die Krematorien. Die USA greifen in den Krieg ein.
Auf Sizilien und Italien landen die alliierten Truppen und nehmen Mussolini gefangen. Das „Italienische Imperium" kapituliert, und was davon übrigbleibt, erklärt nun Deutschland den Krieg.
„Schwere Luftangriffe auf Berlin", tönt es aus der „Goebbelsschnauze". Und obwohl die deutschen Städte bereits brennen, ist vom „Endsieg" die Rede. Jede Niederlage wird den kriegsmüden Menschen als Sieg verkauft. Es gibt kaum eine Familie, die nicht ihren Vater oder einen ihre Söhne verloren hätte.
Auch in Ravensburg wird getrauert. Helene, die zweite Frau Wilhelm Augusts stirbt. Und Georg Julius ist krank – schwer krank.

*

Die Sirene heulte unaufhörlich. Menschen rannten durcheinander, Mütter suchten ihre Kinder, vor den Schaufenstern wurden die schweren Rollläden heruntergelassen. Der Lastwagen stand mit laufendem Motor vor dem Seelhaus. Auf der Pritsche: Bürklin, die rechte Hand des Chefs, und Prokurist Kopp. Am Steuer: August Junior. Werner und Lotte kamen von der Marktstraße herübergelaufen. „Beeilt euch!", rief ihnen der Junior zu.
Als Werner auf die Ladefläche kletterte, sah, dass noch keines der Kinder da war, herrschte er seine Frau an: „Hast du nicht gesagt, Martha würde sie ..." Aber sogleich fiel ihm Lotte ins Wort: „Sie kümmert sich schon. Auf Martha ist Verlass."
„Auf Martha?" Werner half Lotte hinauf. Dann ging er zum Führerhaus.

die Herren Schilling, Kopp und Bürklin

„Wo ist deine Frau?“, fragte er den Junior, der hinter dem Steuer saß, die Virginia zwischen den Zähnen, und in kurzen Abständen immer wieder auf das Gaspedal trat.
„Alles hat seine Ordnung“, sagte August. „Sie ist mit den Kindern zu deinem Vater gegangen. Da sind sie sicher.“
Er löste die Handbremse. „Können wir nun endlich los?“ Dann kurbelte er die Scheibe hoch.
Der Wagen fuhr schon an, als Werner über die kleine Leiter am Führerhaus auf die Pritsche kletterte. Plötzlich rief Bürklin: „Halt! Schilling ist noch nicht da.“
Und weil der Junior sofort auf der Bremse stand, prallte Werner gegen das kleine Fenster des Führerhauses und wäre beinahe über das Dach gegangen.
„Erst die Mitarbeiter, dann Frauen und Kinder“, kommentierte Werner, als er Schilling auf die Pritsche zog. „Schließlich sind sie unser wichtigstes Potenzial.“ Selbst jetzt hatte er seinen Humor behalten.
Als der Lastwagen zwischen den Wilhelmsschulen einbog, hörten sie das Dröhnen der Flugzeugmotoren. Der Junior parkte vor dem Friedhof, dann rannten sie die steile Treppe zum „Schwarzwäldle“ hinauf, um sich in Sicherheit zu bringen.

Der Pilot hatte kaum Schaden angerichtet. Anscheinend musste er im letzten Moment gemerkt haben, dass die Stadt unter ihm nicht Friedrichshafen sondern Ravensburg war. Ob er die Brandbombe, die Sekunden später im Gefängnis einschlug, aus Versehen oder aus Frust darüber abwarf, dass er sich verflogen hatte, das sollte sein Geheimnis bleiben.

Als Lotte zu Georg Julius ging, um die Kinder abzuholen, kam ihr ein Krankenwagen entgegen. Veronika Dressel winkte aus dem Fahrerfenster, fuhr dann an ihr vorbei und bog nach hundert Metern in Richtung „Elisabethen“ ab. Das Tor zum Grundstück war weit geöffnet.
„Mutti, Opa ist im Krankenhaus!“, rief Klaus Dieter und fiel Lotte um den Hals. Martha – Suse auf dem Arm – saß auf der Bank im Garten. Ursula schob die Schaukel an, in deren Seilen sich Hannelore festgekrallt hielt. Alles schien friedlich zu sein.

„Was ist mit ihm? Klausi sagt ..."
„Ein Schwächeanfall, meinte der Arzt." Martha hielt sich das Fläschchen gegen die Wange, sog kurz am Sauger, dann steckte sie ihn Suse in den Mund. „Wird schon nicht so schlimm sein."
Aber Lotte konnte es an ihrem Gesicht ablesen: Es war schlimmer als sie zugeben mochte.
„Übrigens, die Rechnung für den Rasenmäher habe ich beglichen."
Wird auch Zeit, dachte Lotte.

Die flackernden Kerzen ließen seine wachsfarbene Haut so aussehen, als wäre noch Leben in ihm. Er hatte das Mumienhafte verloren, das alle so erschreckt hatte, als sie Georg Julius im Schlafzimmer der Villa in der Gartenstraße aufgebahrt antrafen. Den Kopf tief in dem mit seidenen Spitzen verzierten Kissen, die Tagesdecke über seinem Leib, lag der Seniorchef da, als hätte er sich zu einem Nickerchen hingelegt. Einzig, dass er seine besten Schuhe trug, ließ erkennen, was geschehen war: Er war Käthe gefolgt, hatte sich nicht einmal mehr die Zeit gelassen, seine Nachfolge zu regeln.
Neben das Kopfende des Bettes hatte Lotte sein Porträt auf eine Staffelei gestellt. Das Bild, das er beim Fotograf Scherer hatte machen lassen, um es neben dem Wilhelm Augusts und dem des Juniors aufzuhängen – der Anfang einer, wie er gehofft hatte, bis in die Ewigkeit reichenden Ahnenreihe. Er schien auf seinen eigenen Leichnam herabzulächeln, zu sich selbst sagen zu wollen: Mach dir keine Sorgen, Julius, die packen das schon!

Als Werner hinunterging, um die Sargträger hereinzulassen, verlor der Junior die Fassung. Unter Tränen beugte er sich über seinen Bruder. „Verzeih' mir Julius! Ich verspreche dir, für deinen Sohn da zu sein, wo ich nur kann." Martha musste ihn stützen, als sie ihn wegführte.

„Stellt euch vor, von Bregenz bis Ravensburg nur ein einziges Auto. Und ausgerechnet dem muss ich begegnen. Und dann auch noch in diesem Zustand!" Werner hatte seine gute Laune wiedergefunden.
Niederer, seines Zeichens katholischer Stadtpfarrer, klopfte sich sogar auf die Schenkel vor Vergnügen, als Werner die Geschichte von der Überlandfahrt zum Besten gab. Und Karle Nabholz fragte noch einmal nach: „Und der Fahrlehrer ... ist der aufgewacht, als du beinahe in den Straßengraben gefahren bist?"
„Du hörst nicht zu", sagte Gärtner Rohr. „Werner hat doch gerade gesagt, dass sie total besoffen waren. Und da hat der auf seiner Rückbank tief geschlafen."
„Und sein Schüler, im gleichen Zustand, bringt ihn nach Hause." Ludwig Nabholz nahm seine Frau Sofie in den Arm und stimmte das Lied an, das sie nun alle mitsangen. „Jo, so worn's ... jo, so worn's ... jo, so worn's, die olt'n Rittersleit'."
„Nicht nur die Rittersleut'", lachte Werner und wischte sich die Tränen aus den Augen. „Ich könnte euch da Sachen vom Junior erzählen. Wisst ihr, wie der früher genannt wurde? Mäusebaron! Erzähle ich euch aber ein anderes Mal."
Plötzlich stand Nepomuk Knoblauch, der Wirt des „Muke", in der Küche. „Es geht euch gut, wie ich sehe. Aber bitte, nicht so laut. Die Gäste drüben im Lokal sind eh schon miesepetrig gelaunt, weil sie nur Most zu trinken bekommen. Was meint ihr, soll ich noch eine Flasche aus dem Keller holen?"
Pfarrer Niederer erhob sich leicht schwankend von seinem Stuhl und winkte ab: „Lass' nur! Muss morgen die Frühmesse lesen. Nicht dass ich noch von der Kanzel falle."

der Stammtischausflug

Auch die anderen brachen jetzt auf. „Geht hinten raus“, sagte Knoblauch und begleitete sie zur Tür. Werner drehte sich noch einmal zum Pfarrer um und drückte ihm ein Geldstück in die Hand. „Aber schön in den Klingelbeutel!“, feixte er. „Obwohl ich evangelisch bin ... wenn man drüben ankommt, weiß man nie, wer Recht hat.“

Als Werner die Treppe hinaufschlich, nach mehrmaligem Straucheln oben ankam, stand Lotte in der hell erleuchteten Türöffnung zum Schlafzimmer. Demütig erwartete er ihre Strafpredigt. Zu seiner Überraschung aber lächelte sie. „Komm, zieh dich aus“, sagte sie. „Ich habe heute was Tolles erlebt. Du wirst staunen!“
Werner saß auf der Matratze und versuchte vergeblich seine Stiefel auszuziehen. Immer wieder rutschte er ab, fiel dann mit dem Oberkörper ins Bett zurück.
„Also, lange schau’ ich mir das nicht mehr an“, sagte Lotte und drehte ihm den Rücken zu. Breitbeinig, soweit es ihr Nachthemd zuließ, stand sie nun über seinem ausgestreckten Bein, bückte sich, bis sie den Stiefel an der Hacke zu fassen bekam. Dann zog sie ihn zu sich herauf und klemmte den Schaft fest unter ihre Achsel.
„Weißt du nicht mehr, wie das geht?“, lachte sie – erwartete den Druck seines anderen Stiefels auf ihrem verlängerten Rücken zu spüren. Und der kam dann auch, allerdings viel kräftiger als sie gedacht hatte. Kopfüber landete sie in dem Ohrensessel in der Ecke.
Das Ausziehen des zweiten Stiefels gestaltete sich ähnlich, und das Herunterziehen seiner Hose schließlich, vor allem das Herunterkrempeln der Socken, artete beinahe zu einer wilden Orgie aus, zumal Lotte genau wusste, wie kitzelig Werner war.
Endlich lagen sie in den Betten. Erschöpft zwar, aber bester Laune. „Du wolltest mir doch noch etwas sagen.“ Werner nahm sie in den Arm. Sie schmiegte sich an seine Seite und erzählte, was sie tagsüber erlebt hatte. Erst sei ein Herr ins Geschäft gekommen, dann, eine halbe Stunde später, eine Dame. Beiden habe sie sagen müssen, dass sie keine Öfen mehr am Lager habe. Aber als dann noch ein weiterer Kunde mit demselben Wunsch erschienen sei, sei ihr die Sache allmählich seltsam vorgekommen. „Aber dann ...“ Lotte

hielt die Hand vor den Mund und gähnte. „Stell' dir vor, drei Öfen und einen Herd hätt' ich heute verkaufen können, weil plötzlich auch noch Dressel im Laden stand, dem die Herdplatte gerissen ist, wie er sagte. Ist doch verrückt ..." Lotte drehte sich zu ihrem Mann. An welcher Stelle ihrer Erzählung er eingeschlafen war, konnte sie nicht mehr nachvollziehen. Dabei, dachte sie, hätte ich dir noch so gerne von meiner Idee erzählt.

„August Thommel, Herde und Öfen!" Werner, mit ausgestrecktem Arm und gespreizten Fingern einen weiten Bogen beschreibend, konnte sich die Schrift über der Fensterreihe lebhaft vorstellen. Jeden einzelnen Buchstaben. Schon unzählige Male war er achtlos daran vorbeigegangen, jetzt erst fiel ihm auf, wie schön die Fassade des Hauses am Gespinstmarkt war. Die Fenster- und Türbögen aus gelbem Sandstein, obenauf die Schlusssteine, die aussahen wie an den Rändern eingerollte alte Pergamente. Eine gute Stelle, um über der Eingangstür das Wappen der Familie anzubringen.
Das Haus, das seine Eltern schon 1938 erworben hatten, wurde bisher mehr als Lager denn als Verkaufsfläche genutzt. Und wenn mal einer kam und sich für einen Ofen interessierte, musste man mit ihm extra über die Straße, zuerst Kisten und Kartonagen zur Seite räumen, um dem Kunden das Objekt der Begierde zeigen zu können.
„Diese Lotte!" Voller Bewunderung pfiff er durch die Zähne. Hätte ich nicht gedacht. Eine Jungfrau hat also auch noch unternehmerische Fähigkeiten. Und nicht nur pflegerische, wie er glaubte, seit Lotte ihm erzählt hatte, dass man in Krankenhäusern und Pflegeheimen hauptsächlich Mädchen treffe, die unter diesem Sternzeichen geboren seien.
„Hitler hat sich erschossen!" Werner fuhr herum. „Kam gerade über das Radio. Goebbels, Freisler, Mussolini, das ganze Gesocks ist hin." August junior stand vor ihm, im offenen langen Mantel, den steifen Hut auf dem Kopf, der mittlerweile zu seinem Markenzeichen geworden war. Er stützte sich auf seinen Gehstock, in der Hand hielt er die Virginia. „Wird Zeit, dass da mal gründlich aufgeräumt wird", sagte er.
„Da werden Köpfe rollen", erwiderte Werner, der ihn gehörig missverstanden hatte.

„Nein, das meine ich nicht." – der Junior zeigte mit dem Stock auf die staubigen Fenster. „Den Saustall meine ich. Sieht ja aus wie Kraut und Rüben."
Dann erzählte ihm Werner von der Idee seiner Frau. „Ob in heißen, ob in kalten Zeiten ... Öfen und Herde werden immer gebraucht. Außerdem, wer hat schon das ganze Zubehör an Lager? Das Schiffchen für den Herd, die Ringe, Ofenrohre in allen Durchmessern, die Silberbronze, um sie anzustreichen..." Werner geriet ins Schwärmen.
„Vergiss nicht die ..." August junior verwendete einen Fachausdruck, der Werner bisher noch nicht zu Ohren gekommen war. Er schloss aber aus dem Einwurf seines Onkels, dass dieser mit seinen Plänen einverstanden war.

*

Deutschland kapituliert am 9. Mai 1945 um 00.01 Uhr. Weil sich ein verkanntes Genie für den größten Feldherrn aller Zeiten gehalten hatte, mussten fast 40 Millionen Menschen ihr Leben lassen. Von 9,6 Millionen europäischen Juden sind zwei Drittel tot.
Die Siegermächte teilen Deutschland in vier Sektoren auf. In die britische, amerikanische und russische Besatzungszone; der Südwesten steht unter französischer Militärverwaltung.
Obwohl Lotte gerade einen Sohn geboren hat – man wird ihn Hans August nennen – wird die Familie von den Franzosen zwangsentmietet. Von der Kuppelnaustraße ziehen sie in das provisorisch eingerichtete Obergeschoss in der Marktstraße.
Karl August ereilt das selbe Schicksal, nur dass er – „Räumung innerhalb 24 Stunden" – mit Frau und vier Kindern in der Villa in der Gartenstraße bleiben darf, wenn auch nur auf dem Dachboden. Dort bringt seine Frau Margarethe ein Kind zur Welt: Rainer, geboren in einer eiskalten Dachkammer.
Klaus Dieter geht in die Wilhelmsschule, in eines der beiden großzügig angelegten Schulgebäude beim Konzerthaus.

*

Schon seit Tagen lag Klaus Dieter mit Fieber im Bett. Der Kopf tat ihm weh und er hatte Schluckbeschwerden.
Dr. Beck, inzwischen Hausarzt der Familie, den Lotte gerufen

hatte, war auch sogleich gekommen. Aber als er Klaus Dieter untersucht hatte und Lotte noch hoffte, dass er vielleicht eine harmlose Angina diagnostizieren würde, schien es, als wäge er auch noch andere Möglichkeiten ab. Noch einmal bat er das Kind den Mund weit aufzumachen. Dann drückte er mit einem Löffelstiel die gerötete Zunge gegen die untere Zahnreihe. Während sich auf seiner Stirn ein tiefes „V“ abzeichnete, beugte sich der Arzt über Klaus Dieters Mund und schnüffelte. Plötzlich sah er auf. „Wie ich es befürchtet habe.“ Jetzt sicher, den Grund für Klausis Erkrankung gefunden zu haben, forderte er Lotte auf näher zu kommen. „Da, sehen Sie, die weißen Ablagerungen auf seinen Schleimhäuten. Gut, das allein reicht nicht aus. Aber riechen Sie das? Der typisch süßliche Mundgeruch!“
Besorgt sah Lotte ihn an: „Sie meinen, es ist tatsächlich ...“
„Diphterie“, sagte Dr. Beck. „Ich muss ihn ins Krankenhaus einweisen.“
Lotte machte sich Vorwürfe. Als gelernte Krankenschwester hätte ich das schon früher merken sollen. Und Werner, der ein wenig später entsetzt zusah, wie sein geliebter Klaus von einem Sanitäter die Treppe heruntergetragen wurde, er machte ihr dieselben Vorhaltungen. Milderte sie aber sofort ab, als er Lottes Besorgnis sah. „Der wird schon wieder“, tröstete er sie. „Wir Thommels haben dicke Schädel.“

Nach einer Woche war Klaus Dieter soweit wieder hergestellt, dass er nach Hause entlassen werden konnte. Wegen der hohen Ansteckungsgefahr aber musste er der Schule fernbleiben. Musste? Keine Spur! Nicht dass er ungern zur Schule gegangen wäre, aber jetzt kam Philipp Loch ins Haus, der Sohn von Käthes Schwester Frieda, und gab ihm Nachhilfe.

Fußball mit Dieter „Dille“ Gmeinder (vorne links)

Wer ein echter Thommel werden will, sagte sein Vater, muss lernen. Auch wenn er krank ist. „Schließlich willst du ja mal das Geschäft übernehmen."
Was das hieß, konnte sich Klaus Dieter zwar nicht vorstellen, aber allein mit Onkel Philipp – „ein honneur", wie der Lehrer scherzhaft sagte –, seine Klassenkameraden würden staunen.
„Was heißt honneur?", wollte Klaus Dieter wissen.
„Honneur ist Französisch und bedeutet ..."
„Stimmt, ich soll dich nicht verrückt machen", fiel ihm Klaus Dieter ins Wort. Gerade noch rechtzeitig war es ihm eingefallen. Der Klang dieser Sprache, der ihn gefesselt hielt, seit er ihn zum ersten Mal gehört hatte.
„Nein, Klausi!" Loch lachte in sich hinein. „Das heißt jaloux. Was nicht ganz richtig ist, weil das eigentlich eifersüchtig heißt. Aber man sagt halt so, wenn man ..."
„Onkel Philipp, was ist eifersüchtig?"
Nun wusste er, dass er ein schönes Stück Arbeit vor sich hatte.
Bald schon stellte er fest: Mit dem Einmaleins war es gleich wie mit dem Schreiben. Es ging Klaus Dieter so leicht von der Hand wie das Lesen. Die Nebenflüsse des Neckars konnte er schon nach kurzer Zeit aufsagen wie andere die Namen ihrer Verwandtschaft. Nämlich im Schlaf.
Aber was er am liebsten machte – die Reise mit dem Finger in dem schönen Schulatlas, den er von seinem Vater geschenkt bekommen hatte. Sie endete nicht am Rhein, sondern ging hinüber in das Elsass, in die Champagne, hinauf in die Normandie. Dann wieder hinab in die Bretagne, Gascogne, Auvergne, Burgund. Seine persönliche „Tour de France".

Eine Etage tiefer ging es zu wie in der „Galerie Lafayette", dem berühmten Pariser Kaufhaus. Auch hätte man sich einen arabischen Suk gut vorstellen können – dem Aussehen der Menschen nach, die zwischen den Regalen umherliefen. Die einen mit einem Teint, der an einen „café au lait" erinnerte, andere etwas heller im Gesicht, gelbbraun wie die Farbe des Wüstensandes. Und alle trugen sie Uniform. Beige Overalls, die in Gamaschen steckten und mit weißen Gürteln zusammengehalten wurden. Die hohen Stulpen um die Unterarme in der gleichen Farbe. Dazu trugen sie

eine flache, randlose Kopfbedeckung: das typische „Béret basque".
„Ich verstehe Sie nicht", sagte Lotte zu dem Soldaten, der sie angesprochen hatte. „Wie sagten Sie?"
„La théière", wiederholte er seinen Wunsch und modellierte eine runde Form in die Luft. Dann setzte er einen Henkel auf die eine und eine Tülle, mit drei spitzen Fingern langgezogen, auf die andere Seite des Luftgebildes.
Lotte zuckte mit den Schultern und wollte schon aufgeben, als der Soldat plötzlich an ihr vorbei das Regal in ihrem Rücken ansteuerte und nach einer Teekanne griff. Aus Terrakotta und mit bunten Blümchen bemalt.
„La théière!", lachte er, hielt die Kanne gegen sein Ohr und schlug mit dem Deckelchen mehrmals gegen ihre Wandung.
„Nicht!", schrie Lotte. Aber es war schon zu spät. Er hielt nur noch den Henkel in der Hand. Der Rest der Kanne lag in tausend Stücke zerbrochen auf dem Fußboden.
Der Soldat schüttelte den Kopf. „Merde!", sagte er und legte Henkel und Deckelchen wieder ins Regal zurück. Dann ließ er Lotte einfach stehen.
„Halt!", rief sie ihm hinterher. „Wer bezahlt mir jetzt den ..."
„Sie sind die Sieger", sagte Philipp Loch, der das Geschäft betreten und die Szene interessiert verfolgt hatte. „Daran müssen wir uns gewöhnen." Dann fragte er nach Werner.
Nein, der sei nicht im Laden, antwortete Lotte. Er finde ihn gegenüber, wo er mit Schilling und Kopp die Ofen- und Herdabteilung einrichte. Sie lief quer durch den Raum zu einem Soldaten, der gerade dabei war, die Qualität eines bauchigen Glaskruges zu begutachten.

Als Loch das Haus am Gespinstmarkt betrat, sah, wie Werner inmitten der Berge von Holzwolle mit einem Brecheisen versuchte eine Kiste zu öffnen, wollte er eigentlich schon wieder hinausgehen.

Aber schon hatte ihn Werner entdeckt. „Philipp!" Er stieg über die durcheinander am Boden liegenden Kistenteile und übergab den Geißfuß an Schilling. „Komm, gehen wir ins Krafft, Kaffee trinken." Nur einen Schritt noch, und er wäre bei Loch angelangt, wenn er nicht in den Nagel getreten wäre, der ihm durch die Schuhsohle hindurch in den Fuß drang. Fluchend und auf einem Bein hüpfend riss sich Werner das Brett vom Schuh - hinkte dann, von Loch gestützt, auf die Straße hinaus.

„Franzosa, Franzosa, mit de' rote Hosa!" Auf dem Gespinstmarkt liefen Kinder einer Gruppe französischer Legionäre hinterher. Sie zeigten ihnen lange Nasen, ahmten ihren Gang nach. Und als diese sich umsahen, einer drohend den Zeigefinger hob, stoben sie auseinander wie junge Hunde. Lachend gingen sie in die Konditorei. Durch die Schaufenster hindurch sahen sie, wie die Soldaten das Café betraten. Werner hielt Loch, der ihnen hinterher wollte, am Arm fest. „Warte", sagte er, „mir ist die Lust auf Kaffee gründlich vergangen. Lass' uns ein anderes Mal ..." Dann kam ihm in den Sinn, dass der Lehrer Loch bestimmt nicht ins Geschäft gekommen war, weil er mit ihm Kaffee trinken gehen wollte.

„Es geht um Klausi!" Loch hatte ihm die Frage von den Augen abgelesen. „Ihr müsst da dringend etwas tun."

„Weiß ich", sagte Werner. „Aber er kann ja jetzt bald wieder zur Schule gehen. Außerdem hast du ihm das Versäumte doch beigebracht , oder?"

„Du hast mich falsch verstanden", sagte der Lehrer. „Dein Junge ist sprachbegabt. In einem Ausmaß, wie ich es bei keinem in seinem Alter je gesehen habe."

August Thommel – „Herde und Öfen"

Er berichtete ihm von Klaus Dieters Französischkenntnissen. Und als er Werners Skepsis spürte, unterstrich er seine Worte nochmals. „Ja, Kenntnisse. Einmal gehört und er vergisst keine noch so schwierige Vokabel. Wenn der so weitermacht, kann er sich bald fließend unterhalten."
Nachdem sie sich verabschiedet hatten, kam Loch noch einmal auf Klaus Dieter zurück. „Also, tut was!", rief er Werner nach, der – „Französisch ... Quatsch!" – kopfschüttelnd die Straße hinabhinkte.

Mit Tuba, Trompete, Saxophon und zwei Klarinetten waren die vier Musiker angerückt, um die Eröffnungsfeier musikalisch zu umrahmen. Werner und Lotte hatten sich für die Ouvertüre der Feuerwerksmusik von Georg Friedrich Händel entschieden – der etwas gewagte Versuch, eine Beziehung zwischen der im neuen Geschäft angebotenen Ware und dem bevorstehenden, feierlichen Ereignis herzustellen. Aber dann hatte die Geige wegen eines Beinbruchs abgesagt, das Schlagzeug, weil es an diesem Tag Hochzeit hielt. Und nun war Improvisationstalent gefragt.
Unter den Klängen des Fehrbelliner Reitermarsches enthüllte Werner die Tafel, die auf einer Staffelei in der Eingangstür stand, und die Abordnung des Gemeinderates, der Pfarrer der Evangelischen Stadtkirche, die Arbeiter und Angestellten der Firma, alle applaudierten – aus den Reihen der „Blutwurst" war sogar ein „Hurra!" zu hören.
„Eröffnung der Ofen- und Herdabteilung, August Thommel", las Werner vor, spulte die Liste des neuen Sortimentes ab, und bat dann die Gäste hineinzugehen, um ein Glas Sekt zu trinken und sich am Kalten Buffet zu bedienen. Aber nicht nur geladene Gäste waren gekommen, um dem großen Ereignis beizuwohnen. Es hatte sich in Windeseile herumgesprochen, dass es bei Thommels etwas umsonst gab. Infolgedessen füllte sich der Raum zwischen den Öfen und Herden mit Besuchern, die eigentlich gar nicht dazugehörten – die aber über die dargebotenen Köstlichkeiten herfielen, als hätten sie seit Wochen nichts mehr gegessen.
Auch zwei Legionäre waren unter ihnen. Breitschultrige, baumlange Kerle, denen man ansah, dass sie den Hinweis, dass man sich in einer geschlossenen Gesellschaft befinde, bestimmt als Affront verstanden hätten.

Schon bevor sie sich unter die Gäste gemischt hatten, war Werner ihre Neugier aufgefallen. Sie schienen nicht im Geringsten an seinem Ladengeschäft interessiert zu sein, vielmehr musterten sie das stattliche Gebäude, zeigten zu den Stockwerken hinauf – es sah aus, als schmiedeten sie Pläne. Und auch nachdem sie eingetreten waren, war es Werner, als messe der eine mit Blicken die Räumlichkeiten aus, der andere mit Schritten.
Während sie sich Unmengen von Lachsbrötchen einverleibten, bereits die zweite Flasche Champagner leerten, versuchte Werner zu verstehen, über was sie sich unterhielten. Er erinnerte sich an Loch, daran, wie wichtig heutzutage Fremdsprachen seien, und er ärgerte sich, dass er seinem Rat, Klaus Dieter einen Französischlehrer geben, nicht gefolgt war. Vielleicht, dachte er, hätte Klausi, wenn er da wäre, übersetzen können.
„... un salon du dance!“, hörte er den einen sagen, und sofort legte der andere seinen Finger über die Lippen. Beide stellten die leeren Gläser ab und gingen wieder hinaus.
Werner war froh sie endlich loszusein, aber ein unheimliches Gefühl war geblieben.

Schon als sie noch auf der Straße waren, hatte Werner sie gesehen und Klaus Dieter, der endlich wieder die Wohnung verlassen und den neuen Laden sehen durfte, angewiesen sich hinter einem Herd in der Ecke zu verstecken. Gerade noch rechtzeitig hatte dieser sich zwischen Herd und Wand gequetscht, denn nun betraten die beiden Legionäre das Geschäft.
Ohne Umschweife kamen sie zur Sache. „Tout est confisqué!“, sagte der jüngere, „évacuation au dedans 24 heures!“, der brutalere, dessen Gesicht von Pockennarben übersät war. Er hielt Werner ein Papier unter die Nase. Es sah amtlich aus. Der Briefkopf ... ein Wappen mit den französischen Nationalfarben, darunter in miserablem Deutsch: „... wird verfügt, der Gebäude, Gespinstmarkt 1, umgehlich zu beschenken. Sonst arrestation! Gouvernement militair, Pierre-Paul Ulmer.“ Unter seinem Namen: das Datum und eine unleserliche Signatur.
Werner drehte das Papier zwischen den Händen, sah sein Gegenüber an und – als ihn ein eisiger Blick traf – auf dessen Kameraden, dem schon von Anfang an nicht recht wohl zu sein schien in

seiner Haut. „Allez, allez!“, herrschte er Werner an. Aber hinter seinen Worten verbarg sich Unsicherheit. Das spürte Werner sofort.
„Restez tranquille!“, zischte das Pockengesicht.
„Mais si le colonel apprend de cela?“
Plötzlich die Stimme Klaus Dieters: „Was ist ein Colonel?“ Er war hinter seinem Versteck hervorgekrochen und sah an den beiden Hünen hinauf.
Schlimmeres befürchtend zog Werner ihn weg. „Red’ nicht dazwischen“, fuhr er ihn an. „Wenn sich Erwachsene unterhalten, haben Kinder gefälligst still zu sein.“ Dann versucht er mit den beiden Legionären zu verhandeln.
Aber er hatte nicht mit der Hartnäckigkeit seines Sohnes gerechnet. „Vati, ich will doch nur wissen ...“ - aus sicherer Entfernung. „Warum darf dieses Coloneldings nichts davon erfahren?“ Den Soldaten fiel die Kinnlade herunter.
Hätte es Werner nicht selbst gesehen, oder hätte ihm irgend einer erzählt, dass rohe und brutale Fremdenlegionäre rot werden können –, er hätte es nicht geglaubt. Statt sich auf ihn zu stürzen, ihn niederzuschlagen und ihm das „amtliche“ Papier zu entreißen, machten sie sich urplötzlich aus dem Staub. Werner traute sich sogar ihnen hinterher zu schreien: „Lasst euch nie wieder hier blicken!“ Es fiel ihm sogar ein französisches Wort ein, wenn auch aus dem Kochbuch entliehen: „Porc!“

Klaus Dieter an der Hand ging Werner über die Straße. „Du bekommst deinen Französischlehrer“, sagte er zu seinem Sohn, während er ihm über die Haare streichelte. „Aber nun geh nach oben und ruh dich aus. Am Montag musst du wieder in die Schule.“
An der Eingangstür fing ihn Lotte ab: „Könntest du mal kommen? Da ist ein Herr im Laden, der behauptet ein guter Kunde des Hauses zu sein.“
Werner reckte den Hals, da entdeckte er ihn. „Herr Kammersänger!“, rief er dem betagten Herrn zu, der sich in aller Seelenruhe nach ihm umdrehte und dann auf Werner zuging, ihn von oben bis unten musternd. „Sie sind der kleine Thommel?“ Es hatte sich angehört wie „du bist aber groß geworden“. „Habe Ihren Vater, sogar den Großvater noch gekannt“, sagte Karl Erb. Seine Stimme

ließ trotz seines Alters immer noch erkennen, dass er einmal ein großer Tenor, Meister der Matthäuspassion, gewesen war.
„Kommen Sie, Thommel!“ Er zog ihn beiseite. „Schauen Sie“, flüsterte er. „Die Zeiten sind hart. Und jetzt steht auch noch Weihnachten vor der Tür. Was, glauben Sie, würden die Ravensburger sagen, wenn sie erführen, dass sich der berühmte Sohn ihrer Stadt zum Feste nicht einmal eine Gans leisten kann?“
„Gans?“ Werner hatte nicht verstanden.
„Ja, Gans!“, tönte Erb. „Oder soll meine Köchin Lohengrins Schwan in die Bratröhre schieben?“ – übertrieben gestikulierend, als rezitiere er ein Gedicht Goethes. Aber schon stieg er von seinem hohen Ross herunter: „Sie haben doch Beziehungen zu den Bauern. Es dürfte für Sie doch keine Schwierigkeit sein, eine Gans zu besorgen.“
Plötzlich lachte Werner; er hatte begriffen. „Herr Kammersänger“, sagte er und trat sehr nah an ihn heran, um ihm etwas ins Ohr zu flüstern, was keiner der Kunden, die inzwischen neugierig im Laden standen, hören sollte.
„Haben Sie einen bestimmten Wunsch?“ Erb nahm ein paar Stufen der Treppe und drehte sich nach Lotte um, die mit seiner Frage nichts anzufangen wusste. „Na, Wagner, Leoncavallo, Bizet, Puccini ... nein, Giuseppe Verdi! Ich singe Ihnen ...“ Dann vibrierten die Gläser in den Regalen.
„Celeste Aida, forma divina.“ Die zahlreich Anwesenden erstarrten in Bewunderung.

Karl Erb als Lohengrin, 1914

Und auch als Erb – „mistico serto ...“ – mit einer etwasbrüchigen Stimme den hohen Ton umzingelte, sahen sie ehrfurchtsvoll zu ihm hinauf. Aber schon stieg er die Tonleiter wieder herunter: „di luce e fior.“ Während er – „del mio pensiero ...“ – neu ansetzte, konnte man die ersten klatschen hören. Und als er „tu sei regina, tu di mia vita sei lo splendor“ sang, seinen Vortrag mit einer tiefen Verbeugung beendete, brandete Beifall auf. Der eine oder andere hatte sogar Tränen der Rührung in den Augen.
Ob dem ägyptischen Feldherrn Radames die Gans mundete, die Werner von Käthes Bruder, jetzt Bauer in Danketsweiler, ihm besorgte, blieb sein Geheimnis. Jedenfalls ließ er sich nie wieder im Geschäft sehen.

Die französische Militärverwaltung befand sich in der Villa Pommer in der Seestraße. Und obwohl Werner, in Begleitung seines Sohnes, extra einen Umweg über die Eisenbahn-, Oberebreite-, Adlerstraße machte, dann über die Bachstraße, Weinbergstraße, Hirschgraben in die Seestraße einbog, kam ihm die Strecke wie ein Katzensprung vor. Das konnte nichts Gutes bedeuten! Eine Ladung von Rimbaud, dem Colonel ... wahrscheinlich hatten sie ihn wegen Beleidigung angezeigt. Werner sah sich schon im „Roten Haus“ einsitzen, dem alten Gefängnis am „Katzenlieseles-Turm“. Aber warum soll ich Klausi mit zur Vernehmung bringen?, fragte er sich, als er der Jugendstilvilla immer näher kam.
Das Treppenhaus hinauf in den ersten Stock. Den düsteren Gang entlang, an dessen Ende sich das Büro des Colonels befand, neben Pierre-Paul Ulmer, dem Gouverneur Ravensburgs, der mächtigste Mann am Ort.
Zaghaft klopfte Werner an. „Entrée!“, hörte er eine Stimme sagen und betrat das Zimmer. Im Gegenlicht, Berge von Akten auf dem Schreibtisch, saß der Befehlshaber der französischen Besatzer da und würdigte ihn keines Blickes. Mir einer flüchtigen Handbewegung hieß er sie näherkommen, schlug den grauen Aktendeckel auf und blätterte in den Papieren, in denen, wie Werner vermutete, bereits sein Urteil festgeschrieben stünde.
Sogar die Zeugen hatte er schon bestellt. Auf einer Holzbank, flankiert von zwei Militärpolizisten, saßen die beiden Legionäre, die er vor ein paar Tagen als Schweine bezeichnet hatte. Wobei

ihm auffiel, dass sie irgendwie schmaler wirkten. Die Köpfe gesenkt hielten, das „Béret basque" in ihren Pranken hin und her walkend.
„Du bist also der ..." Colonel Rimbaud erhob sich aus seinem Sessel. Ein freundliches Gesicht sah Vater und Sohn an. Und auch seine Stimme war nicht, wie Werner es erwartet hatte, die eines Diktators. Vielmehr vollendete er in makellosem Deutsch den Satz, den er begonnen hatte: „... der kleine Mann, der mir dabei half diese beiden Halunken endlich festnehmen zu können." Er kam hinter seinem Schreibtisch hervor, nahm seine Offiziersmütze ab und setzte sie Klaus Dieter auf den Kopf. „Monsieur Thommel, Sie können stolz sein auf Ihren Sohn."
Man habe, so der Colonel, die beiden schon lang im Verdacht krumme Dinger zu machen. Wenigstens habe der eine – „dafür bekommt er ein paar Jahre weniger" – den Hauptbeschuldigten angezeigt. „Aber nur, weil er Angst bekam, nachdem Ihr Sohn ... stellen Sie sich vor, die beiden wollten mit einem deutschen Mittelsmann in Ihrem Haus ein Bordell eröffnen."
Klaus Dieter unterdrückte die Frage, was denn ein Bordell sei. Auch unnötig, da ihm sein neuer Freund sogar anbot, so er dazu Zeit finde, Nachhilfe in Französisch zu geben. „Obwohl du unsere Sprache ja schon zu beherrschen scheinst", lachte Rimbaud.

*

Im selben Jahr noch wird ein Mädchen geboren, das man Marianne nennt, vielleicht ein Zeichen der Verbundenheit mit Klaus Dieters französischem Freund. Zwar gelingt es nicht, Rimbaud davon zu überzeugen, die beschlagnahmten Häuser wieder zurückzugeben. Doch hat er nichts dagegen, dass Werner ein Grundstück kauft, das unmittelbar an das Areal angrenzt, auf dem die Villa „Findeisen" steht, in der der Colonel Hof hält.
Die Deutschen bekommen eine neue Währung. Gegen zehn Reichsmark erhalten sie eine DMark. Für viele ein großer Verlust – ist es für diejenigen, die ihr Vermögen in Immobilien und Wertsachen angelegt haben ein Gewinn.
Während Theodor Heuss zum ersten Bundespräsidenten gewählt wird, fliegen 896 Flugzeuge 7000 Tonnen Lebensmittel und Kleidung nach Westberlin. Und dies an einem einzigen Tag. Weit unter

ihnen: die DDR, mit ihrem ersten Präsidenten Wilhelm Pieck. Weltweit zählt man 2,33 Milliarden Menschen. Für fast die Hälfte von ihnen ist die Ernährungssituation mehr als mangelhaft.
Unter dem ersten Bundeskanzler Konrad Adenauer wird Ludwig Erhard Wirtschaftsminister und läutet mit Hilfe des Marshallplanes für Europa die Zeit des Wirtschaftswunders ein. 1000 Millionen US-Dollars sollen allein nach Westdeutschland fließen.
Klaus Dieter wechselt von der Volksschule auf die Höhere Handelsschule. Und sein Vater baut auf dem Grundstück in der Federburg ein neues Zuhause für seine Familie. Obwohl es Rimbaud nicht gerne sieht, dass die Bauarbeiter über „sein" Grundstück gehen, und es sogar mit Maschinenpistolen bewachen lässt – nun sind sie Nachbarn.

*

„Schäfer nach innen geflankt ..." Herbert Zimmermanns Stimme ließ keinen Zweifel zu: Die Deutschen wollten Weltmeister werden. Werner hatte alle eingeladen. Die, die sich für Fußball interessierten, genauso wie diejenigen, denen der Gedanke, Deutschland könnte neun Jahre nach dem Krieg schon wieder eine internationale Rolle spielen wollen, suspekt war. Besonders einem war anzusehen, dass ihm die enthusiastische Art, wie Zimmermann – „Kopfball ... abgewehrt" – das Endspiel via Radio kommentierte, gegen den Strich ging. Colonel Rimbaud! Nicht weil er es ihnen missgönnt hätte, sondern weil seine Mannschaft schon lange zuvor ausgeschieden war. „Aus dem Hintergrund könnte Rahn schießen ..."
Rimbaud winkte Klaus Dieter zu sich her. „Claude, was hast vor nach der Mittleren Reife?"
„Was?" Wie gebannt starrte Klaus Dieter auf das Rundfunkgerät. Und gerade als er Rimbaud mit abwehrender Hand signalisierte, nach dem Spiel sei doch noch Zeit genug, schoss Rahn.
„Tor, Tor, Tor, Tor!" Die Stimme des Rundfunkreporters überschlug sich. „Tor für Deutschland ... Linksschuss von Rahn!"
Sie waren aufgesprungen, umarmten sich. Der Junior drehte sich mit Martha im Kreis. Lotte versuchte sich der stürmischen Angriffe Werners zu erwehren. Klaus Dieter schoss Hans August einen leeren Weinkarton gegen den Kopf. Die Mädchen, Ursula, Hanne-

lore und Suse, sahen gelangweilt von ihren Strickarbeiten hoch; während man Marianne ansah, dass sie mit der überschwänglichen Freude nicht das Geringste anzufangen wusste.
„Schäfer hat die Flanke nach innen geschlagen ... drei zu zwei für Deutschland!" Man konnte den Eindruck gewinnen, Herbert Zimmermann weine, als er das „Wunder von Bern" verkündete: „Deutschland ist Weltmeister!"
„Nun sag schon, Claude!" Rimbaud ließ nicht locker. „Willst du nicht mit mir nach Paris kommen?"
„Nach Paris?" Werner fror das Lachen ein, als er das hörte. „Monsieur Rimbaud, Klaus Dieter wird wie jeder andere erst mal eine Lehre machen. Wenn dann noch Zeit ist, kann er von mir aus für ein paar Jahre ins Ausland."
Wenn dann noch Zeit ist? Klaus Dieter rätselte, was sein Vater damit gemeint haben könnte. Wenn die Lehrzeit zu Ende wäre, würde er um die Zwanzig sein. Viel zu früh, dachte Klaus Dieter, um in die Firma einzusteigen. Oder verheimlicht mir Vater etwas Schlimmeres? Ist er krank und will so schnell wie möglich mich als seinen Nachfolger aufbauen?
„Und nun lasst uns meinen 50. Geburtstag feiern", sagte Werner, riss damit Klaus Dieter aus seinen düsteren Gedanken. „Emma ... Anni! Ist alles angerichtet?"
Die beiden Hausmädchen, das eine fürs Kochen, das andere für den übrigen Haushalt zuständig, zogen die Schiebetür zwischen Wohn- und Esszimmer auf. Dann gingen sie in die Küche, um das Essen zu holen – es auf einem Servierwagen an den großen Tisch zu bringen, um den sie sich nun alle versammelt hatten.
„Colonel Rimbaud", Werner rückte den Stuhl neben Lotte beiseite. „Nehmen Sie an der Seite meiner Frau Platz. Oder darf ich Francois sagen ... wo Sie doch unser Gast sind?"
„Nein!" antwortete Rimbaud. Und schon hätte sich Werner auf die Zunge beißen können; bereute, dass er es gewagt hatte, den hohen Offizier beim Vornamen zu nennen.
Als er sich gerade darüber ärgerte, ihn überhaupt eingeladen zu haben, lächelte Rimbaud. Sein übertrieben ernster Gesichtausdruck entspannte sich. „Ich heiße nicht Francois. Meine Mutter hat mich Franz genannt. Meine deutsche Mutter! Und darauf bin ich stolz."

Während Anni die Suppe servierte, Emma den Wein dekantierte und die Gläser füllte, erzählte Rimbaud von seiner verstorbenen Mutter. Davon, dass sie als junges Mädchen nach Frankreich gekommen war, an der Universität in Paris Literatur studiert, und ihn schon als kleines Kind mit den deutschen Dichtern vertraut gemacht hatte. „Deutschland ist nicht das Deutschland Hitlers", sagte er dann. „Es ist das Deutschland Goethes, Schillers, Eichendorffs. Wobei ihr von uns, was die Philosophie anbelangt, noch einiges lernen könnt."

Eine Stunde später, sie waren wieder in den Salon hinübergegangen, erinnerte sich Werner an sein Geschenk für Lotte. Ein Geschenk für beide, das er aus einem Reisebüro besorgt hatte. Als er – „Mädchen schlagt die Augen nieder, es geht ein schöner Mann vorüber" – an Emma und Anni vorbei in die Diele wollte, um es aus seiner Manteltasche zu holen, folgte ihm Rimbaud. Am Kleiderständer hatte er ihn eingeholt. „Hören Sie, Werner! Was ich zu Ihrem Sohn sagte, war ehrlich gemeint. Lassen Sie ihn nach seiner Ausbildung nach Paris gehen. Wenn Deutschland wieder auf die Beine kommen will, muss es sich mit Frankreich aussöhnen. Ihr Sohn könnte dabei eine wichtige Rolle übernehmen." Dann griff er sich seinen Mantel, ging noch einmal in den Salon zurück und verabschiedete sich. Klaus Dieter begleitete ihn zur Tür.
„Meine liebe Frau", kündigte Werner die Überraschung an. „Wir beide werden nächstes Jahr eine Seereise machen. 40 Tage lang!" Den Einspruch Lottes, nicht nur sie sei wegen der Kinder unabkömmlich, sondern auch er könne das Geschäft nicht so lange im Stich lassen, wischte Werner vom Tisch. „Zu was haben wir Bürklin, Schilling, Kopp und die anderen? Und Klausi geht zu Wiedmann nach Schwäbisch Gmünd."

Endlich konnte Klaus Dieter seiner engen Behausung im Lehrlingsheim „adieu" sagen. Womit aber schon die nächsten Schwierigkeiten anfingen. Zwar musste er jetzt nicht mehr spätestens um 10.00 Uhr im Bett liegen, dafür aber sah er sich nun den Hänseleien der anderen Lehrlinge ausgesetzt. Ja, die Chefin, Frau Wiedmann, war attraktiv. Trotz ihrer vierzig Jahre durchaus zum Anbeißen. Aber dass sie Klaus Dieter zu sich in die Villa nahm,

hatte nicht den Grund, dass sie einen jugendlichen Liebhaber um sich haben wollte, ein böses Gerücht, sondern war einzig ihrer Ängstlichkeit zuzuschreiben, und dass sie seit dem plötzlichen Tod ihres Mannes allein in dem großen Haus leben musste. Ebenso hätte sie sich einen anderen aussuchen können, einen größeren vielleicht, aber sie hatte ihn ausgewählt, weil die Familie Wiedmann schon seit langem mit den Thommels geschäftliche Beziehungen pflegte, sogar befreundet war.
Eigentlich hätte Klaus Dieter zufrieden sein können. Nur jetzt hatte er sein ganz persönliches Spießrutenlaufen zu überstehen. Es gelang ihm zwar, sich die jungen Stifte vom Hals zu halten, auch der im letzten Jahr seiner Ausbildung stehende Lehrling hatte sich schon ein blaues Auge eingefangen. Womit Klaus Dieter aber nicht gerechnet hatte, war, dass sein Lehrmeister, Herr Nußbaumer, der auf jeder Kirmes leicht als Preisboxer durchgegangen wäre, seit dem Umzug Klaus Dieters plötzlich Marotten annahm, die der nur schwer einzuordnen wusste. Mal strafte er ihn durch tagelanges Ignorieren, dann wieder schrie er ihn bei jeder Gelegenheit an. Nichts konnte ihm mehr recht gemach werden. Und nun nannte er ihn auch noch beim Nachnamen. Thommel hier, Thommel da. In Verbindung mit dem zwischen Meister und Lehrling durchaus üblichen „Du" klang dies für Klaus Dieter wie ein Schimpfwort. Seine Beschwerde, entweder beim Vornamen angesprochen zu werden oder mit Herr Thommel, endete wie es damals üblich war: erst eine Ohrfeige, dann, natürlich nach Feierabend, „Laden putzen!". Das einzig Tröstliche war, dass Nußbaumer auch nicht nachhause konnte. Er ging stundenlang hinter ihm her, kickte die sorgsam aufgestapelten Kartons wieder um, langte mit seiner Pranke in jeden noch so schmalen Spalt, um den Staub anschließend an Klaus Dieters Arbeitsmantel abzustreifen. Der Gipfel der Frechheit war, dass er den Lehrling vor der Kundschaft herunterputzte. „Sieh dich an, Thommel! Du bist eine Drecksau, Thommel! Haben dich deine Eltern keine Sauberkeit gelehrt, Thommel?"
Nur deshalb war er zur Chefin gegangen: Sie soll mir endlich diesen Klotz vom Leibe halten.
„Setz dich zu mir, Klaus!", sagte die Witwe. „Ich habe Tee gemacht. Komm, trink eine Tasse mit mir."
Sie rückte auf ihrem Sofa ein wenig zur Seite. Aber nur so viel,

dass zwischen Armlehne und ihren Schenkeln, ihrer Hüfte, den Schultern gerade noch eine schmale Lücke geblieben war. Ihr Haar, das sie offen trug, wischte ihm über das Gesicht, als sie sich zu ihm drehte und fragte, wo denn der Schuh drücke.
Klaus Dieter wurde es siedend heiß. „Es geht um ...", stammelte er. „Weiß schon ... Nußbaumer!" Sie legte ein Bein übers andere und räkelte sich. „Ach, Klaus, Nußbaumer gehört zur Einrichtung. Der ist schon so lange bei uns. Manchmal glaube ich, jetzt, nach dem Tod meines Mannes, meint der, er müsse mir zur Seite stehen."
Ihr Kleid war nach oben gerutscht. Sie beugte sich nach vorn und strich es glatt. Dann nahm sie das silberne Zängchen zwischen die schmalen Finger, griff damit in die kleine Schale mit Würfelzucker und ließ ein Stückchen davon in ihre Tasse plumpsen. Sie drehte sich zu ihm um: „Vielleicht wird es dich wundern, aber genau das war der Grund, warum ich dich ins Haus genommen habe. Seit du nämlich hier wohnst, steht Nußbaumer nicht jeden Abend unter meinem Schlafzimmerfenster und jault wie ein verliebter Kater."
Alter Bock!, dachte Klaus Dieter. Dir werd ich's zeigen!, nahm er sich vor.

Am anderen Tag, es war ein Mittwoch, lief Nußbaumer zu Hochform auf. An Klaus Dieters Arbeitskleidung konnte es nicht gelegen haben. Die war von der Chefin frisch gewaschen und gebügelt worden. Auch sein Scheitel war gezogen wie mit einem Lineal. Die Fingernägel geputzt und geschnitten, die Schuhe auf Hochglanz poliert – alles schien soweit in Ordnung. Nur hatte Klaus Dieter den Fehler gemacht, einem Kunden vorzuschlagen, sich von ihm die Schrauben einzeln abzählen zu lassen, statt gleich eine ganze Packung zu nehmen, die dann doch nur jahrelang bei ihm zuhause herumstehen würde.
Nußbaumer tobte, nachdem der Kunde den Laden wieder verlassen hatte. Ob er Frau Wiedmann ruinieren wolle, schrie er ihn an. Die arme Frau habe niemanden mehr auf der Welt. „Außer mir."
Da rutschte es Klaus Dieter heraus: „Cherchez la femme! Oder sollte ich sagen ... suchen Sie eine?"
Das einzige Mal, dass er den Meister rot werden sah. Und das letzte Mal, da Nußbaumer es ab sofort vermied, ihm näher zu kommen als unbedingt nötig.

Das Ehepaar, das sich mit „Schmitz-Buzbach“ vorgestellt hatte, Professor Dr. Walter Bruch, Ingenieur der Firma Telefunken, und seine Frau, sowie Werner und Lotte saßen im Speisesalon des Oberdecks und schwiegen sich an. Seit Tagen schon hatten sie raue See, und auch jetzt schwappte die „Holländische Fischsuppe“ in den Tellern hin und her, als wollten Kabeljau, Makrele und Rotbarsch unbedingt wieder zu ihren Artgenossen ins Meer zurück.
„Greif doch zu!“, sagte Werner, der als einziger am Tisch schon nachgefasst hatte, und hielt Lotte den Brotkorb hin. „Köstlich, einfach köstlich!“
Lotte hielt die Hand vor den Mund. Auch Frau Schmitz-Butzbach lehnte ab, grün im Gesicht wie ihr Mann. „Na, ihr seit mir Landratten“, lachte Werner. „Was bezahlt ist, wird auch gegessen.“ Er gab das Weißbrot an Professor Bruch weiter, der an seine Frau, die an ... bis das knusprige Baguette wieder bei Werner angekommen waren.
„Ich glaube“, sagte Lotte, „ich muss mich ...“ Sie sprang auf und rannte auf das Schiffsdeck hinaus. „Nicht gegen den Wind ko...!“, rief Werner hinterher und nahm einen tiefen Schluck des 42er Chablis'. Dann wandte er sich wieder dem Professor zu: „Und Sie meinen wirklich, wir könnten bald in Farbe fernsehen? Kann ich mir nicht vorstellen.“

„Natürlich!“, antwortete Professor Bruch. „Schließlich arbeiten wir schon seit Jahren daran. Allerdings haben wir noch Schwierigkeiten mit dem Übertragungssystem und mit dem Rückwandler. Verstehen Sie? Das Übertragungskapazität ist noch zu klein. Eben auf Schwarzweiß ausgelegt. Wenn man allerdings ...“

die „Campidoglio“

„Nun lass' den Herrn doch in Ruhe essen!" Frau Professor kniff ihren Mann in den Unterarm. „Gleich fängst du noch mit dem Geruchsfernsehen an."
Zwar war Lotte schon wieder auf dem Weg zurück an den Tisch. Aber die Vorstellung, in Zukunft vielleicht die Kochkünste eines Horst Scharfenberg, des Fernsehkochs der ARD, nicht nur sehen, sondern auch noch riechen zu müssen, bewog sie auf dem Absatz kehrtzumachen und sich wieder der Gischt anzuvertrauen.
„Also, ich bekomme keinen Bissen hinunter", sagte Frau Bruch. „Lass' uns zu Bett gehen." Worauf sich nicht nur ihr Mann, sondern auch das Ehepaar Schmitz-Buzbach anschloss. Gemeinsam wankten sie hinaus.

Mitten in der Nacht wachte Werner auf. Weißbrot, Fisch und Wein, Rehmedaillons an Pfifferlingen, bewogen ihn dazu, dringend die Toilette aufzusuchen. Nachdem er sich aus der Koje gequält, auf die Bettkante gesetzt hatte und die Pantoffeln überzog, bemerkte er den Lichtkegel, der in unregelmäßigen Abständen das Bullauge ihrer Kajüte streifte. Obwohl der starke Regen ihm fast die Sicht nahm, konnte er sehen, wie ein Boot zu Wasser gelassen wurde und von der "Campidoglio" ablegte. An Bord: der Kapitän, der Schiffsarzt und der Pfarrer. Der erste Gedanke, der ihm kam, war: „Die machen sich aus dem Staub." Der zweite: „Wir saufen ab ... alle Mann aus den Kojen!" Dann rannte er, nur mit seinem Nachthemd bekleidet, auf den Gang hinaus und die Treppe hoch. Die Gänge, die Zwischendecks: alles leer. Es schien außer ihm noch keiner bemerkt zu haben. Mittschiffs lief er dem ersten Offizier in die Arme. „Das ist mir so ein Seelenverkäufer!", schrie er ihn an. Und als er merkte, dass dieser nichts anzufangen wusste mit seiner Erregung, packte er ihn am Revers seiner Uniformjacke und schüttelte ihn durch: „Mann, wachen Sie auf! Wir gehen unter."
Aber anstatt auf die Angst Werners einzugehen, sich womöglich selbst von dessen Sorge anstecken zu lassen, lachte der Offizier ihn aus. Die „Campidoglio" schwimme auch ohne Kapitän, meinte er. Immer geradeaus, ob mit Pfarrer und Schiffsarzt oder ohne sie. Außerdem seien die drei spätestens, wenn es hell würde, wieder an Bord.
„Erzählen Sie ja niemand davon", flehte Werner ihn an, nachdem

er erfahren hatte, was der wahre Grund für den nächtlichen Ausflug war.

Beim Frühstück hatte er das Gefühl, alle zeigten auf ihn. An den Tischen wurde getuschelt. Und nicht nur einmal ertappte er einen der Reisenden dabei, wie er ihn an- und sofort wieder wegsah, nachdem ihre Blicke sich getroffen hatten.

„Gut, dass diese Ozean-Liner so gut gebaut sind", sagte Schmitz-Buzbach und biss von einem Hörnchen ab.

„Wie meinen Sie das?" Werner war die Kinnlade heruntergefallen.

„Mir ist gerade das Schicksal der Titanic eingefallen". Er erhob sich, salutierte und ging, als saufe er ab, ganz langsam in die Knie, bis über der Tischkante nur noch sein Haarschopf zu sehen war. Als er wieder auftauchte, grinste er über das ganze Gesicht. „Mann, Thommel, Sie sind mir so ein Angsthase. Kaum sehen Sie einen Pfarrer von Bord gehen, glauben Sie ihr letztes Stündlein habe geschlagen."

Als Schmitz-Buzbach den übrigen Reisenden lauthals erzählte, was er vom Schiffskoch, der vom Kellner, der wiederum vom Stewart erfahren habe, hätte Werner sich am liebsten unter dem Tisch verkrochen. Den ersten Offizier habe in der Nacht ein Funkspruch erreicht. „Von einem Frachter, ganz in der Nähe." Ein Matrose liege im Sterben, und man bitte um seelischen Beistand. Der Schiffsarzt sei mitgefahren, um den Tod festzustellen – der Kapitän nur, um seinen alten Freund, Kapitän des Frachters, wiederzusehen.

Werner musste sich vor der überschwappenden Schadenfreude unter Deck in Sicherheit bringen.

*

Als der Junior stirbt, ist er 78 Jahre alt. Schon zu Lebzeiten eine schillernde Figur, sorgt August junior selbst bei seiner Einäscherung noch für die Erheiterung der Trauergäste. Eher zufällig wählt der Pfarrer den Bibelspruch: „Gürtet Euch, Jungfrauen Jerusalems, der Herr naht!"

Für Klaus Dieter ist die Lehrzeit zu Ende; er kehrt wieder nach Ravensburg zurück. Durch den wirtschaftlichen Aufschwung begünstigt nimmt die Entwicklung der Firma einen rasanten Verlauf. Werner kann das Nebengebäude Marktstraße 3 hinzukaufen. Dem Ausbau der Werkzeugabteilung steht also nichts mehr im Wege.

Europaweit wird investiert; allein in der Bundesrepublik 22,8% des Bruttosozialprodukts. Alles wächst zusammen. Im Rahmen der EWG wird in Straßburg das Europäische Parlament gegründet. Und Adenauer trifft de Gaulle, der im selben Jahr noch den Deutschen einen Gegenbesuch abstattet.

Boris Pasternak erhält den Nobelpreis für Literatur. Ihn anzunehmen wird ihm von der kommunistischen Regierung seines Heimatlandes verwehrt. Und in den USA veröffentlicht Jack Kerouak ein Buch, das für die Jugend bald zum Wegweiser werde soll. „Gammler, Zen und hohe Berge", ein Roman der nordamerikanischen „Beat Generation".

der „Junior"

Aber noch tanzt man in Deutschlands Tanzschulen „ChaChaCha“, „Bossa Nova“ und „Wiener Walzer“, obwohl es auch schon Tanzlehrer gibt, die versuchen den anrüchigen Rock’n’roll gesellschaftsfähig zu machen. Wenn auch unter den misstrauischen Blicken der Erwachsenen. Überhaupt ein Zerfall der guten Sitten, wie manche meinen. Die Haare der Mädchen: hochtoupiert. Entblößte Schultern. Luftige, gepunktete Kleidchen mit Spaghettiträgern. Darunter nicht nur ein Petticoat. Die Jungs – „Halbstarke!“ – tragen die Haare nach hinten gekämmt. Über der Stirn: die typische Haar-Tolle. Wer etwas auf sich hält, ist auf knatternden Motorrollern unterwegs.
Apropos Motorroller. Prokurist Bürklin, inzwischen die graue Eminenz des Geschäfts, kauft von der österreichischen Firma Triebenbacher 500 Weinheber. „Ein Sakrileg“, wie Werner meint, „den guten Tropfen durch ein enges Röhrchen zu jagen!“ Wobei es Bürklin nicht darum geht, jeden Fünfzigerjahre-Firlefanz mitzumachen. Nein, er will die „Lambretta“ haben, die Triebenbacher ausgelobt hat, sollte es ihm gelingen die Weinheber im Zeitraum eines Monats zu verkaufen.

*

das Stammhaus nach dem Umbau

Weder Oliven noch Melonen, weder „Prosciutto crudo" noch „Salame". Auch hingen keine zu Zöpfen geflochtenen Knoblauchknollen, Bündel von Pepperoni von der Decke herab. Und in den Regalen standen auch keine italienischen Weine. Außer einem Südtiroler. Nur „Kadarka", „Himmlisches Moseltröpfchen", „Lemberger" ... Keine „Grappa", kein „Passito di Pantelleria". Klaus Dieter war enttäuscht. Warum, fragte er sich, nennt sich der Laden „Nicolo Inama"?

Schon wollte er wieder gehen, als die Sonne Italiens doch noch aufging. „Sie wünschen?", sagte das Mädchen.

Es verschlug Klaus Dieter die Sprache. „Ich ... ähm, vielleicht einen Wecken mit Schinkenwurst?", stotterte er. Es war ihm nichts anderes eingefallen.

„Frühstücken wir doch gemeinsam", glaubte Klaus Dieter gehört, einen auffordernden Augenaufschlag, eine flüchtige Geste bemerkt zu haben; ein so vielversprechendes Lächeln, dass es das der Mona Lisa erscheinen ließ wie das dümmliche Grinsen einer zurückgebliebenen Magd. „Oder mit Käse?"

„Und frische Milch. Nun kommen Sie schon! Sie können auch ein Ei haben." Sie ging nach hinten.

Er hatte sich also nicht verhört. Eine Göttin, dachte er, lädt mich zum Frühstück ein.

Der kleine Raum lag zum Garten hinaus. Vor dem Fenster eine Buche, deren Blätter die einfallenden Sonnenstrahlen in kleine Flicken verwandelte.

Elisabeth Hotz

Eine bunte Patchwork-Decke aus unzähligen Licht- und Schattenpunkten über Tassen, Tellern, Kännchen. Über duftendem Brot. Ihrem Gesicht. „Ich heiße Elisabeth", hörte er ihre Stimme. „Aber sagen Sie Lisel zu mir. Alle nennen mich Lisel." Sie stellte ein Glas vor ihn hin und goss ihm Milch ein.
„Klaus Dieter!" Jetzt erst verwandelte sie sich in ein Wesen aus Fleisch und Blut, und ihm wurde bewusst, dass sie kein Traum war.
Schweigend saßen sie sich gegenüber, lachten kurz, weil sie im gleichen Augenblick nach der Butter gegriffen hatten. Eine flüchtige Berührung nur, und beide schlugen die Augen nieder.
Die Milch, ihr Kaffee, waren längst schon leergetrunken, auf dem Holzbrett in der Mitte des Tisches nur noch eine Scheibe an den Rändern schon welliger Käse, daneben Eierschalen, als Lisel sich traute: Würde mich freuen, wenn Sie ..."
„Du!"
„Wenn du morgen wieder vorbeischauen würdest."
Jeden Morgen!, dachte Klaus Dieter. Und dann bringe ich dir Blumen mit.

Lotte spürte sofort, dass ihn ihrem Sohn eine Verwandlung vorgegangen sein musste. Dreimal hatte sie ihn nun schon angesprochen. Und jedes Mal schaute er sie an, als höre er Stimmen. Aber als er sie fragte, ob sein bestes Hemd schon gewaschen sei, sie dabei nicht Mutter, sondern Lisel nannte, war ihr die Ursache seiner geistigen Abwesenheit klar geworden. Er hatte sich verliebt.
„Wie heißt sie?"
Klaus Dieter fiel aus allen Wolken. „Wer heißt wie?", heuchelte er, sich verlegen mit einem Kartoffelschälmesser hinter dem Ohr kratzend.
„Mein Sohn, Mütter spüren das. Du hättest deinen Vater mal sehen sollen, wie der sich angestellt hat. Heute noch anstellt, wenn er etwas will."
Ja, er wollte. Wollte sie, keine andere mehr. „Elisabeth, heißt sie. Elisabeth Hotz." Dann brach es aus ihm heraus, als hätte sich eine Schleuse geöffnet. Bald stand Lisel nicht mehr mit beiden Beinen auf der Erde. Sie schwebte auf einer Wolke, eine Schilderung wie die der Maria Bernadette Soubirous, der in einer Höhle bei Lourdes

die Heilige Jungfrau erschienen war. Das dazugehörige Stigma fügte er sich zu, als er aus lauter Nervosität mit dem Messer in seiner Handfläche herumbohrte.
Das Blut tröpfelte ihm schon aufs Hosenbein, als Lotte endlich mit dem Sanitätskoffer kam. „Hotz, sagtest du?“ Sie verband ihm die Wunde. „Ihre Eltern haben die Lebensmittelhandlung in der Bismarckstraße. Wohlhabende Leute.“
Schnöder Mammon!, dachte Klaus Dieter. Mag ja früher mal eine Rolle gespielt haben bei der Auswahl seiner Ehefrau. Aber heute? „Davon verstehst du nichts, Mutter.“ Er ging in die Diele, um den „Dille“ anzurufen.

Sein Vater saß im Büro hinter seinem Schreibtisch und hatte ein sorgenvolles Gesicht aufgesetzt; dieses Brüten, das Klaus Dieter schon während der letzten Tage immer mal wieder aufgefallen war. Man hätte meinen können, er plage sich mit der Lösung eines Rätsels herum, das irgendwo tief in seinem Inneren verborgen lag. „Ich muss mit dir reden“, sagte er plötzlich, machte aber nicht den Eindruck, mit dem Ergebnis seiner Überlegungen überaus glücklich zu sein. „Wenn du nach Frankreich willst, muss das sofort sein.“ Wieder sah er ihn nicht an.
Warum ausgerechnet jetzt?, fragte sich Klaus Dieter. Das Geschäft platzt aus allen Nähten, es fehlt Personal an allen Ecken und Enden, und er will mich los sein ... lieber heute als morgen.
„Da, lies das!“ Sein Vater reichte ihm einen Brief hinüber, und zum ersten Mal trafen sich ihre Blicke. „Franz hat geschrieben. Man könnte auch sagen, geantwortet“, fügte er wie geistesabwesend hinzu. Dann blätterte er in seinem Kalender.
„Rimbaud?“ Klaus Dieter faltete das Schreiben auseinander. „Lieber Freund! Nach langer Suche ist es mir gelungen für Claude eine Stelle zu finden. Bei La Quincaillerie Francaise, Eisenwarenhandlung in Paris, ist man bereit, deinen Sohn für ein halbes Jahr einzustellen. Anschließend kann er zu Thomas a Cie. gehen, ebenfalls eine angesehene Firma. Er müsste allerdings noch dieses Jahr anfangen. Ein Zimmer ist vorhanden. Herzliche Grüße, Franz Rimbaud.“
Das geht nicht so schnell, wollte Klaus Dieter sagen, als er sah, wie sein Vater einen Tag im Kalender anstrich. Mit zitternden Fingern

und Schweißperlen auf der Stirn. „Ist dir nicht gut?" Sein Gesicht schien noch fleischiger geworden zu sein als man es infolge seiner Esslust gewohnt war. Und als er sich aus seinem Bürosessel erhob, kurzatmig und sich auf der Tischkante abstützend, merkte Klaus Dieter, dass der ausschweifende Lebenswandel einen hohen Tribut gefordert hatte: nur 1,65 m groß, aber wahrscheinlich an die 90 Kilo schwer. „Du fährst am Sonntag! Rimbaud wird dich am Bahnhof abholen."

Er hatte sich mit Dieter Gmeinder, seinem Schulkameraden, am Goetheplatz verabredet, auf der kleinen Wiese hinter dem ein Jahr zuvor fertig gestellten Hochhaus, welches der ganze Stolz der Ravensburger Bevölkerung war.
„Du, Dille, kennst du die Elisabeth Hotz aus der Bismarckstraße?" Klaus Dieter setzte sich auf die Parkbank.
„Die Lisel ... klar!" Er hockte sich neben ihn. „Haben schon als Kinder miteinander gespielt. Und jetzt willst du wohl mit ihr spielen", feixte er; sah dann aber, dass seinem Freund nicht zum Lachen war. „Was ist los? Ist doch ein hübsches Mädchen, die Lisel."
Klaus Dieter stützte die Ellbogen auf seinen Knien auf und scharrte mit der Schuhspitze Furchen in den Boden. Ein Herz war schon in den Sand gefurcht, der dazugehörige Pfeil drang soeben durch die linke Herzkammer, als der junge Mann endlich etwas verlauten ließ. „Würde ich gern", seufzte er. „Aber mein Vater will, dass ich sofort nach Frankreich gehe. Nicht, dass ich was dagegen hätte. Du weißt, ich liebe die französische Sprache. Aber ausgerechnet jetzt!" Mit der Sohle wischte er das Zeichen seiner Verliebtheit aus dem Staub.
Der „Dille" stieß ihm den Ellbogen in die Seite. „Mensch, stell dich nicht so an", versuchte er ihn aufzuheitern. „Die paar Monate! Die sitzt du doch auf einer Backe ab."
Sie standen auf und schlenderten zum Schulhof der „Neuwiesenschule" hinüber, wo ein schrilles Läuten gerade die große Pause ankündigte. Beim Bäcker kaufte sich jeder eine Brezel. Dann brachten sie sich in Sicherheit, weil, unter Geschrei und Gejohle, eine Klasse nach der anderen den weiten Platz zwischen den Schulgebäuden stürmte.

„Hier ist sie zur Schule gegangen“, sagte der „Dille“, als sie die Mauer erreicht hatten, hinter der das „Klösterle“ lag. „Und jetzt führt sie schon die Filiale ihrer Eltern, ganz allein.“
Nein, keine Italiener. Der Name des Vorbesitzers stehe halt noch über dem Laden. Außerdem: „Klingt doch international ... Nicolo Inama.“ Passe auch gut zu Lisels Äußerem, meinte er noch, dann ließ er den Freund ganz einfach stehen.

Klaus Dieter saß auf dem Bett und las zum wiederholten Male die Zeilen, die ihm seine Mutter geschrieben hatte. Dass es Vater nicht gut gehe, hatte sie geschrieben, aber hinzugefügt, er mache jetzt eine Diät, um sein Übergewicht loszukriegen. Ursula sei inzwischen verheiratet. Im „Hotel Hildebrand“ habe man gefeiert, und es sei ein schönes Fest gewesen. Ihr Mann, Juniorchef von „Tekrum“, habe zum Kaffee beinahe das ganze Sortiment der Keksfabrik auffahren lassen.
Hannelore habe sich unsterblich in Roland verliebt, den Sohn von „Müller & Gähr“. Und Suse arbeite jetzt im Geschäft mit, im Büro. Marianne ließe man die gleiche Schule besuchen wie schon ihre Schwester: das Mädchenpensionat in Kempfenhausen am Starnberger See. Hans sei immer noch in Stuttgart bei „Zahn & Nopper“.
Außerdem habe man auf dem Grundstück im Kammerbrühl eine große Halle errichtet und dort das Grobeisen untergebracht.
Über Elisabeth kein Wort.
Klaus Dieter ging zum Fenster; es regnete schon den ganzen Tag. Von den hohen Dächern lief das Wasser an den Häuserfassaden herunter, sammelte sich auf den Balkonen, in den Fensternischen und Mauervorsprüngen, um dann sturzbachartig auf den schwarzen speck-

Paris bei Nacht

glänzenden Asphalt zu klatschen. Das Licht der Bistros spiegelte sich auf der nassen Straße, auf der die Menschen, geduckt unter ihre Regenschirme, den Zugang hinab zur Metro strömten. Zwischen vielen grauen: ein kleiner weißer Schirm mit roten Punkten. Ein Mädchen, dachte Klaus Dieter. Dem Hüpfen nach, wahrscheinlich auf dem Weg zu einem Rendezvous mit ihrem Geliebten. Das breite Loch im Asphalt verschluckte sie. Nach einer Weile tauchte sie auf der anderen Straßenseite wieder auf.
Warum schicken die mir die kleine Nabholz nach?, dachte Klaus Dieter. „Um sie kümmern ... so ein Quatsch!" Marianne, das Töchterlein eines schwäbischen Metzgermeisters in Paris! Könnte man eine Operette draus machen.
Das Schirmchen wiegte noch ein wenig hin und her. Dann verschwand es unter den klatschnassen Markisen des Kaufhauses nebenan.
Er ging in die Küche und brach vom frischen Baguette ab, schnitt sich ein Stück vom Roquefort herunter und drückte es in das weiche Brot. Ein Cornichon zwischen den Zähnen ging er wieder hinüber ans Fenster. Wie eine riesige, angestrahlte Glocke leuchtete die Kuppel von Sacré-Coeur durch den Dunst; „le gateau à la crème" – die Sahnetorte, wie die Basilika von den Parisern scherzhaft genannt wurde. Der Pfiff einer Lokomotive, vom nahen „Gare du Nord" her, drang an sein Ohr. Hoffentlich haben die nicht vergessen, ihr ein Hotelzimmer zu besorgen.
„Oui, tout de suite!" Er legte sein Käsebrot auf den Nachttisch, als es ein zweites Mal gegen die Tür klopfte. „Doucement, doucement!"
Vor Nässe triefend lief sie an ihm vorbei, durch die Diele in sein Zimmer. „Marianne ... aber." Als er sie eingeholt hatte, saß sie bereits auf der Bettkante, den nassen Schirm hatte sie auf den Tisch gelegt.
Hab' ich einen Hunger!", sagte sie und biss von seinem Baguette ab. „Mann, Klausi, bis ich dich gefunden habe."
Er legte ihren Schirm in das Waschbecken, nahm das Handtuch vom Haken und wischte den Tisch trocken. „Guten Tag, übrigens. Habe nicht damit gerechnet, dass du heute schon ... wo wirst du eigentlich wohnen?"
Wo hatte sie ihr Gepäck gelassen? Wahrscheinlich schon im Hotel,

dachte er. Ging dann aber, die Ausrede vorschiebend, dass er noch einmal nachsehen wolle, ob die Wohnungstür wieder geschlossen sei, doch noch einmal ins Treppenhaus hinaus.
Kurz darauf stand er wieder vor ihr. In der einen Hand einen Koffer, in der anderen ihren Regenmantel, den sie draußen über das Treppengeländer gelegt und vergessen hatte. „Soll das heißen, du hast noch keine Bleibe gefunden?“ Vorsorglich stellte er ihr Gepäck in die Nähe der Tür ab.
„Eine Bleibe? Was ist mit der kleinen Kammer? Deine Mutter sagte doch ...“
Sie also! Er konnte es nicht fassen. Eine Anstandsdame war nun wirklich das wenigste, was er noch brauchen konnte. Jetzt bereute er, in seinen Briefen die kleine Wohnung allzu genau beschrieben zu haben; erzählt zu haben, dass auch ein unangekündigter Besuch kein Problem darstelle. Eben wegen des Notbettes in dieser verflixten Kammer neben der Küche!
„Morgen gehe ich auf Arbeitssuche“, sagte Marianne – auch das noch!, dachte Klaus Dieter.
„Aber jetzt lass' uns erst mal was essen gehen. Du kennst doch sicher ein gutes Restaurant?“
Während sie die „Avenue Jean Jaurés“ hinuntergingen, Marianne von der Zugreise erzählte, davon, dass sie einfach mal aus Ravensburg heraus gemusst habe, ging Klaus Dieter so einiges durch den Kopf. Ein gutes Restaurant! Meint die, ich verdiene Millionen bei „La Quincaillerie Centrale“? Allein die Miete frisst schon zwei Drittel des mickrigen Gehaltes auf. Und dann die tägliche Fahrerei mit der Metro! Wo doch „Au Vaisseau Francais“, die Eisenwarenhandlung der Gebrüder Thomas, in weniger als fünf Minuten zu erreichen wäre. Er nahm sich vor, dort demnächst um eine Anstellung nachzufragen.
„Ein China-Restaurant?“ Marianne schien empört zu sein, als er sie in das Lokal zog.

„Au Pied de Cochon“, ein Treffpunkt für Lebenskünstler

„Also besonders vornehm geht's hier nicht zu“, sagte sie noch. Aber Klaus Dieter ging ihr schon voraus durch den schummrigen Raum, vorbei an den kleinen Tischchen, auf denen bunte Lämpchen standen, ihre Schirmchen von zitternden Perlenschnürchen umrandet und mit chinesischen Motiven bedruckt.
Das kleine Tässchen mit warmem Reiswein, obligatorischer Begrüßungstrunk, überzeugte sie dann aber doch, dass man gerade bei den Pariser Chinesen vorzüglich esse.
Madame Fu, schon im fortgeschrittenen Alter und Chefin des „La table du mandarin“, stellte die Frühlingsrollen auf den Tisch. Ihr hochgeschlossenes, eng anliegendes Kleid, nachtblau und am Rocksaum geschlitzt, brachte eine Figur zur Geltung, die jeden Gast entzückte. Von ihren Schenkeln, über die sanft geschwungene Wölbung ihres Bauches, hinauf zu ihren mädchenhaften Brüsten, krümmte sich ein furchterregender chinesischer Drache, die rechte Pranke um ihren zarten Hals gelegt.
„Nun sag schon ...“ Klaus Dieter riss seinen Blick von Madame Fu los. „Du bist doch nicht nach Paris gekommen, weil du Arbeit suchst.“
„Weshalb denn sonst?“, sagte sie. Übertrieben empört, als wäre es das Natürlichste der Welt, von französischen Metzgern zu lernen, wie man Leberkäs', roten und weißen Schwartenmagen macht. „Hab ich dir nicht gesagt, dass ich in einen Haushalt will? Ich glaube, man sagt au pair dazu.“
„Sans pair“, lachte Klaus Dieter. „Glaubst du, man wartet hier nur auf dich? Nein, nein! Raus mit der Sprache! Was ist der wahre Grund, dass du hier auftauchst?“
Marianne zierte sich. „Nun ... ähm, es ist so. Deine Mutter hat mit meinem Vater gesprochen, als sie erfuhr, dass ich nach Frankreich will. Also ich soll versuchen, mit dir zu reden, dass du wieder nach Hause ...“
„Wie bitte?“ Klaus Dieter fiel das Messer aus der Hand. „Jetzt bin ich gerade einmal ein halbes Jahr hier und soll schon wieder zurück?“ Empört schüttelte er den Kopf.
„Ja nun, nicht sofort ... aber vielleicht so in ein paar Wochen?“ Dann rückte sie mit der Wahrheit heraus. Seine Mutter mache sich Sorgen um die Gesundheit seines Vaters. Er könne kaum mehr im Geschäft sein, was zur Folge habe, dass der Prokurist Bürklin nach

und nach die Herrschaft über die Firma an sich reiße.
Das klang nicht gut. Am liebsten wäre Klaus Dieter sofort nach Hause gegangen, hätte gepackt und den nächsten Zug genommen.
„So eilig ist es nun auch wieder nicht", beruhigte ihn Marianne.
„Außerdem ... wo bleibe ich heute Nacht?"

Nach drei Nächten hatte Klaus Dieter endlich eine kleine Pension für sie gefunden. Völlig unnötig, wie sich bald herausstellte, da Marianne die Woche darauf zu Madame „La Marquise" zog – eine Landpomeranze inmitten der Weltstadt Paris.
Dass sie maßlos übertrieben hatte, als sie ihm die Dringlichkeit seiner Rückkehr ans Herz legte, wurde Klaus Dieter klar, nachdem er die Mitteilung der Spedition in Händen hielt. Der Motorroller könne jeden Tag zwischen 16.00 Uhr und 18.00 Uhr am Güterbahnhof „Gare De l'Est" abgeholt werden. Der dazugehörige Brief aus der Heimat war auf der Maschine getippt: Lieber Klaus, schicke dir die „Lambretta", dass du nicht mehr so viel U-Bahn fahren musst. Im Geschäft und zuhause ist alles gut. Lass' dir also Zeit und lerne viel, dein ...
„Bürklin?" Klaus Dieter staunte. Aber tief in seinem Inneren bimmelte ganz leise eine Alarmglocke. Zu leise, als dass es ihn beunruhigt hätte.

*

Tatsächlich fährt Klaus Dieter kaum noch mit der Metro. Was nicht nur an seiner nagelneuen „Lambretta" liegt, sondern auch daran, dass „Au Vaisseau Francais" ihn einstellt, nebenbei sein voriges Gehalt glatt verdoppelt. Nun sieht man ihn auch mal nächtens am „Place Pigalle" oder im Restaurant „Au Pied de Cochon", das Tag und Nacht geöffnet hat und wo

mit der „Lambretta" unterwegs

sich nicht nur die Lebenskünstler ein Stelldichein geben. Auch im „Moulin Rouge“ soll er gesehen worden sein. Sicher aber ist, dass er zwei Paar langer Beine in Netzstrumpfhosen bestaunt hat, die der Kessler-Zwillinge, die im „Lido“ auftreten.
Vom Tod Eduards erfährt er anlässlich eines Besuches seiner Schwester Hannelore. Der Großonkel sei im Alter von 77 Jahren in Singen verstorben. Bis zuletzt habe er sich seiner Waisenkinder angenommen.
Ein Jahr der Spannungen zwischen Ost und West. Nikita Chruschtschow, Regierungschef der UdSSR, verkündet großspurig, angreifende Länder jederzeit auslöschen zu können. Das klingt zwar nach Verteidigung, ist es aber nicht, wie die Kubakrise bald zeigen wird.
Bei den Präsidentschaftswahlen in den USA setzt sich ein junger Senator aus Massachusetts durch. John F. Kennedy wird mächtigster Mann der westlichen Welt.
Deutschland ist immer noch geteilt - in einen freien Teil und in einen kommunistischen: die DDR. Deren Staatsratsvorsitzender Walter Ulbricht löst Wilhelm Pieck als Präsident ab und stimmt ein in den großen Chor kalter Krieger. 200.000 Menschen, davon die Hälfte unter 25 Jahren, flüchten aus dem Arbeiter- und Bauernstaat. Aber nicht nur die Jugend läuft weg. Unter den Flüchtlingen finden sich Ärzte, Forscher, Ingenieure ... Die Künstler bleiben. Noch!
Klaus Dieter besucht die „Berlitz-School“, um sich in Abendkursen auf das Examen für Auslandskorrespondenz vorzubereiten, als ihn ein Anruf von seiner Mutter erreicht, der ihn zutiefst beunruhigt: „Dein Vater hat einen Blindarmdurchbruch. Es sieht nicht gut aus, bitte komme sofort zurück!“

*

Werner war soweit wieder hergestellt, und dennoch waren ihm die Strapazen deutlich anzusehen. Wo Pölsterchen gewesen waren, als Klaus Dieter ihn zuletzt gesehen hatte, – rosa Bäckchen, unter der Kinnlade, im Nacken – schienen unter einer faltigen Haut jetzt Hohlräume entstanden zu sein. Und als er aus dem Bett stieg, sich den Morgenmantel überzog, sah Klaus Dieter, dass sein ganzer Körper ausgemergelt war.

„Komm, gehen wir in den Gang hinaus ... eine rauchen." Er zog sich die Pantoffeln über und öffnete die Tür des Krankenzimmers. Plötzlich blieb er stehen: „Haben mir die Ärzte ja verboten. Dann können wir auch gleich hier bleiben."
Eine halbe Ewigkeit saßen sie an dem kleinen Tisch am Fenster; mal fragte sein Vater, und er antwortete ihm, dann wieder umgekehrt. Aber die Frage, vor der Klaus Dieter sich am meisten fürchtete, ließ auf sich warten.
Der Stadtplan von Paris war schon abgearbeitet, alle einschlägig bekannten Etablissements und Sehenswürdigkeiten besucht, als Werner endlich zur Sache kam. „Bleibst du?", fragte er. Und es klang, als ginge es ihm um eine lebenswichtige Entscheidung.
„Ja, ich bleibe", sagte Klaus Dieter, begrub den Gedanken noch für ein Jahr in die USA zu gehen, zumal sich sein Vater während der Sekunden seit seiner Antwort bereits überraschend schnell zu erholen schien. Es war die Farbe in sein Gesicht zurückgekehrt, und sein charmantes Lächeln, das ihm bei den Damenwelt eine solche Wirkung verlieh.
„Was ist denn mit Ihnen geschehen?", sagte der Arzt, nachdem er ins Zimmer gekommen war, um seinen Patienten zu besuchen. „Ich glaube, wir können Sie ohne schlechtes Gewissen morgen entlassen. Ein paar Laborwerte noch, dann geht's nach Hause, Herr Thommel."
Klaus Dieter umarmte seinen Vater. Dann ließ er ihn allein.

Es hatte etwas von Bern 1954. Das Rundfunkgerät mitten im Laden, drum herum eine Menschentraube, ein sich überschlagender Radiosprecher. „In den frühen Morgenstunden begannen Angehörige der nationalen Volksarmee, Ost-Berlin und die DDR mit Stacheldraht und Spanischen Reitern abzuriegeln. Straßen wurden aufgerissen und Barrikaden aus Pflastersteinen errichtet. An zentralen Punkten fuhren Panzer auf. An den Fenstern der grenznahen Häuser spielen sich erschreckende Szenen ab."
Klaus Dieter ging hinter der Menschenmenge vorbei die Treppe hoch. Nachdem er den Hörer abgenommen, die Nummer Dieter Gmeinders gewählt hatte, sah er die „Schwäbische Zeitung" auf dem Ladentisch liegen. Sonderausgabe. Mauerbau an der Zonengrenze. „DDR" riegelt die innerdeutsche Grenze mit Mauer und

Stacheldraht ab.
„Hast du schon gehört, Dille?“
„Du meinst Berlin?“, schrie Gmeinder ins Telefon. „Deswegen rufst du extra aus Paris an?“
Klaus Dieter nahm den Hörer vom Ohr: „Schrei nicht so! Ich bin in Ravensburg. Ja, bin wieder zurück. Wie's mir geht ... na, gut. Will dich zu meiner Party einladen ... am Samstag. Und eine Bitte, könntest du die Lisel mitbringen? Was?“ Er hatte aufgelegt.
Was hatte das heißen sollen? – „was denkst du denn!“. Zwei Jahre war er in Frankreich gewesen, und sein Freund „Dille“ erinnerte sich wie selbstverständlich an das Mädchen, in das er sich damals verliebt hatte. Brachte sie sogar mit, nur für ihn. Bist halt ein guter Freund, dachte Klaus Dieter. Immer um mein Wohlsein besorgt. Ob er inzwischen verlobt ist? Womöglich verheiratet? Wir werden am Samstag noch genug Zeit finden, einander zu erzählen, was in den vergangenen Jahren so alles passiert ist.

Bürklin sah ihn an, als wäre er ein Gespenst. „Du ... hier?“ der Herr Prokurist musterte ihn in einer Art und Weise, dass Klaus Dieter schon glaubte, eine ansteckende Krankheit zu haben.
„Guten Tag, Herr Bürklin!“, sagte Klaus Dieter und bemerkte im selben Augenblick, dass ihn Bürklin immer noch duzte. Du ... hier! Er schien es nicht mal für nötig zu halten, ihn beim Vornamen zu nennen. Und dann diese offen zur Schau getragene Überraschung – nein, Abscheu war das!
Bürklin wusste doch genau, dass er zu Besuch war. Das konnte diesem Schnüffler unmöglich entgangen sein. Plötzlich fiel es Klaus Dieter wie Schuppen von den Augen: Nicht ihn in Ravensburg anzutreffen, schien sein Problem zu sein. Sondern hier im Geschäft, wieder daheim.
Und schon bestätigte Bürklin seine Vermutung: „Sehen wir uns noch vor deiner Abreise?“
Und ich habe mich noch gewundert, dachte Klaus Dieter, weshalb du mir die Lambretta nach Paris geschickt hast. Du wolltest mich loswerden.

„Das ist keine Rechnung“, sagte Klaus Dieter lachend zu dem Getränkefahrer, „das ist eine Lösegeldforderung.“ Gemeinsam schafften sie die Kartons mit Weinen und die Bierkisten in den Keller. Die Spirituosen übergaben sie an Hans.
„Ich überweise gleich am Montag.“ Er drückte dem Lieferanten ein Trinkgeld in die Hand.
Als er in den Salon kam, räumte sein Bruder, mit Fliege um den Hals und Cocktail-Schürze um den Bauch, soeben die Flaschen in die Vitrine. „Wann hast du die Gäste bestellt?“, fragte er und machte sich an dem großen Fass zu schaffen, das sie aus der Dekorationsabteilung besorgt hatten. Auf einer Seite aufgeschnitten, innen beleuchtet, war daraus eine Hausbar geworden. Ein paar Fässchen, im Kreis gestellt, dienten als Barhocker. An der gegenüberliegenden Wand war das kalte Büffet aufgebaut. Mit Mayonnaisetupfern dekorierte Käsehappen – Olive, Paprika, Zwiebelscheibe mit einem Zahnstocher aufgespießt. Dann Lachs-, Schinken, Salamibrötchen, Brezeln, Weißbrot ... Cocktailwürstchen. Und das wichtigste: Berge von Salzstangen für die Küsserei.
Gérard und Harry, Freunde Klaus Dieters aus Paris, waren gestern schon eingetroffen. Die anderen, Haci Krumm und Ursula, Roland Müller mit Hannelore, Hans Schwab und Helga Gomm, seine Freundin; Efi Betz, Helga Glonning, Anneliese Ploch ... „sie dürften schon im Anmarsch sein“. Marianne hatte den Service übernommen.

Hans der Barkeeper

Eine halbe Stunde später war der Schuppen randvoll. Nur der „Dille“ fehlte noch und ... endlich! Es hatte an der Wohnungstür geläutet. Klaus Dieter lief auf den Flur, die Treppe hinunter und hätte sie beinahe umgerannt. Seinen besten Freund, an dessen Hand: Elisabeth!
Klaus Dieter traute seinen Augen nicht. Dieser Hallodri hatte die Zeit seiner Abwesenheit genützt, sich an sie heranzumachen. Klaus Dieter war so getroffen, dass er sich jetzt am liebsten er auf sein Zimmer zurückgezogen hätte. Doch das wäre ihm bestimmt als Schwäche ausgelegt worden.
Sie ist noch schöner geworden, dachte er, während er Schallplatten auflegte, eine nach der anderen. Man vergnügte sich, knabberte sich an den Salzstangen entlang, bis die Lippen sich trafen. Er saß allein in einer Ecke unter der großen Potentilla und spielte an den Blättern herum, die aussahen wie riesige, grüne, verschwitzte Hände. Immer wieder schielte er durch sie hindurch, hoffte, Elisabeth würde endlich Notiz nehmen von seiner selbstgewählten Enthaltsamkeit, aber sie flirtete mal mit dem, mal mit jenem.
Gérard hatte den Zylinder von Werner aufgesetzt und gab zum Vergnügen aller eine Stepptanzeinlage zum Besten, als Elisabeth plötzlich verschwunden war. Klaus Dieter reckte den Hals, zählte die männlichen Besucher durch. Aber keiner fehlte. Vielleicht auf der Toilette, dachte er, da spürte er ihren Atem in seinem Nacken. Sie blies ihm über die flaumigen Härchen am Hals, knabberte sogar an seinem Ohr. Ihm wurde kalt und heiß auf einmal. Dann nahm sie ihn bei der Hand und zog ihn in die Mitte des Zimmers. „Lass’ uns tanzen“, rief sie und drehte sich im Kreis, hüpfte umher wie ein Füllen, dass nach einem langen kalten Winter endlich wieder auf die Weide darf. „Schuld war nur der Bossa Nova ...“

Mädchen, Mädchen, Mädchen ...

Im Kreis standen sie um das tanzende Paar und klatschten den Rhythmus mit. Gitte und Rex, die „Blue Diamonds“, danach sanken sie erschöpft, aber nebeneinander in die Kissen des Sofas. „Willst du etwas zu trinken?“ Klaus Dieter wartete die Antwort nicht ab. Zwei Gläser „Puschkin“ in den Händen, darin je eine große rote Kirsche, stand er schon wenig später wieder vor ihr.
„Nun sei doch nicht so steif“, lachte Elisabeth und leerte das Glas in einem Zug. „Komm, setz dich neben mich“, sagte sie, rückte aber um keinen Millimeter zur Seite, als er sich fallen ließ, mehr auf als neben sie.
Elisabeth schloss die Augen. Zwischen ihren Lippen, geformt, als wollten sie sich ihm aufdrängen, kam plötzlich etwas rundes, rotes zum Vorschein. Und als ihr Mund ihn berührte, schlüpfte die Kirsche in den seinen hinüber, angeschubst von ihrer Zungenspitze. Wenn das der Dille sieht!, lag ihm jetzt nicht nur die Kirsche auf der Zunge. Aber aussprechen konnte er es nicht mehr. Den ganzen Abend nicht, denn mal wechselte ein Perlzwiebelchen die Seite, dann wieder eine Olive. Und als weder Salzstangen noch Cocktailwürstchen mehr da waren, brauchten sie auch keine Hilfsmittel mehr. Sie klebten noch aneinander, als alle anderen schon gegangen waren.

Am anderen Morgen, pünktlich um Zehn, standen wieder alle auf der Matte. Der „Hoover“ lief auf Hochtouren, über den Teppich, unter Sessel, Sofa, Vitrinen. Klaus Dieter leerte den Staubsaugerbeutel schon zum dritten Mal in die Mülltonne hinter dem Haus. Während die Frauen die Gläser, Teller und Bestecke spülten, den Boden wischten; die Männer den ganzen Unrat, der sich die Nacht über angesammelt hatte, entsorgten, traf Klaus Dieter auf den „Dille“, der, eine Kiste in der Hand, die leeren Bier- und Weinflaschen einsammelte. „Bist du sauer auf mich?“
Gmeinder zog ein übertrieben empörtes Gesicht, lachte dann aber aus vollem Hals: „Sauer? Mensch, Klausi, dankbar bin ich dir. Die Anneliese Ploch ...“ Er schnalzte mit der Zunge. „Ein klasse Mädchen!“
Klaus Dieter fiel ein Stein vom Herzen.

„Zur Verlobung, Klaus!“, sagte Werner und drückte seinem Sohn die Wagenschlüssel in die Hand. „Hast eine gute Wahl getroffen.“ Klaus Dieter kam aus dem Staunen nicht mehr heraus. Ein leuchtend gelber Opel Rekord mit Schiebedach, Autonummer: RV - AT 36. „Achtung Tempo“, übersetzte er, was eigentlich August Thommel heißen sollte. Aber als er den besorgten Blick seines Vaters sah, beruhigte er ihn: „Ich werde schon aufpassen. Keine Angst, Vater.“ Gemeinsam gingen sie um das neue Auto herum.
„Habe ich dir schon erzählt, was sich dein Bruder geleistet hat?“ Klaus Dieter blieb stehen. „Hans?“ Sofort fielen ihm sämtliche Automarken ein. Luxuriöse, große Schlitten, neben denen sein Rekord trotz der auffälligen Farbe verblassen würde. Dann die Erleichterung: „Aber der hat doch gar keinen Führerschein.“
„Eben!“, sagte sein Vater und grinste in sich hinein. „Das ist es ja. Man hat ihn erwischt, nachdem er 400 Kilometer schwarz gefahren ist. Aber das kann dir ja nicht passieren.“ Dann nahm er Klaus Dieter beiseite.
„Klaus, bitte sei vorsichtig“, ermahnte er ihn. Sein Gesichtsausdruck verriet, dass es ihm wichtiger war, als er es sich anmerken lassen wollte. „Schau, meine Erkrankung hat mir die Augen geöffnet. Man lebt nicht ewig. Und deshalb habe ich beschlossen, dich bald zum Geschäftsführer zu ernennen.“
Klaus Dieter erschrak und wandte ein, wenn auch ein wenig halbherzig, dass er mit seinem Bruder wegen der Nachfolge keinen Streit haben wolle.

Aber er hatte nicht mit der Hartnäckigkeit seines Vaters gerechnet. „Ist längst geregelt“, sagte er, seine Bedenken mit einer knappen Handbewegung wegwischend. „Hans geht zu Kustermann nach München und du wirst Prokurist. Basta!“ Dann ließ er ihn mit seinem neuen Gefährt allein.

„Achtung Tempo!“

Auf dem Weg zu Elisabeth ging ihm dieses Wort nicht mehr aus dem Kopf. „Prokurist!", eigentlich klang es gut in seinen Ohren. Was er aber nicht für möglich hielt: Dieses leise Klingeln im Bauch, das er zum ersten Mal vernommen hatte, als Bürklin ihm die Lambretta nach Paris geschickt hatte, wuchs ganz allmählich zu einer schrillen Alarmglocke an. Der Herr Prokurist, in der ganzen Firma, wenn auch hinter vorgehaltener Hand, nur noch die „Graue Eminenz" genannt, würde sich den Rang nicht so einfach streitig machen lassen. Als Klaus Dieter am „Hotel Europa" vorbeifuhr, und ihm bewusst wurde, wie viele Menschen dort aus und ein gingen, wusste er, was er zu tun hatte. Sich bewähren! Einen Auftrag an Land ziehen, „dass Bürklin die Augen aus dem Kopf fallen!".

Drei Tage später war es soweit. Bürklin tobte, dass man um seine Gesundheit hätte Angst bekommen können. „Klopapier, Handtuchrollen, Schnabeltassen", schrie er, nachdem ihm Klaus Dieter den Auftrag vom Parksanatorium Meersburg auf den Schreibtisch gelegt hatte. „Dreißig Blumenvasen ... mein Freund, noch bin ich hier zuständig. Ich bestimme, in welche Richtung der Vertrieb ausgebaut wird. Sonst kannst du gleich als Staubsaugervertreter gehen." Dann schmiss er ihn hinaus. Dabei hatte es Klaus Dieter doch nur gut gemeint.

Als rassige Zigeunerin verkleidet, eine Stola mit Fransen um die Schultern, ein roter bis auf den Boden reichender Rock; über der weißen Bluse ein Bolerojäckchen, saß Elisabeth neben ihm. Während die ausgelassene Gesellschaft die Fasnet feierte – eine Polonaise sich durch die Tische hindurch schlängelte, kam Klaus Dieter schon seit Stunden nicht recht in Stimmung. Zwar hatte er schon drei Martini getrunken, in den vierten aber stierte er hinein, als hätte er auf dem Grund des Glases eine rätselhafte Inschrift entdeckt, die zu entziffern ihm allergrößte Mühe abverlangte.
„Also wenn du jetzt nicht mit mir tanzt" – ihre großen Ohrringe baumelten hin und her – „dann kannst du von mir aus hier sitzen bleiben, bis du schwarz wirst. Vergiss endlich diesen blöden Bürklin!" Sie fasste ihn bei der Hand und zog ihn mitten hinein ins Getümmel der Matrosen, Gigolos und Freudenmädchen.

Einen Rock'n'roll später aber kam dann doch, was unvermeidlich schien; der „Fasnetsmuffel", wie Elisabeth ihn nannte, drängte zum Aufbruch.

Es schneite, als sie aus dem Lokal kamen. Ein paar Schritte, dann hatten sie den Opel erreicht. „Wollen wir noch zu mir?" Aber er gab keine Antwort, starrte, während sie die B30 nahmen, schweigend in den wirbelnden Schnee, der wie ein Trichter aus Eiskristallen auf sie zu schoss.

„Ras doch nicht so", rief sie ihm zu. Aber es war schon zu spät. Der Wagen schlingerte, rasierte die Begrenzungspfosten ab und überschlug sich. Es kam Dampf unter der Motorhaube hervor, als das Auto endlich im Straßengraben auf dem Dach liegend zum Stillstand kam. „Lisel, lebst du noch?" Sie rührte sich nicht. Klaus Dieter kurbelte das Fahrerfenster herunter und zwängte sich hinaus. Dann ging er um den Kofferraum herum, mal rutschend mal stolpernd, und wuchtete die Beifahrertür auf. Elisabeth fiel ihm entgegen. „Mein Arm", stöhnte sie. „Ich glaube, er ist gebrochen."

Vorsichtig fasste sie Klaus Dieter unter den Schultern und zog sie aus dem Wagen; dann die Böschung hinauf an den Straßenrand.

Ein Auto – langsam kamen die beiden Lichtkegel näher. Der Fahrer musste sie gesehen haben, denn schon bremste er den Wagen ab und stieg aus. Gemeinsam luden sie die Verletzte ein und fuhren mit ihr nach Ravensburg.

die Fasnet vorher ...

*

Eine Woche lang bleibt Elisabeth im Krankenhaus, was Klaus Dieter – „ich muss mich von dem Schock erholen" – aber nicht davon abhält, mit seiner Schwester Hannelore und Schwager Roland in den Winterurlaub zu fahren. Ein Fehler, wie er nach seiner Rückkehr feststellen muss; denn nach ihrer Genesung fährt Elisabeth nach Italien - ohne ihn.

Trotz der kleinen Verstimmung wird noch im selben Jahr Verlobung gefeiert. Auf Wunsch Klaus Dieters, weil er kurz darauf eingezogen wird.

„Seegfrörne" – der bis zu 30 Grad kalte Winter geht nur schleppend zu Ende. Und als der Bodensee endlich aufgetaut ist, wird Klaus Dieter von der Bundeswehr wieder entlassen. Weißer Jahrgang – zu alt für den Wehrdienst.

In Dallas, Texas, wird John F. Kennedy erschossen. Die Kugel, die ihm das Schädeldach wegbläst, muss zwar um mehrere Kurven geflogen sein, dennoch präsentiert das FBI noch am selben Tag einen Täter: Lee Harvey Oswald. Hartnäckig beteuert er seine Unschuld, so lange, bis ein Nachtclubbesitzer, der mit der Waffe im Jackett durch alle Sicherheitskontrollen spaziert, ihn zum Schweigen bringt.

Inzwischen gelten 70 % der Weltbevölkerung als unterernährt, 30 – 40 Millionen in den USA als „arm".

In Deutschland werden 22 SS-Leute vor Gericht gestellt. Die Richter, erfolgreich entnazifiziert, klagen sie an, in Auschwitz Millionen von Menschen getötet und vergast zu haben.

„I can't get no satisfaction", die „Rolling Stones" lassen die Mädchen kreischen. Zum Entsetzen der älteren Generation, die schon beim Anblick der „Beatles" geglaubt hatte, morgen ginge die Welt unter.

. ... und nachher

Elisabeth und Klaus Dieter bauen die Wohnung aus, die ihnen in Elisabeths Elternhaus zur Verfügung gestellt wird. Dabei überschätzen sie den Durchmesser der einhundert in die Wand eingemauerten Drainage-Röhren bei weitem, was sich herausstellt, als sie versuchen, den neuen Weinkeller zu bestücken. Prompt besorgt Klaus Dieter ein diamantbestücktes Spezialwerkzeug, um die Röhren wieder aufzubohren. Diese gehen dabei zwar sämtlich zu Bruch, aber es kann dann doch noch Hochzeit gehalten werden. Nach der kirchlichen Trauung in der Evangelischen Stadtkirche, finden sich 80 Personen im „Hotel Europa" ein, um mit dem Brautpaar zu feiern.

Auch Hans ist dabei – man sieht ihm die schwere Erkrankung bereits an. Er hat einen inoperablen Gehirntumor.

*

Hochzeit im „Hotel Europa"

Als man die schwere Grabplatte anhob und das Innere der Gruft sichtbar wurde, erschrak Werner, der bei den Arbeiten zugesehen hatte. Nicht nur dass alles unter Wasser stand, der Sarg von Georg Julius schwamm kieloben in der schlammigen Brühe. Schon dachte Werner darüber nach, das Beerdigungsritual abzuändern, den Pfarrer zu bitten, die Formel, die er beim Absenken des Sarges sprach, über dem geschlossenen Grab zu sprechen – als ihn der Friedhofsaufseher beruhigte. „Das schaffen wir schon“, sagte er. „Bis heute Nachmittag haben wir das leer gepumpt.“

Stunden später, die große Trauergemeinde hatte Hans auf seinem letzten Weg begleitet, standen die Geschwister und Lotte und Werner vor dem offenen Grab und lauschten den Worten des Pfarrers. „Erde zu Erde, Staub zum Staube ...“ Der Sarg senkte sich ab und verschwand vor ihren Augen in der schwarzen Öffnung. Als die Totengräber die Seile wieder heraufzogen, war Werner erleichtert. Obwohl er einen Sohn verloren hatte, ein unerwarteter Schicksalsschlag, der die ganze Familie erschütterte, war wenigstens dieses Geräusch ausgeblieben, vor dem er sich schon die ganze Zeit über gefürchtet hatte. Das Geräusch eines zu Wasser gelassenen Bootes. Komm gut hinüber, rief er ihm in Gedanken zu.

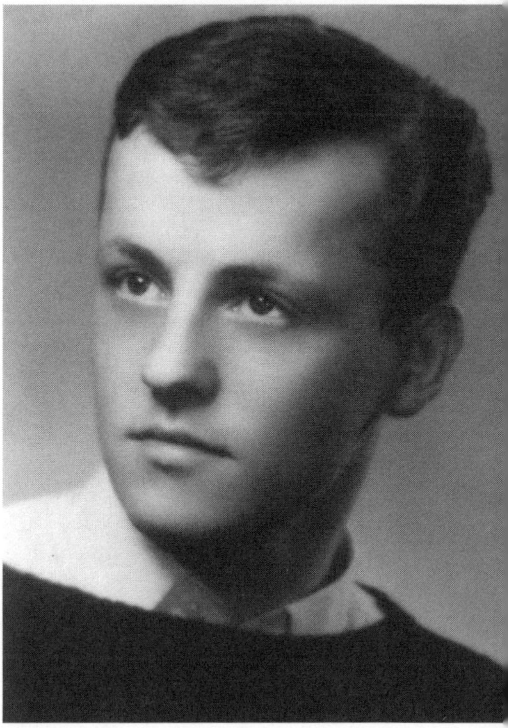

Sie sprachen ein Vaterunser, der Herr Pfarrer erteilte den Segen, dann ließen sie Hans allein.

Im „Leibinger“, der Gaststätte der Brauerei, fand die Familie sich zum „Leichenschmaus“ ein, bei dem, anders als der irreführende Name Glauben machen könnte, meist einfach Bratwurst mit Kartoffelsalat gegessen wurde. Es war auch nicht angebracht, groß

aufzutafeln, da den meisten ohnehin der Appetit vergangen war. Jedenfalls war die Stimmung der Gäste dem traurigen Anlass entsprechend. „Er hatte eine große Karriere vor sich“, sagte Werner in die schweigende Runde. Und Lotte: „Wie kannst du jetzt nur an so etwas denken.“
Elisabeth sah sich um. Gewiss, keiner hatte jetzt Grund fröhlich zu sein. Aber wenn Hans das sähe, Hans, der stets für jeden Spaß zu haben gewesen war, es wäre ihm sicher nicht recht gewesen, wie sich alle in Trauer verzehrten. Gut, dachte Elisabeth, man erzählt sich keine Witze an einem solchen Tag, aber eine kleine Portion seiner Lebenslust würde ihnen nicht schaden.
„Tun wir ihm nicht unrecht?“, sagte sie plötzlich. Und ihr schien, dass alle nur darauf gewartet hatten. „Ja!“, stimmte ihr Klaus Dieter zu. „Ein Kind von Traurigkeit war Hans noch nie.“
Die Anspannung hatte sich gelöst; schon redeten alle durcheinander. Jeder hatte eine kleine Anekdote auf Lager. Werner erzählte von der Schwarzfahrt – zum Erstaunen Lottes, denn bisher war es ihm gelungen, die Eskapaden seines Sohnes vor ihr geheim zu halten. Dafür gab sie Geschichten aus der Kindheit zum Besten.
Den Vogel aber schoss Lisel ab, als sie unter dem Schmunzeln der meisten und der nur schlecht gespielten Empörung Klaus Dieters erzählte, dass Hans – 15jährig – sie einmal gefragt habe, wie das denn so gehe mit den Männern und den Frauen; sie ihm daraufhin einen Zwanzig-Mark-Schein in die Hand gedrückt habe, mit der Empfehlung, sich seine

Lisel, ganz schön keck

erste Erfahrung im „Drei-Farben-Haus“ in Stuttgart zu holen. Sogar Lotte lachte über Lisels Geschichte, vor allem über die liebenswerte Art, wie sie sie erzählt hatte.
Plötzlich erhob sich Werner von seinem Platz. Bitte jetzt keinen deiner Witze, dachte Lotte. Aber ihrem Mann war anzusehen, dass sie sich die Sorgen umsonst machte. Mit ernstem Gesicht griff er zum Glas und forderte alle auf, einen stillen Toast auf Hans auszubringen. Danach bat er Klaus Dieter aufzustehen. „Wenn wir es dank deiner Frau geschafft haben, unsere Trauer für einen Moment zu vergessen, dann will ich die Gunst der Stunde nützen. Klaus Dieter Thommel, hiermit erteile ich dir die Prokura der Firma.“

Es schien ihnen gleichgültig zu sein, wie Klaus Dieter sich fühlte. Hauptsache man ging hinaus, wenn eine Wöchnerin ihr Baby stillte; vergaß nicht die Schnittblumen auf den Gang zu stellen, nachdem die Besuchszeit um war. Die Sorgen eines werdenden Vaters kamen da erst an allerletzter Stelle, wenn sie nicht völlig untergingen in der Routine des Krankenhausbetriebes.
„Machen Sie mir mal nicht die Leute jaloux“, sagte Dr. Roth, der Gynäkologe Elisabeths. Und schon verschwand er in irgend einem der vielen Zimmer. Klaus Dieter war wieder allein. Jaloux! Der hat doch keine Ahnung, was das heißt. Schickt mich einfach nach Hause, wo ich doch der einzige bin, der Lisel in ihren schwersten Stunden beistehen kann.

Als er den Wagen auf den Hof der Firma fuhr, traf Klaus Dieter auf den nächsten, dem seine Heidenangst völlig gleichgültig war. „Sollst zum Chef kommen“, raunzte ihn Bürklin an. Und am liebsten hätte Klaus Dieter gefragt: zu welchem denn?.
Seit er dem alten Prokuristen gleichgestellt war, hatte er keine ruhige Minute mehr. „Keine Kunst, wenn man sich aus Paris kennt“, kommentierte er den Auftrag, den Klaus Dieter bei seinem alten Freund Hölz in Wangen an Land gezogen hatte. Und seinen Wunsch, ihn eben zu den großen Stahlhandelskunden mal mitzunehmen, wenn er von seinem „Kleinklein“ schon nichts halte, schmetterte Bürklin lakonisch ab: „Kümmere du dich um deine Nachttöpfe!“

Dann wieder konnte Bürklin die Liebenswürdigkeit in Person sein. Da er gute Beziehungen zu Kellereien hatte, nahm er Klaus Dieter sogar zu einer Weinprobe mit. Aber nur, um ihm bei der Rückfahrt ein nächstes Vergehen vorzuhalten: „Man säuft nicht, wenn man eingeladen ist."

Sein Vater stand hinter dem Schreibtisch, als Klaus Dieter dessen Büro betrat. „Die Eintragung deiner Prokura ist vom Amtsgericht gekommen. Damit ist alles offiziell ... du wirst der neue Geschäftsführer der Firma."

Klaus Dieter nahm ihm das Schreiben ab, sah aber zum Erstaunen seines Vaters nicht glücklicher aus als vorher. Schlimmer noch, er schien sich plötzlich sehr klein zu fühlen, als wäre das Papier in seinen Händen eine zu große Last für ihn.

„Was ist los?" Werner kam hinter seinem Schreibtisch hervor. „Du hast alles erreicht, was ein Mensch in deinem Alter erreichen kann. Bedrückt dich irgend etwas?" Väterlich legte er ihm den Arm um die Schulter und geleitete ihn zu der schwarzen Ledercouch, die normalerweise nur für die besten Kunden reserviert war. „Also, raus mit der Sprache!"

„Es ist ..." Klaus Dieter stotterte herum. „Bürklin! Er wirft mir Knüppel zwischen die Beine, wo er nur kann. Schon damals in Paris hatte ich den Verdacht, dass er mir die Lambretta nur nachgeschickt hat, weil er wollte, dass ich möglichst lange dort bleibe. Und jetzt ..."

Sein Vater griff nach seinem Einstecktuch und wischte sich den Schweiß von der Stirn. „Lass ihm Zeit. Bürklin ist schon so lange im Betrieb. Er wird sich schon gewöhnen an dich." Dann bat er seinen Sohn unvermittelt, das Fenster zu öffnen.

Klaus Dieter kam wieder zurück und erschrak, als er sah, wie sein Vater zusammengesunken in den Polstern saß. Die Anzugjacke hatte er abgelegt. Das Hemd darunter war klatsch nass. „Vati, ist dir nicht gut?" Aber Werner winkte ab, lockerte die Krawatte und knöpfte den Kragen auf. Schwer atmend erhob er sich. „Sag der Sekretärin, sie soll mir ein Glas Wasser..." Er griff sich an die Brust, dann brach er zusammen.

Mit Blaulicht und Martinshorn rasten sie zur Klinik. Werner – ohne Bewusstsein– auf der Liege, sein Sohn auf dem Notsitz neben

ihm. „Trinitrosan, 500 Milliliter“, hörte er den Notarzt sagen, der eine Infusion gelegt hatte. Dann drückte dessen Assistent die Beatmungsmaske auf Werners Gesicht.
„Wo fahren Sie ihn hin?“, rief Klaus Dieter dem Fahrer zu.
„Ins Elisabethen!“, antwortete der.
„Bloß nicht ins Elisabethen!“ Aber der Krankenwagen war schon am „Heilig Kreuz“ angekommen und bog ab zum Krankenhaus.
Ausgerechnet das Elisabethen, dachte Klaus Dieter. Seine Frau brachte ihr erstes Kind zur Welt, und ein Stockwerk tiefer starb sein Vater! Leben und Sterben, unter einem Dach. Aber doch bitte nicht in ein und derselben Familie und zum gleichen Zeitpunkt!
Die Tür sprang auf. Die beiden Pfleger zogen die Liege heraus und schoben sie in den Aufzug. Klaus Dieter fühlte sich alleingelassen. Daran änderte sich auch nichts, als neben ihm das Taxi hielt und Lotte ausstieg. „Du wusstest es schon lange ... sag!“
„Seit er damals die Diät machen musste“, antwortete sie, in Gedanken versunken. Dann betraten sie schweigend das Gebäude.

Werner hatte Glück im Unglück. Zwar magerte er nach seinem ersten Herzinfarkt erheblich ab, er verlor 22 kg Körpergewicht. Doch als er endlich wieder aus dem Krankenhaus entlassen wurde, nahm er sich fest vor, kürzer zu treten, das Leben bewusst zu genießen, wieder mit Lotte auf Reisen zu gehen.

Werner und Lotte auf Schiffsreise

Unglück im Glück hatte Elisabeth. Sie quälte sich 15 Stunden lang, bis – „ein Prachtkerl!" – Marcus endlich geboren war.

In der ersten Zeit war Klaus Dieter überglücklich in seiner Vaterrolle und kümmerte sich in rührender Weise um die junge Mutter und ihren Nachwuchs. Doch immer mehr befiel ihn eine Leidenschaft, die nicht nur den Geldbeutel strapazierte, sondern auch die Geduld seiner Frau. Historische Abbildungen aller Art hatten es ihm plötzlich angetan. Nächtelang blätterte er Auktionskataloge durch, verliebte sich in alte Lithographien und Stiche, ... vorzugsweise von den Türmen, Toren und mittelalterlichen Gebäuden seiner Heimatstadt.
Eine nachträglich von Hand colorierte Xylographie hatte sein besonderes Interesse geweckt.
„Es kommt zum Aufruf das aus dem Jahre 1880 stammende Bild mit dem Titel – Das Vermieten der Tiroler Schwabenkinder. Limitpreis 150 DM. Wer bietet mehr?"
Klaus Dieter hielt sein Täfelchen hoch.
Nur dieses Bildes wegen war er nach Lindau gefahren, hatte die hohe Versteigerungsgebühr bei „Zeller" bezahlt. 200 DM – man schien sich des eigenen Wertes wohl bewusst zu sein im 1893 von Joseph Zeller gegründeten Auktionshaus.

„300 zum ersten, zum zweiten ... 350!" Gerade noch rechtzeitig hatte sich Klaus Dieter bemerkbar gemacht. In einer der hinteren Reihen sitzend, behielt er die Übersicht über den vollbesetzten Saal. Besonders auf seinen Konkurrenten ganz vorn, der – „400!" – hartnäckig den Preis nach oben trieb.

„Das Vermieten der tiroler Schwabenkinder in Ravensburg"

„450!“ Gespannt ob der Hemdsärmelige gleich wieder in die Höhe schießen, sein Rivale - nein - sein Feind ihn überbieten würde, starrte Klaus Dieter über die Köpfe hinweg; fixierte den Auktionator. Nun sag' schon ... zum ersten, zum zweiten ...
„500! Der Herr in der ersten Reihe.“
Hat es nicht mal nötig sich umzuschauen, dachte Klaus Dieter, als er mit seinem Täfelchen winkte. Sicher ein stinkreicher Privatier, dem es weder ums Geld noch darum geht, dass sich einer rein für die Geschichte interessiert und nicht für eine Kapitalanlage. Oder er bietet für einen Millionär im Hintergrund, womöglich für einen Ölscheich. Die Hütekinder in Katar am persischen Golf ...! Er riss den Arm hoch, als gelte es, das christliche Abendland gegen die Moslems zu verteidigen.
„... zum Dritten! Das Bild geht an die Nummer 54. An den Herrn in der drittletzten Reihe für 600 DM. Zum Aufruf kommt nun ...“
Klaus Dieter fiel die Kinnlade herunter. Nicht nur, weil er höchstens die Hälfte hatte ausgeben wollen, sondern weil plötzlich Roland vor ihm stand, Hannelores Ehemann. Sein eigener Schwager hatte den Preis in die Höhe getrieben, und, anstatt seine Niederlage einzugestehen, veralberte er ihn nun auch noch. „Der Anfang einer bedeutenden Kunstsammlung. Alle Achtung, Klausi! Rechnet man die Versteigerungsgebühr hinzu, macht das summa summarum ...“

„800 DM!“ Elisabeth wäre beinahe vom Stuhl gefallen. „Du bezahlst freiwillig ... ich kann es nicht fassen.“ Mehr sagte sie nicht mehr, es hatte ihr die Sprache verschlagen.
Tagelang schwiegen sie sich an. Bis es Klaus Dieter nicht mehr aushielt. Er kam sogar eine Stunde früher von der

die „Stichler“: Klaus Dieter Thommel, Otto Sterkel, Roland Müller

Arbeit, um die Sache aus derWelt zu schaffen. Elisabeth saß im Lehnstuhl, zu ihren Füßen Marcus, der ihr den Hausschuh mal aus- mal anzog.
„Reden wir nicht um den heißen Brei herum", sagte er. „Ich entschuldige mich."
Sie stellte Marcus auf die Beine, nahm ihn bei der Hand und ging ein paar Schritte. Dann sah sie über ihre Schulter, um nachzufragen: „Wie? Ich habe dich nicht verstanden."
„Ich sagte, dass ich mich ..."
„Noch einmal!" Sie hielt ihm ihr Ohr hin.
Jetzt wurde es ihm zu bunt: „Ich sagte, es tut mir leid. Soll ich erst auf die Knie fallen, dass du mir verzeihst?"
Elisabeth ließ Marcus los, der auf krummen Beinen zu seinem Kaufladen wackelte, mit dem schon der Urgroßvater gespielt hatte. Dann fiel sie Klaus Dieter um den Hals. „Wir dürfen nie wieder so miteinander umgehen", schluchzte sie. „Nur wegen dem blöden Geld."
„Nein, Lisel!" Er spürte einen Kloß im Hals. „Du hast vollkommen Recht. Bei dem kleinen Geschäftsführergehalt müssen wir das Geld zusammenhalten."
Als sich Elisabeth von ihm löste, schien ihr leichter zu sein. Und auch Klaus Dieter war ein Stein vom Herzen gefallen. „Unsere kleine Familie", sagte er stolz und legte ihr den Arm um die Schulter.
„Nun ... ähm", sie druckste herum. „Muss ja nicht so klein bleiben." Dann lachte sie – viel versprechend.

In diesem Sommer kam bei Lotte und Werner große Freude auf. Beide, Oma und Opa, in ihr Enkelkind vernarrt, stimmten sofort zu, als Klaus Dieter verkündete, er wolle mit Elisabeth eine Reise nach Tunesien antreten, dem kleinen Marcus die damit verbundenen Strapazen aber ersparen.
Wenige Wochen später schon lagen die jungen Eltern am Strand von Hammamet und ließen sich die Sonne auf die Bäuche brennen. Sie fuhren nach Sfax, nach Gabès in die Wüste. Besuchten die Höhlenwohnungen von Matmata und gingen auf den Markt nach Sousse. Sie schlenderten durch die Kasbah von Tunis. Und als sie von der Bettelei der Einheimischen genug hatten,

entschieden sie sich spontan für einen Abstecher nach Kairouan zu den Berbern. Weil es diesen aber nicht weniger nach Bakschisch gelüstete als den übrigen Bewohnern Nordafrikas, machten sie sich schließlich eine schöne Zeit im Hotel.
Neun Monate später kam Patrick auf die Welt.

Das besch...eidenste Rutenfest seit Menschengedenken", sagte Werner und nahm einen tiefen Schluck aus seinem Maßkrug. Von den Bäumen tropfte es, als wären sie vollgesogene Schwämme. Am Tisch zusammengerückt, geduckt unter den viel zu kleinen Sonnenschirm, saßen sie im „Bärengarten" und hofften auf das Ende einer nun schon Wochen andauernden Regenperiode. Die Trommlermützen der Ehemaligen auf dem Kopf, ihre Rücken dem Traufwasser zugewandt, gab die Gruppe das Bild einer römischen Schildkröteformation ab.
„Wie hat der OB Wäschle gestern gesagt ..." Gärtner Rohr rückte näher an den Tisch heran. „Nach neuen Formen der überkommenen Tradition suchen?"
„Und da hat er halt mit dem Wetter angefangen", gab Bankdirektor Jorschick die Antwort darauf. Er sog an seiner Zigarre. Vom Mehlsack her hörten sie einen Böllerschuss.
„Jetzt schießen die schon, um die Wolken zu vertreiben." „Nein, auf den Hagel!" Zahnarzt Sauter sah auf den Grund seines Kruges. Dann verkündete er laut seinen Wunsch nach mehr Bier. Was wiederum bei Buchdrucker Göppel auf Unverständnis stieß: „Hast du noch nicht genug Wasser abbekommen?"
„Also los' amol!", empörte sich Karle Nachbauer. „So schlecht isch s'Bier ..." Und im Chor: „Aber schlecht könnt's einem werden." Dann riefen sie nach der Bedienung.
„Ist das letzte für heut'", sagte Werner. „Morgen geht's los. Per Flugzeug nach Hamburg, per Zug nach Bremerhafen und dann auf's Schiff."
„Wohin?" Josef Müller schien als einziger nichts von den Werners Reiseplänen zu wissen. Sogleich klärte ihn der „Los'amol" auf: „Ans Nordkap. Ganz oben, in Schweden."
„Norwegen, Karle. Norwegen!"
Die Bedienung, sieben Steinkrüge am wogenden Busen, kam gerade vom Ausschank herüber, als der Himmel alle Schleusen öffnete.

„Das war's wohl", sagte einer und alle rannten über die Pfützen jonglierend unter den mit Wellblech eingedeckten Vorbau der Gaststätte. Dort lagen in einer Ecke die Biertischgarnituren, aufgestapelt und damit unbrauchbar gemacht.

„Nein, Karle!", sagte Werner. „Du sollst keinen Tisch holen. Auch keine Bank." Er bezahlte die Runde, meinte noch zur Bedienung, sie solle das Bier wegschütten, dann flüchtete er – „bis in sechs Wochen!" – zu seinem Wagen.

Lotte erwartete ihn schon. Sie packte gerade den letzten Koffer, als Werner über den ersten der langen, in den Flur gestellten Reihe stolpernd hereinkam. „Wir lassen sie morgen früh auf den Bahnhof schaffen", sagte sie und bat ihn, sich auf den Kofferdeckel zu setzen. „Damit ich ihn zubekomme. Geh' dann gleich ins Badezimmer und frottiere dir die Haare trocken. Nicht dass du dich noch erkältest vor der Abreise."

Sie hörte ihn singen, während sie das Abendessen zubereitete. Ging dann aber hinüber, weil er das Lied plötzlich mitten im Text abgebrochen hatte. Seine ausgestreckten Beine verhinderten, dass sie die Badezimmertür mehr als einen Spalt öffnen konnte. Aber genug um zu sehen, was passiert war. Werner saß auf dem Rand der Badewanne. Er war schneeweiß im Gesicht. „Hilf mir hoch", bat er. Am besten, ich geh gleich zu Bett."

Ihn stützend gingen sie gemeinsam ins Schlafzimmer. „Soll ich dir eine Brühe machen?" Aber Werner verneinte. Er entkleidete sich, zog den Pyjama über und legte sich schlafen.

Eine Stunde später sah Lotte nach ihm. Werner war tot.

*

Unter großer Anteilnahme wird Werner zu Grabe getragen. Trotz der Schicksalsschläge, dem frühen Tod seiner Frau Karla, und dem seines Sohnes Hans August –ein immer lebensfroher und geselliger Mensch.
Klaus Dieter ist jetzt auf sich allein gestellt; im Kampf gegen einen übermächtigen Prokuristen, der ihn nicht in die Bücher schauen lässt. Doch schon bald wird er sich durchsetzen.
Große finanzielle Opfer fordert die Auszahlung seiner Geschwister. Und dennoch gelingt es ihm mit Weitsicht und mit offenen, klaren Regelungen den Weg für die nachfolgenden Generationen zu ebnen. Obwohl investiert werden muss, modernisiert, aus- und umgebaut, hält er die Immobilien zusammen, die Grundlage des Vermögens. Unter dem Motto „Thommel biegt Stahl“ eröffnet er sein Stahl-Service-Center.
Dann das große Ereignis: 100 Jahre Thommel! Am 14. September 1974 schreibt die „Schwäbische Zeitung: „Vier Generationen

Bau der Tiefgarage in Ravensburg

haben mit Unternehmungsgeist und beruflicher Qualifikation das heutige, weitverzweigte Fachgeschäft aufgebaut."
Unter der Klaus Dieters Leitung wird der Handwerkermarkt ausgebaut, das Stammhaus in der Marktstraße renoviert. Dann eröffnet er den Thommel-Fachmarkt in der Bleicherstraße. Auf 1500 Quadratmetern Verkaufsfläche werden nun 50.000 Artikel angeboten. Die Gebäude in der Schulstraße müssen dem hohen Finanzierungsdruck geopfert werden. Das historische Seelhaus bleibt in Familienbesitz und wird restauriert.
Weiterhin gelingt es Klaus Dieter der Firma lukrative Großaufträge zu beschaffen. Darunter die Lieferung des Baustahls für die Ravensburger Tiefgarage. Einhundert Bohrpfahlkörbe, zwanzig Meter lang, werden im eigenen Hause gebunden und verschweißt. Alles in allem werden 800 Tonnen Eisen verarbeitet.
Dann die Wiedervereinigung. Thommel hilft beim „Aufbau Ost" und eröffnet eine Tochterfirma in Pirna nahe Dresden.
Marcus, nach jahrelanger, erfolgreicher Ausbildung inzwischen Diplom-Kaufmann, tritt in die Firma ein. Auch der zweite Sohn, Diplom-Betriebswirt Patrick Thommel, steht noch im selben Jahr seinem Vater zur Seite. Gemeinsam bauen sie die Thommel-Gruppe aus, übernehmen die in der Branche bewährte Friedrichshafener Firma Figilister und eröffnen, pünktlich zum 125. Jubiläumsjahr, das Stahlhandelszentrum in Niederbiegen.
Dann der weltweite, konjunkturell bedingte Einbruch.

*

„Redet ihr schon wieder übers Geld" Elisabeth, von den deutlichen Worten Klaus Dieters provoziert, kommt ins Wohnzimmer und nimmt sich „ihre Männer" vor. „Gleich kommt Gustl. Ich will nicht, dass an seinem Geburtstag nur über das Geschäft gesprochen wird." Den Kochlöffel in der Hand, nicht nur Zeichen ihrer augenblicklichen Beschäftigung, ist ihr die Nervosität deutlich anzumerken. „Ihr wisst, wie empfindlich er auf dieses Thema reagieren kann ... oh, Gott, die Forellen!" Sie rennt in die Küche zurück.
„Eine schwierige Zeit." Klaus Dieter legt die „Schwäbische" aus der Hand, in der sie den Leitartikel über Steuererhöhungen, Arbeitslosigkeit und Konjunkturflaute gelesen hatten. „Komm', Marcus!

Hilf mir den alten Kaufladen holen." Sie gehen gemeinsam, durch Esszimmer und Diele, in das Treppenhaus. Dann hinunter ins Erdgeschoss und weiter in die Kellerräume, wo Klaus Dieter seine Schätze verwahrt. Neben Ölbildern und Aquarellen, seiner geliebten Postkartensammlung – unzählige Schriftstücke. Alte Urkunden, Kauf- und Pachtverträge aus den Anfängen des vorigen Jahrhunderts und Fotographien über Fotographien. In der hintersten Ecke der Kaufladen. „Handlung der Gebrüder Thommel" aus dem Jahre 1910.

„Manchmal wünsche ich mir die alten Zeiten zurück", sagt Klaus Dieter, als er die beiden Holztüren öffnet und die Inneneinrichtung zum Vorschein kommt. Ein Laden für Zwerge. Auf der Verkaufstheke steht die Krämerwaage, winzige Gewichte. Dahinter in den Regalen die Konservendosen, gerade groß genug, um mit ihrem Inhalt einen hohlen Zahn zu füllen. Körbchen, Schälchen und Schächtelchen. Und die Registrierkasse. Als Marcus sie aufzieht, ist sie leer. „Die alten Zeiten?" Er lacht. „Also, ein bisschen mehr dürfte es schon sein."

die Familie Thommel heute ...

Es klingelt an der Haustür. „Werden deine Frau und Gustl sein“, vermutet Klaus Dieter.
„Judith? Glaub ich nicht“, sagt Marcus. „Ist noch zu früh. Bis sie Maxi und Julius versorgt hat ... und dann noch den Opa abholen.“
Er greift in die Schlaufe an der Seite des Kaufladens und hebt ihn an. „Komm, tragen wir den alten Kasten nach oben, dass die Kinder damit spielen können.“
Im Erdgeschoss angekommen treffen sie auf Lotte, der Patrick die Tür geöffnet hat.
„Ich glaube, langsam werde ich alt“, sagt sie. „Eine schöne Strecke ... von der Zeppelinstraße zu Fuß in die Federburg.“
Patrick hilft ihr aus dem Mantel, hängt ihn an den Kleiderhaken. „Hab dir doch angeboten, dich mit dem Wagen abzuholen.“
„Ich bin doch noch keine alte Schachtel“, empört sie sich.

Als Lotte zu Elisabeth in die Küche gegangen ist, der Kaufladen der Gebrüder Thommel mitten in der Diele steht, wird es plötzlich laut im Treppenhaus. Und schon wenig später stürmen – „Opa, Oma!“ – Maxi und Julius das Wohnzimmer. Karl August, bei Judith untergehakt, kommt, vom Treppensteigen etwas außer Atem, hinterher.
„Herzlichen Glückwunsch zu deinem 92. Geburtstag!“ Elisabeth streicht ihre Schürze glatt, schließt Karl August in die Arme und drückt ihm einen Kuss auf die Wange. Als nächste – „alter Schwede“ – gratuliert Lotte: „Komm an meine Brust!“ Die anderen stellen sich an.
„Vier Generationen unter einem Dach.“ Elisabeth ist glücklich. Sie fordert alle auf, am Esstisch Platz zu nehmen und – „helft ihr mir?“ – verschwindet anschließend mit Judith und Lotte in der Küche.
Während sie die Forellen in Mandelkruste aus der Backröhre nimmt, Judith die Schüssel mit dampfenden Kartoffeln, den mit Käse überbackenen Fenchel und die Platte mit Pommes frites, die sich Maxi und Julius gewünscht haben, auf den Servierwagen stellt, schneidet Lotte das Baguette in dünne Scheiben. „Wann ist es soweit?“ Mit dem Brotmesser in der Hand zeigt sie auf Judiths Bauch. „Habt ihr schon einen Namen für ihn ausgesucht?“
„Da fragst du noch?“ Elisabeth setzt die Bratenkasserolle ab.

„Wilhelm August, August junior, Karl August, Hans August ... der Name Julius ist ja schon vergeben."
„Wir wollen ihn Augustin nennen", sagt Judith, während sie den Servierwagen ins Esszimmer hinüberschiebt.

„Ein herrliches Essen!", lobt Klaus Dieter die Kochkünste seiner Frau und bittet die Männer mit ins Wohnzimmer zu kommen. „Trinken wir ein gutes Tröpfchen auf deinen Geburtstag, Gustl."
Während sich die Frauen in der Küche zu schaffen machen, die Spülmaschine bestücken, die Essensreste entsorgen, mimt Maxi den Verkäufer, Julius seinen Kunden.
Als Karl August den alten Kaufladen sieht, erinnert er sich: „Hab damit schon mit deinem Vater gespielt. Ja, damals war die Welt noch in Ordnung." Zustimmung erwartend nimmt er sein Glas Wein zur Hand und prostet seiner Familie zu.
„Auf die nächsten 92 Jahre!", sagt Klaus Dieter. Und auch Patrick – „auf deine Gesundheit" – stimmt dem Wunsch seines Vaters zu. Marcus dagegen sagt nichts. Ihm ist anzumerken, dass die vergeblichen Anstrengungen der letzten Monate, die Umsätze zu erhöhen, bei ihm tiefe Spuren hinterlassen haben.
„Lass' den Kopf nicht hängen!" Ein herzhafter Versuch seinen Großneffen aufzumuntern, zeigt Karl August auf die spielenden Kinder. „Schau dir deine Söhne an, dafür lohnt es sich doch den Karren aus dem Dreck zu ziehen. Zu allen Zeiten hat es geschäftliche Rückschläge gegeben."
Gerade will Marcus antworten, als die Frauen wieder den Raum betreten. „Immer noch das selbe Thema?", fragt Elisabeth. Lotte – „ein Pfund Butter bitte" – nimmt sich einen Stuhl und setzt sich zu den Kindern.
„Das selbe Thema!" Marcus scheint der Appetit auf Wein vergangen zu sein. „Ihr habt gut reden. Seit Monaten strampeln wir uns ab." Dann fallen Worte wie „keine Lust mehr", „das ganze Zeug hinschmeißen" und zuletzt ...
„Alles verkaufen?" Karl August sieht ihn an, als hätte er nicht recht verstanden. „Ich will dir mal was erzählen, mein Junge. Es geht mich zwar nichts an, aber mein Großvater ..."
Ohne dass jemand dafür auf den Kalender sehen müsste, passieren nun die Jahre Revue, während der alte Mann ihnen die Leviten

liest. Wilhelm August, der Gründer, beschafft Spohn die Transmissionsräder, wohlwissend dass er damit gegen den Vertrag mit Honer verstößt. Sein Sohn, Georg Julius, baut mit Hermann Spohn die ersten „Maybachs", obwohl der erste Weltkrieg gerade mal ein paar Jahre zurückliegt. Sogar der Junior will nach oben. Geht nach Guatemala, um Plantagenbesitzer zu werden, will eine Chemiefabrik errichten. Auch wenn er von einem Apotheker aufs Kreuz gelegt wird, er rappelt sich wieder auf. Dann Werner! Er verkriecht sich nicht, als Karla stirbt. Nein, er heiratet wieder und baut die Firma aus, so dass seine Kinder eine Perspektive haben.
„Und jetzt, seht euch euren Vater an!" Karl August scheint noch einmal jung geworden zu sein, als er jetzt Klaus Dieter durch Frankreich begleitet, ihn gegen einen übermächtigen Prokuristen kämpfen und ihn alles das tun lässt, was die Firma zu dem gemacht hat, was sie heute ist. „Wenn eure Vorfahren den Kopf in den Sand gesteckt hätten, würde es euch gar nicht geben."

... und morgen

Die beiden Brüder sitzen da wie begossene Pudel. Alles sieht betreten zu Boden. Die Standuhr schlägt, als sich Marcus plötzlich vom Stuhl erhebt. Den Blick in die Zukunft gerichtet, ein Leuchten in den Augen: „Jetzt weiß ich's! Wir könnten doch ganz einfach ..."
Judith spürt, wie sich in ihrem Leib ein Kind bewegt.